媽閣是座城

嚴歌苓 著

天地
www.cosmosbooks.com.hk

書　　名　媽閣是座城
作　　者　嚴歌苓
責任編輯　顏純鈎
封面設計　郭志民
出　　版　天地圖書有限公司
香港皇后大道東109-115號
智群商業中心13字樓（總寫字樓）
電話：2528 3671　傳真：2865 2609
香港灣仔莊士敦道30號地庫／1樓（門市部）
電話：2865 0708　傳真：2861 1541
九龍旺角通菜街103號（門市部）
電話：2367 8699　傳真：2367 1812
印　　刷　亨泰印刷有限公司
柴灣利眾街27號德景工業大廈10字樓
電話：2896 3687　傳真：2558 1902
發　　行　香港聯合書刊物流有限公司
香港新界大埔汀麗路36號中華商務印刷大廈3字樓
電話：2150 2100　傳真：2407 3062
出版日期　2015年2月初版

ISBN 978-988-8255-45-0

引子

梅家跟普天下所有中國人都不一樣。假如他們的不一樣被人咬耳朵，被人當冤孽，梅家人才不在乎。梅家人——其實就是梅家的女人，因為梅家上溯五代的男人都不作數。從現在——二零零八年往上數，就數到了梅家五代上面那位祖奶奶，娘家姓吳，當時鄉里人都叫她梅吳氏，也有叫她梅吳娘的。眼下活在二零零八年的梅曉鷗更願意叫這位祖奶奶梅吳娘。梅吳娘產的第一個孩子是個囡，第二個也是囡，到了第三個囡，婆婆連催奶的甜醋子薑煲豬手都捨不得給吃了，認為一個小賠錢貨還不值一砂鍋豬手甜醋的錢。但梅吳娘拒絕在婆家低聲下氣，相反，她不知廉恥地當眾把三囡頂在頭頂，十個月的囡，嘴上笑着，下面一泡尿就從母親的頭上流下來。梅吳娘一動不動，聽任小囡的尿在她上過刨花油的頭髮上滾成珠子，滴落得一肩膀。直到小囡把那泡長尿舒坦撒完，她才跟周圍目瞪口呆的鄰居解釋，小囡有個毛病，撒尿不能分心，一分心尿就憋回去了，要是憋壞了腰子，是個討債的男仔就算了，壞個把腰子不算甚麼，我們囡金貴啊！一街的鄰居都咬耳朵，說梅家這個能頂兩個後生做活的媳婦其實是個瘋女。

到梅吳娘生第四個孩子時，她甚麼都自己來了：端了一銅盆熱水，甩了條家織手巾進去，把人都趕到大門二門外，再插上門閂，一聲不吭就把小人兒下在藍白細格的被單上。等她開了大門二門出來，人們問：男仔女仔啊？她指指二門裏的一片陰暗：去看吧。婆婆床上抱起一個死仔來，是個男的。

過了兩年，梅吳娘的老公梅大榕從番邦回來，讓梅吳娘又大起肚子，九個月後，新添的人丁出了娘胎就吹喇叭，嘹亮得幾里地都聽得見。而門一開人們看到的卻又是個死仔，也是個男的。

隔着一百多年，在機場等候誤點航班的梅曉鷗想像這個祖奶奶如何麻利地把男仔一個個頭朝下按在半滿的馬桶裏，心裏數「一、二、三、四……」好了，討債的回去了。梅吳娘就這樣連着殺死梅家三個男嬰。婆婆舉着燒火棍上來，嘴裏不乾不淨，說一年六、七擔米就餵出一口生賠錢貨的X，生出的男仔個個是死的！梅吳娘手大腳大，燒火棍哪裏挨得着她？不知道在她碗口粗的腿上斷掉多少燒火棍。她一面攥緊婆婆的燒火棍在膝蓋上撅，一面還要糾正婆婆：冇能賠多少錢？一百個綁一塊也賽不過梅大榕的一根錢毛！後來公公婆婆老弱了，全憑梅吳娘伺候，也就都乖順起來，不再敢提專門生賠錢貨的往事。只是在聽說鄉間誰家新媳婦生了囡的時候，老夫婦便會得到一點陰暗的慰藉，相互分享些不可告人的惡毒快樂：福份夠薄的，頭生是個囡。梅吳娘便會悠悠地吸一口水煙，回敬他們說：囡好啊，哪點不好？不賭，不嫖，不抽，不喝，荒年來了不上山做土匪，出息了也不會挑唆大家造反推翻朝廷，囡沒哪點不好。公公婆婆如今都不惹她生氣，都是不頂嘴不抬槓的乖老人，因為他們的兒子都留在番邦了，人不回來錢也不回來，家裏養蠶種地全靠梅吳娘一雙大腳兩隻大手，最忙的時候，梅吳娘出嫁的囡會從婆家回來兩個，湊成三雙大腳六隻大手，田裏、集市地跑，因此別家還在忙，她家早閒了。

祖奶奶梅吳娘把三個男仔溺死在馬桶裏的傳言，誰都沒法證實，不過人們都認為她是幹得出來的；她太怨恨太小看男人了。嫁到梅家之前，梅吳娘的娘家村裏就都是梅大榕這樣的男人，出洋去番邦淘金沙，死了一半，活着的帶上全部金沙兌換的鈔票鑽進賭檔丟光，只能再回去做驢子拉鐵軌、拉枕木，因為金沙已經不給黃面孔的華人淘了，硬要淘就收你高過白面孔鬼佬五倍的税金。梅吳娘的老公梅大榕花了幾年工夫淘出一把金沙，歸途中拿出家裏帶給他的定親畫像，畫裏是個有眉有眼，有肥有瘦的十六歲女仔，一把金沙換的錢給她蓋一幢藏嬌碉樓，再給她打一對金耳環、一個金戒指應該足夠。當時東莞、惠州一帶風氣就是俊俏女仔家裏只收出洋男仔的帖子。梅大榕到達家鄉碼頭之後，卻連畫像上的吳姓囡都沒見一面就原船返回了番邦。因為他連見吳姓女仔的洋服和鞋子都沒有了，都在船上的賭桌上輸出去了。

機場廣播響了，為北京開來媽閣的飛機繼續誤點致歉。曉鷗看了一眼手錶，飛機誤點兩個多小時了。而梅大榕當年結婚誤點可是誤了十年。頭回他回家結婚之前，用幾顆金沙給沒過門的吳姓姑娘買了見面禮：一雙山羊皮女士鞋，不顧尺碼只圖心意；一把番邦貴婦都打的鏤花絲綢傘，人多了遮面目，人少了遮太陽擋灰塵。除去船票錢，還剩五十多塊美鈔，一小半用做拜堂，一多半用做蓋房。像所有淘金返鄉的中華男子一樣，阿祖梅大榕穿的是舊貨店買的洋服洋帽，拎兩個洋麵口袋，裏面裝着回鄉贈送親朋好友的洋物件，從用剩了一半的香粉盒到吃空的糖果罐。船是中國公司的汽船，上船當晚就有二十個人入了底艙的賭局。梅大榕還不是頭一批淪落的人，並不是因為他品格比同伴高，而是他上船暈了三天海，暈得命都不想要了。第四天發現一帖治暈海的妙方：賭錢。一賭他可以不餓不渴不困不解手更不暈船。底艙擺開二十張桌子，骰子和骨牌同時碰撞，金玉一般悅耳，響得人甚麼心事都沒了。一個半月之後船靠廣東岸，一半人上岸，一半人隨船返回番邦金山城，繼續打山洞，鋪鐵軌，要麼填海造田讓洋人收糧。因為這一半人的錢在船靠岸前輸光了，連返航回金山城的盤纏還是跟航運公司賒的賬。

所以梅吳娘頭次坐花轎的指望落空了。聽說梅大榕連船都沒下就返回金山城，十六歲的她以為畫匠把自己畫走了樣，人家給畫中人嚇回去了。吳家人誠惶誠恐，收下梅家又一份厚禮，更是不敢打聽緣由。直到梅吳娘終於坐上花轎，入了洞房，才從新郎梅大榕口中得知緣由。新郎把三次原途返回金山從而把梅吳娘從十六歲耽誤到二十六歲當成畢生最大功業講給她聽。梅吳娘這才明白娘家人何故源源不斷收到婆家厚禮的原因。梅大榕第四次登上回國返鄉娶新娘的汽船，便用刀割開手指，喝了一碗血酒，對大洋盟誓，假如再賭，大洋對他千萬別客氣，讓千般海獸萬種魚蝦零食了他。航程過半時他的手指刀傷痊癒，突然撿到一塊光洋。他允許自己只把這塊光洋玩出去。一塊光洋玩成十幾塊光洋。他沒想到那十幾塊錢出奇地經輸，輸出去又贏回來，遠遠看到家鄉山影時總算全輸光了，可是輪船將拋錨的一刻他又大贏幾注，十幾塊錢變成了一百多塊錢。他一登陸趕緊把從小新娘等成老新娘的吳姓姑娘迎娶到梅家。

洞房花燭夜，等到了二十六歲的梅吳娘聽到的就是新郎的這樁豐功偉業。梅大榕於是被鄉里鄉親當成了王。背朝天面朝地做苦力掙來的房屋田畝算甚麼？了不得的人都是一眨眼掉進錢堆的。這一種財叫橫財，是命給的，甚麼比命厲害？梅吳娘在洞房裏那一刻就知道新郎會怎麼收場。新郎在家閒了幾年，看着自家的樓起來，看着桑林一片片擴大，綠了又枯，枯了又綠，看着桑蠶漸漸肥了，做出繭子，變成蛾子，輪回往返再而三，同時也看着梅吳娘生下一個囡又生下一個囡再生下一個囡，看得他日日哈欠連天，懊惱自己一筒煙工夫得來的錢怎麼去得如此艱難滯慢，還想不通在船上錢來時那樣石破天驚，而錢去時竟跟億萬眾生毫無二致：戰戰兢兢無聲無色。他早聽說一個並不遙遠的地方叫媽閣，擺着千百張賭桌；充滿三更窮，五更富，清早開門進當舖的豪傑。可惜媽閣給另一族番邦佔去好多年，反而不讓他梅大榕這個本邦人隨便進去。就在媽閣海關外面，梅大榕找到一個賭檔。那一夜錢去得一瀉千里。第二天他回到家便打點行李，趕下一班船過海返金山城。梅吳娘問：不是說再也不去做白鬼佬的驢子拉鐵軌了嗎？他懶得回答，揹上行李出村了。前腳他上船，後腳來了收樓收桑田的人。梅吳娘揹一個囡抱一個囡身後還跟一個囡，半張着嘴看人家內外丈量，一面跟按了梅大榕指印的契約核對。

幸虧那年繭子漲價，也幸虧梅吳娘一個人勞作慣了從不指望橫財偏財，把賣繭的錢拿出來，買回五十棵桑樹。第二年、第三年蠶繭價錢更好，梅吳娘不再賣繭，而在鎮上賃下一間繅絲坊，自產的繭子自家繅成絲，所以梅大榕再次兩手空空回來往她肚裏填孩子時，她已經開了三間繅絲坊，一人之下，百人之上；一人，是她的公婆。梅大榕看見女人的肚子又大起來，囑咐她一定要生個男仔，便扭回頭去金山城了。

梅大榕在四十五歲上帶着他的一百一十一塊美元從金山搭船返鄉。那一百一十一塊錢是他的一隻耳朵換的。修築加拿大通美國的鐵路時，他跟幾個華人苦力一塊埋炸藥炸石頭，一塊飛石削掉了他的左耳。老闆從保險公司為他要來一百一十一塊錢。上了返鄉的汽船後，這筆耳朵錢讓他乍富又窮、窮了又富，三更做乞丐、五更做老財，橫渡太平洋的航程幾千海里，他經歷了幾十種人生與幾十種家境，最終還是跟娘胎裏出來一樣乾淨，身上估衣店估來的裏外衣服都輸給了別人。他說：我姓梅的不會賴的，下船之前一定把衣服扒給你。梅大榕說話算話，投海前把那至少比他身量大三個尺碼的黑色洋服和汗衫底褲全扒下來，一一搭在了甲板上。

因此梅家五代之後的女性傳人梅曉鷗看見媽閣海灘上時而打撈起一個前豪傑時，就會覺得鹹水泡發的豪傑們長得都一個樣，都是她阿祖梅大榕的模樣。

假如梅大榕的遺腹子不是讓梅家老人及時營救的話，就不會在二零零八年十月三號這天存在着一個玉樹臨風的梅曉鷗了。

一

她感覺太陽光哆嗦了一下。也許風眼就要過去了。

誤點了五個小時的飛機假如不在颱風的風眼過去之前降落，她的等待就會不可預估地延長。再等十一假期就等短了。就是說，讓那個人傾家盪產的概率就小了。曉鷗的客戶們都被她在心裏稱為「那幫人」，今天來的是個單打獨鬥的大客戶，所以就是「那個人」。她存心忽略客戶們的姓名；有名有姓的人容易讓她用意氣，動感情，而摻了意氣和感情，她不會有如今的成功，儘管她從不敢細想她到底算幹甚麼的。假如要她填一張身份表格，職業這一欄就必然要填入「自由職業」。自由職業者是個遼闊的灰色地帶，藏龍臥虎，藏污納垢。畫家、作家、音樂家、盲人推拿師、維修手機和電腦的、站街女、按摩女、報刊撰稿人，都算自由職業者，當然也包括梅曉鷗這類給賭場貴賓廳拉客戶做掮客的。曉鷗這一行在媽閣有個頭銜，叫「疊碼仔」。鑒於她在身份表的性別欄目中填寫的是「F」，那麼她知道一些賭客背地裏會稱她「疊碼囡」。比方「把自己還挺當個人，不就是個疊碼囡嗎?」一般出來這種不屑之詞，都是在她向他們討賭債的時候。

終於聽到廣播員說從北京飛來的飛機要降落了。時間是下午五點半。颱風每分鐘都在提速。颱風在和飛機賽跑。停了一會，另一個女廣播員開始呼叫幾個台灣乘客的名字，請他們立即到登機口，飛往台北的飛機馬上要起飛了。都是男人的名字。那幾個台灣男同胞在賭台上迷途忘返了。也或許他們輸光了錢，直接上了去索莫娃或阿拉斯加的遠洋漁船，用一年生命換一筆高薪，為了還能回到媽閣來收復失去的籌碼。就像曉鷗的阿祖梅大榕一樣，在美國舊金山和老家東莞之間、在富庶和赤貧之間往返，最終壯烈自盡。原來海峽兩岸，往昔今夕，彼此彼此。女廣播員叫喊的音色都變了，像傍晚在野墳地裏喊魂。

那個人從海關出口向她走來。她斜一眼手裏的接人告示，重溫了一下上面的黑體字：Kevin Duan。曾經發生過把這個人和那個人的名字混淆的事，那是比較得罪人的，尤其是自以為獨特的人。她向前迎了一步，微笑說段總辛苦了。段姓男人很矜持。他們在開始時都很矜持。所有的開始都很好，但都離他們落花流水不遠。梅小姐辛苦了，讓你久等啊。對着一張矜持的面孔，她怎麼也叫不出老劉告訴她的名字。水電部的副司長老劉在電話裏跟她說，就叫段總 Kevin；老劉用山東侉音發出帶平仄、帶兒化音的洋名字，說段總樂意女人叫他「凱文兒」。從海關出口那道長長的圍欄走出來需要三分多鐘。沿着圍欄站滿各旅行團、各酒店接客的人，一張張甲方對乙方的公文臉。而段凱文在幾分鐘之後變了，曉鷗形容不了這種變化，但她感到他變成了一個和「那幫人」有區別的人，假如和他單獨在電梯裏相遇，她會希望和他搭訕幾句。段總個頭挺拔伸展，腹部弧度不大，鼻樑端正，臉上的中年浮腫不嚴重。接下去，在曉鷗的車裏，她發現他談話量適中，得體地親熱，還有種不讓她討厭的當家態度。漸漸地，他跟老劉介紹的凱文兒不是一個人了。

老劉怎麼介紹他的呢？一年掙幾個億，北京三環內幾個樓盤已經入住、五環外幾個樓盤正開盤的大開發商，上過財富雜誌和各種大報小報的成功人士，一年賭桌上玩個把億，那是段太太嬌縱他出來怡情消遣的。老劉是曉鷗十年前認識的客戶，自己把一點私房錢玩光之後就熱心帶朋友來媽閣玩。老劉熱心地看朋友下注，看朋友輸贏，手頭寬裕時就跟着朋友下幾注，輸了贏了一樣好脾氣，輸了的朋友事後諸葛亮，他就順水推舟送幾句懊悔，贏了的朋友發小費請喝魚翅羹他沾光卻也湊趣知恩。

老劉還告訴曉鷗，段總玩一次不容易，哪來的時間嘛，因此玩就玩大的。多大？「拖五」。梅曉鷗遇到過「拖十」的，世面不是沒見過，但她還是攔了一把：別拖五了，拖三吧。飛蛾撒歡地撲火，曉鷗攔不了飛蛾，她只能攔火。她不攔自己也要焦一半。「拖三」是個黑玩法，台面上跟賭場明賭，台下跟曉鷗這類「疊碼仔」暗賭。若拖五，台面下輸贏就是台面上五倍，萬一段凱文贏了，等於在台面下贏了五個梅曉鷗。曉鷗聽老劉在北京用手機和段總通電話，存心讓曉鷗聽兩人商討。老劉連哄帶勸地說：「段總啊，人家梅小姐不同意拖五，人家一個小姐，怕輸不起；您看您能不能退一步，咱跟她玩拖三？」在媽閣的梅小姐聽見北京的討論往來幾個回合，最後段凱文遺憾地退了一步：那就拖三。老劉告訴她，段總顧念你小姐，怕你緊張。

「梅小姐的名字不錯啊。」段總在車後座的黑暗裏說。

「謝謝段總！」

她答話的腔調把阿專驚着了，飛快瞟她一眼。阿專給

曉鷗當了五年司機兼保鏢、助手，聽他女老闆拿捏嗓音是有數的幾次。女老闆的名字過去給客戶們誇過，她下來自己說，甚麼好甚麼美？海鷗是最髒最賤的東西，吃垃圾，吃爛的臭的剩的，還不如耗子，耗子會偷新鮮東西吃。梅曉鷗從來不避諱一個事實：自己跟鷗鳥一樣，是下三濫餵肥的。

「聽說梅小姐是北京人。」段凱文說。

「現在有點南方腔了是吧？在媽閣住了十年了。聽說段總是清華畢業的？」車裏很暗，但曉鷗把笑容擱在話音裏。

「我上大學那時候，比現在好考。」

這又是段凱文不同尋常之處。講話講七分，不講滿，調子比一般人低半度，低得你舒服，再低就會假。偏偏這麼個人要「拖五」，前天好一場勸說，出於憐香惜玉之心才答應退兩步。

颱風就在車窗外，脹鼓鼓地擠着寶馬 740 的玻璃窗。老劉晚上一定不會來了，不然飛機會被颱翻。這一夜她要和段凱文共度，在台面下和他單獨廝殺，沒有老劉在場，她突然覺得拘束，就像男女頭次相面，媒人突然缺席。

到達金沙酒店之後，一切如常；出示護照，開房間，放行李，這期間梅曉鷗左右伺候。櫃台裏的人認識曉鷗，打招呼説梅小姐晚上好，忙着呢？她注意到打招呼的人對段凱文的打量，他們似乎也像她一樣，覺得這位「總」比其他「總」順眼，是一位有料的「總」，十年寒窗從山東鄉下進入清華，從清華進入「宏凱建築集團」他那一層樓大的辦公室，所有經歷似乎都充實在他笨鳥先飛的穩健做派中。段總跟着一個年輕員工上樓去擱行李，回過頭對曉鷗囑咐一句：「別跑遠了，我馬上下來。」

不知怎麼，這句話也讓曉鷗聽得順心。

討她喜歡的另外一點是段凱文不急於去賭場。他從客房下來先邀請梅小姐喝一杯。曉鷗半玩笑地説，一般情況下飲就不能賭，賭就不能飲，一夜只能造一種孽。段總説聽她的。但他的微笑告訴她，他才不會聽她的。他有個好看的笑容，絲毫不帶有錢的中年男人那種少廉寡恥。這人是哄女人的好手，不然就是女人的好獵物。

來到VIP廳的時候，三張台子都給佔了。一張台子邊放了一個客房送餐的手推車，玻璃台面上擱着一海碗麵，一大盤青菜。段總在離入口不遠的地方站下來，觀望着每張桌上的人等。當他看見從海碗斜上方伸出一顆禿腦袋，張開口就往嘴裏稀里嘩啦地拖麵條，他對曉鷗笑了一下。這正是曉鷗想對他笑一下的時候，而段凱文恰好成了她的同感者：這廝怎麼如此沒有相？嘴就擱在碗沿上，麵條直接從碗裏往喉嚨裏抽，泡渾了的湯水成了一口塘，從中往外打撈一捆爛繩子也會比這圖景好看。

默契有了，曉鷗就不再有那種跟陌生男子單獨相面的拘束。她把預備齊的五十萬籌碼交給段總。

段總向左扭頭，避開吃大碗麵的禿頭，向一號桌走去。段總坐下之後看了一會電子顯示屏上的「路數」，四根藍色「閒」路從上方貫通下來，曉鷗料到段總會打「閒」，他卻把十萬籌碼推上了「莊」。

一口氣還沒喘出來，段凱文贏了，十幾億的身家又添了四十萬的財富；台面上賭場賠他十萬，台面下曉鷗賠他三份十萬。難怪他敢拖三，知天命的。梅曉鷗想到自己祖先梅大榕贏錢引起鄉鄰們敬神般的心情：人家那是命；甚麼比命厲害？梅曉鷗沒招他沒惹他已經欠了他三十萬。

他把贏來的錢一把推上去，二十萬。當然不止這些，台面下還拖着曉鷗的六十萬。真是爽，又贏了。段總連闖兩關凱旋。他側過臉對她笑笑，不好意思似的。台下面曉鷗欠他九十萬了。他再一次一推，四十萬籌碼堆成一個小堡壘。他鄰座的人看好戲地看着那個小堡壘，又看看堡壘對面的女荷倌。女荷倌的面孔平板得如同紙牌，眼睛平視前方，鄰座們都不敢押注，由段總一人「闖三關」。所謂新客上台闖三關，無非就是把頭兩把贏來的籌碼和老本一塊押，闖過三關意味開張大吉，贏不贏勢頭是大好了。但段總在即將闖第三關的最後一秒鐘變卦了，突然伸出兩手蓋在籌碼上，遲疑一會，把曉鷗剛才交給他的所有籌碼都往前一推：八十萬。那麼台子下跟曉鷗暗賭的就是二百四十萬。曉鷗聽見自己耳朵眼深處呼呼地響，腦漿的激流在撞擊腦殼。十年做女疊碼仔，甚麼貨色都見過，像眼前的男人這樣殺人不眨眼地酷，她沒有見過。或許他是真富翁。不像百分之九十的富翁那樣，你永遠別想搞清他有多少是貸款，多少是集資，多少是明天進來的錢昨天已經花出去了。貴賓廳內冷得奢侈，曉鷗額上和鼻尖卻沁出汗來。段的八十萬贏了的話，曉鷗在台面下就得賠給他兩輛寶馬740。她不是因為即將輸錢不安，是因為此人幹得太漂亮了，像是早就算好路數，來給她和賭場下套的。

比黑桃五更沒表情的女荷倌翻出一個八點。好牌，想好過她必須是九點。段凱文盯着那個八點至少盯了十秒鐘。曉鷗慢慢轉過身，但剛轉過身就忘了自己轉身要去幹甚麼，於是她又轉過來，發現台子兩邊的人都一動不動，跟她轉身前毫無變化，還是那個方塊八仰面朝天躺着，其他的牌仍然背着脊樑。沒有人出聲，那個拖拉麵條的禿頂改為拖拉蔬菜。粵菜可惡之處是從來不把蔬菜切斷，所以讓禿頂的壞吃相污染視覺也污染聽覺。而這呼啦呼啦的油水加口水的聲音絲毫不打擾段凱文。

女荷倌的蠟黃臉偏倚一下。她的不耐煩表示得很微妙。

這也不打擾段總。曉鷗看着段總的側面，一根通天鼻樑插在兩邊被地心引力拉得微微下墜的臉蛋之間，相當不錯了，十幾億掙下來，無數小三兒穿梭過來，只在這面相上留下這一絲兒腐敗模樣。

段凱文右手一抬，掌心朝上，荷倌等了近一分鐘，現在欣然翻開她面前的第二張牌。一張黑桃J。荷倌那方面好運到頭了：八點。段總這一方要用最高點數九點贏下這一局。他以出人意料的痛快手勢翻開第一張牌：紅桃Q。

甚麼兆頭？

不知為甚麼。他扭頭看着曉鷗。曉鷗不知自己是否正確演出了他無聲的詞彙：來，坐在我身邊。曉鷗坐在他旁邊的椅子上，見他捏起牌的一角，一點點往外撚翻，像是把它見不得人的面目一分一毫地揭露。旁邊圍了八、九個看客，此刻都在起哄：「四邊！四邊！」至少是九點。段總押的是「閒」，真是「四邊」都出來的話，曉鷗那幾千萬家產就要出現二百四十萬的虧空。而此刻她忘了自己跟賭場是一條戰壕，必須與段凱文你死我活；他的一敗塗地提供她和賭場（包括眼前的女荷倌）衣食住行。她心裏卻有種焦渴；快翻出「四邊」來吧，快贏吧！

段凱文的手短粗有力，仍在一點點揭示那薄薄的紙牌包藏的秘密。翻了牌的這一側，又把牌調過頭，翻那一側，因為從這一側看，像是「四邊」了，紙牌在他的手下備受蹂躪，從通體光潤到筋斷骨折。漸漸地，紙牌暗藏的嘴臉全部顯露了，周圍一圈人大聲喝彩，緊接着出來幾個追悔的事後諸葛亮：「我就知道是四邊！」「剛才想跟着押一注，一念之差沒押！」「媽的！」

四川話，東北話，河南話……誰都聽得懂誰。都是來自五湖四海，為了一個共同的發財目標走到一起來了。

躺在台子上的是蒼老的梅花九，佈滿皺紋，鞠躬盡瘁。段凱文收回兩隻手，在褲腿上抹了抹。這回他沒轉過頭來向曉鷗微笑，表示不好意思，因為硬從她手裏奪得了一筆鉅款。剛才那一注她在台面下給他拖進去二百四十萬，全沒了，加上前面輸的兩注，一共三百三十萬。怪不得他臉都不敢轉，是不好意思表達他的不好意思。才半小時不到他就劫走她三百三十萬，而她又有幾個三百三十萬來讓人劫？她對他所有的好感頓時沒了，搶走她三百三十萬的人只能是兇殘的敵人。本來就是敵人，一旦玩起「拖」來，她就從中介成了他的對手。她為剛才那個叛賣自己、胡亂多情的梅曉鷗發臊。

十年的疊碼囡營生陶冶出她的風度，你不理我我理你：「段總好手氣！你先玩着，我去打個電話，看航空公司是不是取消了劉副司長那班飛機。」

他向她做了個微小的手勢，請她自便。

她當然不是去打聽航班，她打開手機撥通了老貓、阿樂，說她有一份貨，自己吃不下來，願意分給他倆各三分之一。貨就是段凱文。在媽閣賭界，找同行分吃貨就是分擔風險。

老貓是精怪，馬上斷定這貨已經贏了，贏了的貨曉鷗分給他們就是眼下的虧空。曉鷗馬上説這貨前面的輸贏歸她自己，分吃從她和老貓、阿樂簽了合同開始，公平了吧？十多分鐘後，西服革履的老貓和阿樂到達金沙大堂，盟國代表簽訂瓜分世界的條約似的。老貓拿出規範合同，三人速速簽名。老貓和阿樂都是這行裏的油子，知道頭三把大贏的客戶只要屁股穩，坐得住，後來十有八九會大輸。所以他們各認下三分之一的貨跟曉鷗分吃。好，現在台面下是三個戰段凱文一人。

等她回到廳裏，段凱文輸了一注。她的虧空小了一百來萬。段抬起頭，看見她回來了，由衷的盼望就在他的眼睛裏。

「你一走我就輸！」

「輸得不多吧？」其實她掃一眼剩在桌上的籌碼，心算結果就出來了。一百一十萬從剛才飛速築高的籌碼城堡裏出去了。

「不多，一百來萬。不准走了啊！」他拉了拉她的手。

他把她也當成那無數蠢女人中的一個。她在他身邊坐下來，抬起頭，看見女荷倌一晃發了福、國字形的大臉蛋，棱角渾圓，如同一張被人玩太久的紙牌，直角磨去，在方形和圓形間模棱兩可。胖荷倌比剛才的瘦荷倌有看頭，臉上帶情緒，段凱文輸一把，她那冰凍一層的漠然便碎裂一次，露出竊喜。

現在段凱文有了兩個玩伴，剛才吃麵條的禿頭和一個面色土灰的男子挪到這張台來了，各踞一方，圍攻胖荷倌。這兩人是段的勝利招來的，他們認為段殺出一條光明坦途，他們可以順着走一程。段推上五十萬的注，此二人你看看我我看你，各自推出十萬碼子，都跟段押在莊上。

曉鷗突然發現胖荷倌的兩撇眉毛濃厚得不近人情，眼睛像蓬亂的草簷下點着的燈，再亮都昏暗。這眉毛可不好，比男人還男人，非克死你不可。胖荷倌手一動，一道綠彩，原來她戴了個成色不差的翠鐲。一對如此的眉毛和一隻這般的翠鐲，看起來像在抬槓。媽閣有不少葡萄牙人的混血兒，這位荷倌混得比較亂。戴鐲的手將牌發到段凱文面前。段又朝她做了個「你先請」的動作。胖荷倌大大方方翻開牌，一個是紅桃五，一個是梅花十，兩張牌相加，九為最大，過九為零，因此這兩張牌加起來，只有紅桃五算點數，僅為胖荷官積了五分。非常平庸的手氣。

段凱文右手拇指和食指數鈔那樣撚動：一個角撚出來，半張牌再撚出來，接下去他把牌輕輕一擲：黑桃三，第二張方塊九。他得分是兩點。

曉鷗心想：剛才那幾手牌，輸贏都漂亮，這時怎麼了？

莊家、閒家各要一張牌。吃麵條的一肚子麵條全冷了，土灰臉的膝蓋上下顛顫。曉鷗喝了一口水。似乎是她喝水提醒了段，他側臉看她一眼，看出她渾身有點軟，勸慰地笑笑。他把手伸向荷倌：翻牌吧。荷倌翻出個梅花二，加上前兩張牌的點數，她現在是七點，贏的機會不小。

段凱文把脊背朝天的牌摩挲着。右手拇指摳起牌的一角，撚出一個紅桃，順着撚下去，三個紅桃出來了。觀戰的人開始進入角色，吆喝着讓他「吹！吹！……」假如牌面是八點，他必須把那多餘的一個點「吹」下去，不然點數過剩，就爆了。一上賭台，人人都是蒙古症兒童，幼稚可愛，牌上那命定的點數在他們出世前都寫好了，是能吹得掉的嗎？

而這個清華畢業的成功企業家真鼓起微微下墜的腮幫吹起氣來，他那樣認真而愚蠢，估計最傾心他的女人都羞於相認。梅曉鷗把目光轉開，他愚得她也跟着害臊。

這時門口響起一個大嗓門：「段總來了嗎？」

老劉到了。颱風沒把飛機颳翻，老劉拎着好幹部下基層的黑皮包從門口進來。

「哎喲段總，怎麼樣？」

段凱文此刻因為吹牌半斜着身，一側腮幫幾乎貼在台子邊沿，這是一個派頭不凡的中年男人很醜的姿態。他的目光越過曉鷗的肩膀，看了老劉一眼。誰讓段總看這麼一眼，就明白自己被看得糞土不如。那一眼可以殺你；天下竟有如此不知趣不識相不合時宜的東西，你還不去死？

曉鷗明白，最虔誠的賭徒迷信一切細節，一切徵候，甚麼東西、甚麼人、在甚麼時候出現，都不是偶然，都暗暗循着一個巨大主宰的支配。老劉就是這巨大主宰送來的喪門星，比胖荷倌還於他不利。所以他放棄一般把摳哧半晌的牌一拋。牌面上是紅桃八，多餘一個點。剛才那麼吹，都沒吹掉。兩張有效的牌加在一起點數為十，等於零。

輸了。

吃麵條的和土灰臉站起，走開了。

老劉這會曉得厲害了。他在心裏回放段凱文盯他的那一眼，刀一樣的目光。不對，光輻射一般的目光。從科員到科長再一級級爬到副司長地位的老劉幾十年在心裏編輯了一整套各種眼色的光譜大集，甚麼眼色他都有詳細註釋。對這個腰纏萬貫的段總，老劉看得比上級還上級，因此他先溜到賭廳門外段總那具有超強殺傷力的目光所不能及的安全地帶，再研究那眼色的意味，越研究越害怕：他今晚真把段總惹了。段總那一瞥目光可以解讀為：操，老天真有眼，怎麼沒把你的飛機颳到海裏?!

梅曉鷗反正是讀懂段總眼色的。曉鷗能解讀賭徒的各種眼色。這時候最好甚麼也不說，一動都別動，讓段總專注反省或認輸。段總沉默了兩分鐘，呼吸勻淨了，神色從容下來，對胖荷倌打了個「飛牌」手勢。這是從西方賭場舶來的詞語「Freehands」，被中國賭客吃掉了一個字母「r」之後，變成了現在的「Fee」，於是成了「飛」牌，即荷倌自己走牌，賭客不押注，只是旁觀牌的走勢。電子顯示屏上記錄下的「莊」、「閒」二家博弈勝負，便是段總此刻如何下注的參考。曉鷗看着段凱文計算三角幾何的高深面孔，心裏好笑：賭台裏裝着八副撲克，四百多張牌，數字能拼出無限的組合，怎麼能讓你計算出牌路？音符只有七個，自古至今，組合旋律的可能性就是無限的。再看看對號鎖、保險櫃，十個數碼又是多少種組合？

必然是每個賭徒不去提的，甚至不去記憶的；他們向別人向自己常常聲張的是偶然吃到的甜頭。必然就是梅曉鷗的阿祖梅大榕，跳進海裏把光着的屁股和臉面一塊藏到魚腹裏。

飛牌飛了十多個回合，段凱文朝胖荷倌打了個手勢：開始吧。在飛牌期間，賭桌邊上又添了幾個看客。眼神機靈得發賊，姿態中透着底層人的世故，習慣於不學無術又甘心奉獻最低等的功能使他們形成媽閣無產階級的風貌。曉鷗一看便知他們是老貓和阿樂的馬仔，被派來看「貨」的，以防段總出老千。他們的老闆在分吃梅小姐的「貨」，一點差錯都不能出，小小的誤差都很昂貴，上百萬、上千萬都可能。萬一段總身上掖了個五十萬的碼，再會點戲法，把它混到台面的碼子上，他們在台面下就要認一倍的輸。

這一注段總押得不大，二十萬，走着瞧。但他馬上贏了。他舒展脊樑，四下裏掃一眼，巡視勝仗後的戰場一樣。再押的兩把都是五十萬，都輸了。他扭過頭，看看曉鷗。十年經驗教給曉鷗，此刻出不出主意都是她的罪過。出主意一旦他輸了，他會賴你存心出餿主意，不出主意他罵你冷血，見死不救，做你的客戶圖你甚麼？至少擊鼓助威給他當當啦啦隊吧？

「你餓了吧？」這是段凱文扭頭看她之後說的。

「我給您訂了兩家餐廳。就看段總想吃中餐還是西餐。」梅曉鷗說，「我請客，段總要給面子噢！」

「吃西餐。不過我不給你面子讓你請客。」

「段總不能壞規矩；我的客戶到媽閣來，接風洗塵都是我的事！」曉鷗說這些話時不完全是敷衍，下了賭台的段凱文又是個順眼順心的男人。

「那我寧肯餓着。」段把臉轉向賭台，好像要回去接着輸。

「那好吧！沒有像您段總這麼不領情的！」曉鷗讓步地笑笑。

老貓和阿樂的馬仔們看看段又看看曉鷗。在他們眼裏曉鷗此刻是浪的。他們也沒辦法，曉鷗看上去比實際上要嫩很多，一笑兩條細眉下一對彎眼，不笑又是孤苦伶仃的凄豔，慢說她在行內做人堂正，就是她整天請男人們吃虧也情有可原。他們的老闆做不過這位梅小姐，就因為梅小姐美麗豪爽，又形單影隻還不失體統地浪一浪。

段凱文走到貴賓廳的小吧台，端起擰開蓋的蘇打水倒了半杯，深飲一口，向賭廳門口走去。台面上他欠賭廳三百二十萬，台面下他欠三個疊碼仔每人三百二十萬。除了段輸給她的三百二十萬，賭廳還要付給曉鷗百分之一的「碼佣」，這兩個小時共有三百多萬的「Rolling」（流水賬），百分之一就是三萬多。

曉鷗儘管在心裏把賭徒們看得不值一文，她深知自己正因為這些一文不值的人格買下別墅和寶馬。她一直夢想做個尋常女人，夜夜安眠，擁有芸芸眾生都擁有的早晨，見見十年不見的朝陽和晨露，靠收房租和吃利息開支油鹽柴米，假如不是因為一個叫史奇瀾的賭徒。史奇瀾欠了她一千三百萬賭債，她必須留守在現在的行業位置上，借行內的勢力確保那一千三百萬的歸還。

她和段說好一小時後在酒店大堂見，由阿專開車去 MGM 的西餐廳。她正好趁機打幾個電話，同時慢跑三公里。其中一個電話就是要打給史奇瀾的老婆。剛要去換運動服，老劉閃現出來，一臉堆笑。

「剛才段總背後罵我沒有？」老劉問。

「罵了。」曉鷗也笑嘻嘻的。

「罵我啥？」

「啥都罵了。」

老劉從曉鷗的笑容裏探明段總甚麼也沒說。段總剜了那一眼，甚麼罵人的話都省了。甚麼髒字比那一眼更具殺傷力？

跑步機的傳送帶開始運行了。梅曉鷗腰帶上別着手機，耳機插着耳塞，右手在手機上一按。史奇瀾辦公室的電話號碼被她專門輸入，只需按一個字母就接通。一千多萬欠款把他老史提升首席VIP。史奇瀾的老婆叫陳小小，曾經是身懷絕技的雜技演員，跟史奇瀾一塊創業時只有十七歲。陳小小總是靠得住，在北京那頭接電話。一聽是曉鷗，她立刻請「曉鷗姐等一會」。曉鷗邊跑邊想，陳小小一定是去關辦公室的門了。那是在北京郊區的一家硬木傢具廠的辦公室。史奇瀾鼎盛時期，有十多家工廠，光是收集的全世界名貴硬木就富可敵國。現在他輸得只剩北京一家原始廠和一庫房存貨了。

「曉鷗姐，你快來一趟北京吧！」小小氣喘吁吁地說。

「怎麼了？」

「奇瀾不止欠你一個人錢；最近我才知道，他在外面到處跟人借錢！這幾天有人到家裏來要賬，到晚上都不走，地毯上沙發上到處躺。他不見了！」

「誰不見了？」

「老史不見了！」

小小剛才關門就是要告訴曉鷗老史不見了的消息。

「你趕快來一趟北京！」

曉鷗不知道她去北京於事何補，能讓消失的史老闆復現？

「我要你來北京，是讓你挑一些值錢的存貨。我們庫裏還有兩件黃花梨的鎮店之寶，你拖走吧！奇瀾欠你的債欠得最久，應該盡着你把好東西先拖走，不然其他債主動起手來，拍賣我們庫裏的東西，老史就再沒指望還你錢了！」

陳小小從她瘦小身子裏發出緊急呼籲。曉鷗給陳小小出主意，讓她找律師走動法院。法院出面跟史奇瀾所有的債權人談判；所有珍貴木材和成品都暫歸法院封存，同時給史老闆一段時間恢復生產，每年的產值償還一部份債務、本金和利息。陳小小認為債權人不都像梅曉鷗這樣溫柔、上檔次，他們大部份比人渣高級不了多少。曉鷗急切地告訴陳小小，這不僅為了還債，更重要的是給史老闆一次浪子回頭的機會。這句話對於小小是十分中聽的。浪子回頭，回頭是岸，一旦老史上了岸，哪怕赤條條地上岸，她陳小小都有活頭了。她嫁給老史的時候，嫁的近乎是赤條條一文不名的好男兒。史奇瀾多才多藝，赤手空拳，用好話都能把小小這種女孩子哄進被窩。曉鷗一面慢跑一面催促小小找律師，嗓門大起來。她從對面的鏡子裏看到健身房仍然空空蕩蕩，她可以放心大膽地向北京小小喊話，給她做軍師。她要小小知道，一旦法院判決下來，為史老闆保住了那些稀有木材和精品傢具，老史一定會珍惜這次機會，東山再起。小小聽進去了，在電話裏一謝再謝，謝着謝着就哭了，她哭老史幾年都還不出曉鷗的錢，可是曉鷗對他們還這麼仁義……曉鷗玩笑説她多吃幾年利息也不虧嘛！

陳小小在那邊哭聲更緊。這是個苦慣了的女人，從小被打上十幾米高的天橋，被打出美輪美奐的空中舞姿，被打得無比珍惜不挨打的日子。她十七歲跟上當時做木雕的史奇瀾，覺得沒有父親沒有哥哥的自己在史奇瀾身上找到了缺失的所有男性家族成員。現在老史最大的債主能給老史一條上岸的生路，她哭的是這個。

陳小小終於道了再見，向曉鷗保證放下電話就去找律師商量。曉鷗又告誡她一條，光靠律師還不夠，法院也要找熟人；海南黃花梨的價值跟黃金一樣，送一件小小的小品還是值當的。小小如同吸噬救命丹藥一樣，吞進曉鷗的每一句話，每句話之後她都使勁地「嗯」一聲。

掛斷電話她瞟一眼跑步機上的錶，這一通電話打了整整半小時。她用毛巾擦了一把臉和脖子，感覺後腦勺的碎髮滴下的汗珠流入衣領時的冰涼。陳小小真苦命，比她好不多少。她從跑步機上下來時，克服着跑步機傳送帶帶來的頭重腳輕，突然發現一個人背身坐在划槳機上悠然自得地旱地行船，四肢動作很逍遙，似乎在兩岸好風景之間流連。她意識到剛才為陳小小支招的話都給此人旁聽了。反正誰也不認識誰。剛走到門口，那人卻開口了。

「梅小姐，不再鍛煉一會兒？」

段凱文！

曉鷗把跟陳小小的對話飛速在心裏回放一遍。不管怎麼樣剛才的話是不該被這個人聽去的。她的職業操守也不允許她的客戶甲知道客戶乙的信息。萬一客戶甲看透了梅曉鷗是個軟柿子，捏捏無妨，讓人欠着一千多萬還不先下手為強拉他幾車黃花梨、金絲楠木抵債，反而幫欠債方打小九九、搖羽毛扇，他們可就有範本了。

段凱文微笑地看着曉鷗說：「梅小姐好厲害呀，甚麼門道都摸得那麼清。」

梅曉鷗意識到她們的通話他是全程跟進，她所有的出謀劃策、教唆鼓動，力挺陳小小幹損人而利己的事，等等等等，都被他聽去了。在他心目中那個嬌嗲溫柔，無奈地在男人海洋裏漂浮的梅小姐消失了，取而代之的是一個老謀深算，少說有一千個心眼子的女疊碼仔。梅曉鷗知道男人都不喜歡第二種梅曉鷗。儘管他們在跟第一種梅曉鷗打交道時懷疑那層溫柔和淒豔是偽裝，但他們寧願要那偽裝。剝去偽裝的梅曉鷗跟老貓、阿樂們一樣，失去了她作為弱者的優勢。弱者倚弱賣弱的時候，容易巧勝。

段凱文從地上爬起來，臉上一點汗都沒有。這是個在乎健身的人。曉鷗大大咧咧地補充幾句史奇瀾的趣聞，誇張她和陳小小的親密度，然後馬上轉換話題。

「段總跟我一樣，一天不健身就難受，是吧？」

「我是想天天健身，在北京老抽不出時間。不健身不行了，」他拍拍腹部，「你看，肚子都起來了。」

「還好啊！」

「這是餓着呢！」他嘿嘿地笑了。

他的誠實和坦蕩讓曉鷗由衷地笑了。她和他要不是眼下的關係就好了。她要是在別的場合裏跟他結識就好了。可如果不是他染有惡習，她又到哪裏去結識他？她結識的所有富翁都歸功於他們的惡習。梅曉鷗深知自己是被惡習滋養的人。她的祖先梅大榕以他的惡習成全了梅吳娘，不然梅吳娘不會成為老家方圓百里的纏絲霸主。梅吳娘為梅家創下的祖業歸功於梅大榕的惡習。

晚餐期間，梅曉鷗忽略了十來個電話。但她沒有忽略去看那些來電的號碼。她挨着段凱文坐在庭院裏的西餐雅座。段總點菜很實事求是，前餐他只點了一份，供他、曉鷗和老劉分吃。湯每人都有，但他請服務員給自己來兒童分量的。主菜他為自己要了魚排配青蘆筍，曉鷗給自己點了一份牛排，大半切給老劉，自己只留一牙兒。媽閣似乎是歡迎人造孽的，糟蹋了大筆的錢之後，人們糟蹋起其他東西更是豪爽，美食美酒美女，都盡力糟蹋。曉鷗其他客戶都是那樣，而這位段總是例外的。老劉主動請纓去餐廳裏挑選紅酒，段總向他揮手應允。曉鷗緊跟老劉進了門，小聲叮囑：「劉司長，適可而止，別挑太貴的！」

老劉答應着，掃視了一下酒架上的陳列，然後取下一瓶一九九九年的波爾多。他把酒交給一個混血侍應生。

「段總今天輸了。要是他贏了，我就讓他請我們喝拉菲！」老劉說。他自知很不主貴，投靠段總這類闊佬就是要消費憑他自己能力消費不起的東西，因此對別人的輕蔑他一點都不意外、不難受。他似乎專職就是替人拉場子，替人花錢，替人高興和不高興的。

侍應生倒了一點酒讓段總先品一口，段總微笑着請老劉代勞。段總在吃喝上都是好說話的人。紅酒是他這兩年才喝懂一點的，十多年前喝一瓶礦泉水都要捨不得一陣呢。段總在半杯紅酒下去之後又自我披露一句。曉鷗想，一杯酒全下去，他就該把傍晚那一肚子詛咒倒出來了：劉司長混蛋，我還以為你跟着飛機掉海裏去了呢！那個時候到，沖了我的運勢，一把該贏的牌輸了！

但是一頓晚餐下來，段凱文一個字不提賭桌上的事。畢竟是有些風尚的人，有風尚的人明白一些事做得而說不得，比如性事，比如如廁，還比如賭錢。

第二杯紅酒喝到一半，段總向曉鷗側過臉。

「曉鷗你這名字真好聽。」

梅曉鷗寬諒地笑笑，不揭露醉漢會重複他不久前說過的話。

「段總喜歡就好。」她大方地說。那麼大方，似乎接下去就會說，「你喜歡就拿走。」

「嗯，喜歡。」他把名字在嘴裏品了一番，如同品一口紅酒，然後認真地承認自己真的喜歡。「結婚了嗎？」

這似乎突兀了一點。曉鷗感到錯愕，臉上一傻。

「離了。」她淡淡地笑一下，彷彿在說一雙穿壞的襪子，「早就離了。」

阿專來了，小聲跟曉鷗說了一句話。這句話使曉鷗神色發生的突變連段總和專心貪杯的劉司長都注意到了。曉鷗下一秒鐘就復原了常態。她磊落地對大家說，來了個朋友，她去關照一下，馬上回來。她請大家別為她突然的離席影響餐後甜點的胃口，這家餐館的甜點絕對不該錯過。

段總看着她。曉鷗遺憾地對他笑笑：沒辦法，你看我我也不能跟你說實話。

「馬上回來哦！」段凱文帶一點親昵的威脅對她說道。

曉鷗跟阿專開車往十月初五街行進，拐入魚鰓巷，再進一個短短的小巷，這就來到了一家小館子。館子裏發出上世紀剩菜的氣味。媽閣很多這樣的小餐館，上世紀五十年代恐怕就是這副孤陋模樣了。多少輸淨了錢的人，因為有這類小館子而不至於餓死。從窄而陡的木頭樓梯上去，就看見史奇瀾坐在小窗口。小窗那麼陳舊，把窗外夜色和窗內這個中年男人都弄舊了。

「史總。」阿專替曉鷗叫了他一聲。

史老闆轉過身。那份蝨子多了不咬的從容勁很足。

阿專向前跨一步，肥頭大耳地擋在史奇瀾和曉鷗之間：「你怎麼在這裏呢？」這句質問又是阿專替曉鷗發出的。剛才他已經和史老闆見過，他當然已經代表他阿專自己問過史總為甚麼在媽閣現身了。

曉鷗上下看一眼這個史奇瀾：上衣是中式的，高檔棉布，白底細藍條，存心模仿農家織布機織出的民間工藝感，下面一條深灰褲子，膝部被兩個膝蓋頭頂出很大的凸包。這是在哪裏抱膝而坐坐出的形狀？是想不開還是試圖想開而去抱膝而坐嗎？面壁還是面對大海？梅家阿祖梅大榕縱身太平洋之前，一定也在甲板上面對大海坐了很久。

「曉鷗我想了想，還就只能來找你。」史奇瀾說。他的手修長纖細，看它們拿畫筆拿雕刻刀的時候，覺得它們非常優美，此刻這雙手交握在上腹前，隨時打躬作揖。

「你怎麼說不見就不見了？把小小急死了！你知道小小現在還在你們工廠的辦公室裏嗎？」

在跑步機上跟陳小小通電話的時候是十點左右。北京跟媽閣不一樣，夜晚十點就是夜晚十點，郊區被佔用之後的菜地深處只亮着一盞燈，那就是陳小小的辦公室。那樣的孤獨無援，哭聲在荒蕪的菜地裏連回音都沒有。

「她跟你打電話了？」史奇瀾皺起眉頭。

「你在哪裏藏了三、四天？」曉鷗問。

「不藏不行，給他們吵得腦子不清楚，怎麼想辦法？」

曉鷗想像那些債主派的無賴帶上簡單臥具上門，進了史家的客廳就要安營紮寨，吃史家的伙食標準，史家實在開不出飯他們就從鋪蓋下掏出方便麵，自己下廚。史家孩子耳朵裏灌入的都是惡狠狠的悄悄話：「你爸不還錢你的小命當心點兒，哪天上學就再別想放學回家……」「敢跟你爸說，你明天就別想放學回家！」

史奇瀾十二歲的兒子叫史無前，小名豆豆，十二歲的孩子終於自己做主搬到姑姑家去了。

「那你該跟小小打聲招呼再躲起來啊！」

「那娘兒們是頭一個吵我的，我頭一個要躲她！」他說着還微笑一下。他輸光了也不怕，小小對他的感情是輸不掉的。這是他微笑的含意，窮光蛋都有以之擺闊的財寶，小小是他的財寶。他吃準小小沒文化，除了空中舞蹈甚麼都不會，兒子給她掃盲都嫌富餘，因此他討飯她都對他死心塌地。

「你是怎麼過來的？」曉鷗問。「過來」的意思是過境媽閣。史奇瀾還不上錢，曉鷗在海關把他掛了號，只要他一入境，海關就會通知她。海關沒有通知，證明他沒通過正當途徑進入媽閣。

老史又微笑一下，沒有回答。曉鷗於是明白他是從珠海偷渡過來的。四、五千塊錢就有人幹這個，甚麼樣的垃圾、破爛都可以被運送過來、過去。老史如今一副做垃圾的坦然。五年前的史奇瀾讓曉鷗還做過夢，那是個容易讓女人做夢的男人：仙風道骨，人間煙火味極淡；你懷疑他用一點點大麻，但很適量；還懷疑他年輕時作詩，當然年輕時人人都把自己寫的半不拉嘰的句子叫做詩。他帶着四十歲男人極少有的素淨的美，走進曉鷗的視野。曉鷗那時在媽閣剛做出點頭緒，史奇瀾是她當時接待的最大闊佬。他一直是中式褲褂，略長的頭髮，一個超齡公子哥，也像公子哥一樣賭起來下手豪壯。最開始他還輸五、六局贏一局，後來就不對了，兵敗如山倒地輸，先輸掉兩個工廠，後來印尼和菲律賓的木場也從賭桌上走了。幾億家產，一表人才，可憐現在靠偷渡船當垃圾給運進媽閣。

曉鷗想到老史剛才見面說的話。他想了想還就只剩她梅曉鷗一人可以投靠。他躲開人類也躲開陳小小和孩子，就想出這一着好棋來？他來找曉鷗的目的是求她在媽閣為他找個住處，他把幾件海南黃花梨的雕刻押出去，做重整旗鼓的本錢。他假如身上有住店的錢，一定不會來找梅曉鷗，這點曉鷗明白。儘管老史輸成一副空殼子了，差的酒店還不肯住，打起曉鷗的主意來，因為他知道曉鷗是賭廳老闆的寵物，手裏掌握兩三間賭廳招待大賭客的免費房間。賭場拉人下水，甜頭先要給足。老史就因為多年前那點甜頭眼下吃苦頭。老史補充說陳小小看他像看賊，能偷出來的就是那幾件，太大的偷不出來，太貴重的也偷不出來，因為它們都被債主作了價抵債了。史老闆現在所有的債務加起來比他財產、房產的總和還多出一倍，史老闆要是跟梅家阿祖梅大榕去了，海水吞沒的不過一個比一文不名還窮的老史；比一文不名還要窮一億多元。赤字一億多元值多少條史奇瀾的命？曉鷗想，與其這樣，不如讓他活着，不如讓他住進豪華客房吧。她為史奇瀾買了單：兩個菜都是這老舊餐館裏最貴的，史公子畢竟是公子。

史老闆推着一個沉重的大旅行箱，跟着曉鷗來到馬路上，他從陳小小眼皮下偷出來的黃花梨物件都裝在裏面。媽閣地方毫不風雅，但願有人識貨，能讓老史賣個好價，把他工廠半年的水電費先還了。不然水電公司先攔着他，不讓他開工。曉鷗問老史，現在大陸的拍賣會名目繁多，何不在大陸把黃花梨雕刻出手。大陸盯他的人太多，賣出的錢會直接進債主賬戶。別人不盯，陳小小那小娘兒們也饒不了他，現在只要有一分錢進賬，小小都會拿出一沓賬單摔在他面前：物業費欠了兩年多了，工廠的工人來討工資把鐵門都推倒了……

阿專見曉鷗和老史走過來，把煙頭往黑夜裏一扔就往停在十幾米外的轎車走去。

「阿專，替史總拎行李！」曉鷗呵斥道。

史老闆說他自己行，自己來。曉鷗又催阿專一句，阿專才蠢蠢欲動地走過來，拎起老史的箱子，放進車後備廂，落魄到底的史總連阿專都可以怠慢，阿專在媽閣這個大碼頭總算有人被他怠慢。

「你送史總去房間，我那邊事情還沒完呢。」曉鷗朝 MGM 那燈光塑成的輪廓擺擺下巴。她急於從史奇瀾身邊走開，一個輸成負數的負生命壞她的心情。她不能不聯想到他是通過她輸的，當然，媽閣的疊碼仔成百上千，其中任何一個都會成為他走向輸的橋樑。

回到 MGM 西餐廳是十一點四十分，段凱文在喝餐後咖啡。老劉的額頭抵在鄰座的椅背上，醉相難看，像個倒了的酒瓶子。段凱文看見曉鷗馬上看了一眼手錶：你去了可不止一會兒。曉鷗抱歉地笑了笑，撫平裙子後襬在他身邊坐下來。

「今晚就不玩了吧？」曉鷗說。

「聽你的。」

「一會兒去蒸個桑拿，早點睡。明天精神會好點，再接着玩。」

「都聽你的。」

段總還能看不出你梅小姐的心事？一定來了個大麻煩。剛才去了四十幾分鐘，把麻煩暫時平定一下，有口無心地吃幾口溶化的冰淇淋，還要接着去發落麻煩。曉鷗確實是要去接着發落老史，叮囑他不准近賭場一步。

段總陪她細嚼慢嚥，突然說：「你放心，我已經讓人匯錢了。」這話曉鷗是懂的：我輸的一千多萬絕不會賴賬；我不是你剛才去見的那個麻煩。

曉鷗謝了他，跟了一句「不急」。他們這行裏哪有不急的？盡是急得失眠、脱髮、胃潰瘍的。段總不愧是段總，信息在他這裏點滴都不會浪費，他把在健身房聽到的和阿專咕噥的那一句通報馬上連起來了。

「你不急我急。」他微笑着說，「你一個女人，不容易。」

「謝謝段總。」

曉鷗眼圈都潮了。老劉帶來個如此善解人意、通情達理的段總，以後要待老劉好一點。她向老劉投了一瞥複雜的目光，老劉的回答是呼的一聲鼻鼾。

段總喝了最後一口咖啡，用餐巾擦了擦嘴。就像頭一回那樣突兀地問她，一個人是怎麼過的這些年。就這麼帶着兒子過唄，她用小銀叉剜下化得稀爛的冰淇淋上的奶油，沒有比溫熱的冰淇淋更倒胃口的東西了。

「一個人帶着孩子怎麼做你這一行啊？」

「做也就做了。」

段總似乎要搞憶苦思甜，慢慢地談到自己求學和奮發。他上大學二年級的那年夏天，在學校外面的小館子撿過垃圾筐裏的圓白菜梗子，回到宿舍用鹽醃過就着白飯吃。大四那年他父母從山東來看他，給他扛來夠吃一學期的煎餅，煎餅在五月初發了霉，他牽起晾衣繩，把所有煎餅搭上去曬太陽。大四的他已經敢把自己貧窮的家境晾出來曬太陽了。所以他從不跟別的企業家比成就，比財富；他只跟自己比。對比自己曬煎餅的時代（那天煎餅讓太陽曬脆了，一揭就碎成渣掉在地上拾不起來令他心疼），他非常知足。知足是福啊。

段總想用自己的小秘密跟曉鷗交換。他似乎覺得曉鷗是團謎。一個楚楚可人的女子，幹上這麼血淋淋的一行，必定有大秘密。媽閣有幾個女人敢從賭廳拿出上千萬的籌碼借給一個個在賭台上搏殺的男人呢？段總遊歷過不少賭場，而經歷女疊碼仔是頭一回。

「你甚麼時候離的婚？」他問。

「我兒子兩歲多的時候。」其實她壓根沒有結婚。那個男人另有一個家。她跟男人的老婆平行存在了四年，就像一條繁華大街和街面下的下水道。只要下水道不氾濫，往街面上漲它污黑的大潮，繁華大街一般意識不到下水道的存在，並且是極有功用極其活躍地存在着，因此也就默許它的存在。曉鷗的氾濫是發現懷孕之後。她興風作浪差點把大街給淹了。她並不是受夠了默默地在黑暗中流逝的滋味，她是受夠了他的賭博。她懷着三個月的身孕，只要看他坐在賭台邊搓撚紙牌，她就止不住地吐。她吐得臟腑流血，順着毫無內容的胃沖出口腔。她在拉斯維加斯 MGM 的賭廳洗手間裏對着馬桶咆哮，看見一股股淺紅色的液體湧出，她決定拿出行動來。她用那時還非常昂貴的手機給北京打了個電話。接電話的是她男人的老婆。她說了自己的名字，只告訴那位老婆一件事：你丈夫每次來美國不是開會而是賭錢。那位老婆只回答了她一個詞：臭婊子！等她回到賭桌邊，見她把自己的初戀供奉給予的男人正對着手機狂喊，說他在開會，一會打回去。然後就關了手機。她又是一陣劇烈的噁心。她覺得自己作為下水道比那位作為繁華大街的老婆還要幸運一點，下水道往往比明面上的世界早一點明白災難的臨近，它根據人們扔進下水道的垃圾、死貓死狗死耗子判斷上面的世界給禍害成甚麼樣了，給毀掉多少了。它還能根據順流而來的斷枝殘葉流沙污泥預知山洪快來了，暴雨臨近了。那位老婆住着華廈，但她絲毫不知道華廈已經被挖空了牆腳，隨時會傾塌。你告訴她挖牆腳的內賊是誰，她回你一句「臭婊子」！

段總聽着曉鷗敘述她美好而短暫的婚姻。這一番謊言對誰都無害，不妨就掛在嘴頭上，如同一份打印出千萬份的履歷，誰要誰拿一份。

「哦，聽起來你前夫也做得挺成功的。」

「啊。」

「他叫甚麼名字？北京那一批九十年代創業的人我大致都聽說過。」

「跟您比他那也叫創業？業沒創多大毛病養大了。」

「誰沒點毛病？我毛病多了，跟我待久你就看出來了！」但願你能在賭桌邊待久。「也可能我自己毛病太大吧。」曉鷗想早點結束這個話題，「我們合不來，就散了。」

「唉，你不容易。」他哀憐地看着她。你不要哀憐我，償還我錢就行。你跟我拖三，我也不是故意要贏你的。你已經叮囑北京匯錢了，好，咱們下面三天看你兑現諾言。

段凱文要來賬單，仔細閱讀。據説真正的富翁都會認真審讀餐館賬單的。一瓶礦泉水的錢都不可以錯。他們對賬目的認真態度讓他們發財；他們要讓所有人對賬目都認真起來，大家共同發財。因此段總嚴厲而慈愛地向那個鬈頭髮的混血侍應生指出一盤沙拉的賬目：桌面上總共只上過一盤沙拉，怎麼會勒索他兩份費用？侍應生解釋那沙拉上不上都收錢，是跟牛排搭配好的，他將兩份沙拉拼在了一個盤子裏，那就是為甚麼一盤沙拉顯得巨大的原因。段總馬上認了賬。他的認真和繁瑣都適可而止。再囉唆一句曉鷗會生厭的。

二

梅曉鷗給陳小小打了電話，通報史老闆的平安。小小跟她一樣，從來沒有關手機的時間。都是勞碌的苦命女人。曉鷗沒有出賣老史眼下的所在地，只說老史給自己打了電話，身心皆健康，不過想躲幾天清靜，好好反思一下，好東山再起。小小有點酸溜溜地問：老史為甚麼不向他老婆報平安，反而打國際長途呢？曉鷗的回答是現成的，很簡單啊，誰讓她梅曉鷗是第一大債權人呢，負債者首先要穩住最大債主，否則債主跟警方掛鈎通緝他怎麼辦？

陳小小在掛電話前說，一定讓老史打個電話給兒子，兒子無罪，白白受那麼多驚嚇和擔憂。

曉鷗要她放心，自己一定促成這場父子通話。

可憐的女人最後一道殺手鐧都相同，就是孩子。這道殺手鐧曉鷗從她自己的兒子還沒有面目，只是一團血肉的時候就開始用。她給盧晉桐的老婆打完自我曝光的電話之後，從洗手間回到賭桌邊，就說：「盧晉桐，我馬上做手術把孩子打掉。」盧晉桐是她男人的名字。她曾經狠狠地愛過的男人，連他名字都一塊兒狠狠地愛過。

盧晉桐怎麼反應的？他嬉皮笑臉叫她別搗亂，看看他這不贏了嗎？他深知這小女人不會幹打胎那種損事。她不會早早失去殺手鐧，不然以後還有甚麼好使的能挾制他？她和所有活在別人婚姻陰影中的女人們一樣，有孩子才能有與婚姻共存的一個準家庭。再說白一點，孩子是她一生的銀行賬戶，她可以細水長流地從那個賬戶裏支取衣食住行。

當時賭桌上的局勢確實大好，盧晉桐贏了三十多萬美金。盧安撫了曉鷗兩句，用逗小貓小狗的聲腔，又回頭去下注。那一注他下了十萬。拿起的牌是八點，基本上贏了。他側臉向曉鷗擠眼，發現曉鷗背身在兩米之外蹦跳，拚命用頭頂夠一個心目中的高度，再盡量沉重地落到地板上。盧晉桐衝過來，可怎麼也摁不住她：瘋了?!想把孩子跳下來啊？回答是：沒錯，就是要把孩子跳下來，只要他賭，她就跳。他被這殺手鐧制住了。接下去只要他往賭台上靠近，她就跳。不過也就三、四回，這招數就漸漸失效。失效還有一個原因，就是任她怎樣跳，孩子也不肯下來，連下來的徵候都不見，她那剛顯出微妙弧度的小腹緊繃繃的，箍住胎兒，成為最堅固柔韌的血肉襁褓。

曉鷗一邊跳一邊在心裏做着一道算術題：盧晉桐剛才贏了三十多萬呢，可是三十多萬美金啊！夠買一幢小小可愛的房子，帶個小花園，一年後孩子可以在那裏學步。三十多萬刨出一個零頭，夠她下一年的學費。她在加州一個不見經傳的大學學園林設計。總得學點甚麼，否則盧晉桐把她藏在美國這偌大的金屋，一天二十四小時怎麼消磨！

等曉鷗跳不動，無趣地停下來，盧晉桐又贏了。她上去抓起所有籌碼放進皮包，然後開始拖他。贏了還等甚麼？等她衝出去叫出租去醫院婦產科嗎？鐘點是下午四點。從上午下了飛機進到賭廳他就沒動過。盧晉桐瘋了的眼神直直的，罵她賤貨，已經攪了他的家又要攪他的好運氣。她不管，只是拖他。接下去一件她到現在都沒反應過來的事發生了：盧晉桐伸手打了她一個耳光，還嫌不痛快，又踢了她一腳。她已經把他拖到了門廳，但監視器還是把這個背着眾人的暴力場面收入鏡頭。兩個血統豐富的深色皮膚保安出現了，一邊一個架住盧晉桐，使其成為堅果夾子裏的一顆果仁，動一動就會碎成粉末。倒是這兩個保安救了盧晉桐。曉鷗馬上看清陣線，美國對中國，本土人對外國人，外來者對自家人。這種場合下，盧晉桐和她梅曉鷗，太是自家人了，不僅如此，簡直就是亡命天涯的至愛情侶。

曉鷗向盧晉桐一躍，抱住了男人的脖子。那粗細適中的脖子給她抱得像一棵樹的中段。她不能沒有這棵樹，眼下她死活都得吊在這棵樹上。她問保安，他們要把自己的丈夫帶到哪裏去。她學園林設計的英文在這個場合用不上，好不容易湊成沒有語法缺乏動詞的句子。保安的回答她也不完全懂，意思是這個男人動武，壞的是賭場的規矩，現在是賭場和暴徒之間的公事，跟她這個犧牲品無關。她潑婦一般喊叫，要帶她的男人，可以，不過踏着她的死屍過去吧！她的句子肯定很不正確，但態度把句子演活了，各國人都會懂。

於是，保安拖着盧晉桐，她撕扯着保安甲的手。要帶也帶上她，她寧可跟男人一塊去坐監。他打的是他妻子，他妻子跟他說了一句甚麼該打的話他們誰聽見了？她用錯誤的英文對保安說。盧晉桐這時叫她把籌碼拿去兑現，同時嘆了一句：該贏一百萬的！

一聽這話她鬆開了手。假如監牢能攔着他，讓他再也不進入這個罪惡的地方，她也算有盼頭。她深情地看着他：那你就去坐監吧。

一個洗手間的女清潔工站在看熱鬧的人群裏，此刻對保安說，這個姑娘懷孕了，一小時嘔吐五、六次。

保安都停止在一個動作上，所有人都看着臉色蒼黃的中國姑娘。保安問曉鷗，她是否懷孕了。曉鷗點點頭，委屈得直掉淚。保安怪她不早說。她這才明白全世界人民中數美國人民最愛兒童，哪怕是尚不成形的兒童。在美國人民這才是一道殺手鐧。清潔工是個五十多歲的印第安女人，印第安人跟中國人在古老歷史中有着神秘的紐帶，所以她過來摟了摟曉鷗的肩膀，讓兩個保安饒了這個快要做父親的男人吧。

保安愣愣的，再看看曉鷗，一個鬆了手，另一個看同伴鬆手感到大勢已去，再不鬆手自己就成了反派，也慢慢鬆開手。

盧晉桐和曉鷗回到房間裏，曉鷗把兑現的五十來萬鈔票放入保險箱，她改了密碼，確保鈔票在保險箱裏待穩。盧晉桐為贏來的五十萬繞着臥室打轉，這麼好的事讓他難以消化，必須轉幾圈。他曾經輸掉了若干五十萬都在此刻從他記憶中被一筆勾銷了。他抱住曉鷗說，他給肚子裏的孩子贏了一個家回來，那個家有前院有後院，後院種一百棵梔子花和兩百棵玫瑰。曉鷗不是愛花嗎？愛個夠吧！對了，後院還有游泳池，孩子學走路和學游泳可以同步進行。五十多萬還想帶游泳池呢？她甩開他。讓他檢討那一巴掌和一腳。他再一次摟緊她，誰讓她跟他老婆告狀？那一頓揍和告狀扯平了。她轉過臉，發現他在親昵地微笑。他臉上多了一層無恥。

她心裏減少了一層愛意。

那天夜裏，兩人相安無事地睡着了；她摟着腹內的孩子，他摟着她和她腹內的孩子，睡得像一個美麗的電影畫面。

第二天一早，她醒來時發現床是空的。臥室、浴室、客廳和小小的餐廳，統統沒有盧晉桐的影子。曉鷗從餐廳往客廳走時，瞥見保險櫃。保險櫃緊閉，她釋然地坐下來，坐在保險櫃對面的沙發上，呆呆地溫情地看着保險櫃。保險櫃裏的錢安然無恙不說明甚麼。盧晉桐可以用賭場給他的信用額度，額度內的錢是夠下幾把大注的。但至少那個帶前後花園的房子保住了。她慶幸自己聰明，使了點機關算計，把保險櫃密碼改了。

接下去的一小時，她洗漱打扮，好好吃了一頓早餐，然後到賭廳裏。昨天圍坐在兩張賭台上的幾個中國賭棍居然還原樣圍坐，比前一天的臉色晦暗許多，頭髮看上去都稀疏了，那當然不是一夜間的凋零，只是因為沒有及時把腦油洗下去而讓頭髮黏結打綹，像幾座被風颼跑了茅草的屋頂，露出禿禿的樑來。一夜時間能把人變得這麼醜陋！假如盧晉桐是這些醜陋面目之一，曉鷗會一聲不吱地走開。她會飛快地返回房間，從保險櫃拿出那五十來萬現鈔，打理好自己的行李，乘最早一班飛機飛回加州。

五十來萬美金對於當時的梅曉鷗是天大一份家產。她會心滿意足一輩子，再不用找男人，而讓男人找她。她可以消消停停地等在那裏，讓男人們一個個找上門來，再讓她一個個篩選下去。怎麼篩選？帶到拉斯維加斯來，只要他在賭台邊屁股發沉、發黏，篩選就完成了。她會把篩選的後果留在賭桌邊隻身離開。

曉鷗在賭台邊沒找到盧晉桐。也許冤枉他了。這個男人的好處、可愛處又一一回到她心裏。他一定是去了游泳池或健身房。昨天做了大贏家，好事像壞事一樣，要慢慢接受，他一定在跑步機上揮汗，把窩在心裏的狂喜揮發出去。健身房有十多個跑步者，都不是盧晉桐。那麼一定是在游泳。盧晉桐是個不錯的泳手。同時他在游泳時可以觀賞池邊曬太陽的青春玉腿。拉斯維加斯湧集了美國絕大部份上乘玉腿和酥胸，夜裏把它們展覽在秀台上，憑它們售門票。對盧晉桐賞花一般觀賞那些腿和胸，曉鷗從來不多言。那是無傷大雅的男性滋養。

曉鷗在游泳池邊迷失了。她不知道自己下面一個目的地是哪裏。仍然是上午，游泳池很空，一目了然地沒有盧晉桐。

她再次回到賭廳，湊近那幾個一夜沒挪窩的中國男人，問他們誰看見她的丈夫了。她顧不得臉面了，昨天被打被踢又跟保安拉扯的圖景在這些人腦子裏還栩栩如生。其中一個男人說：好像看見他淩晨回來了，坐在那張桌。他甚麼時候走的？沒注意。看見你來就走了！輸了怕你急！……曉鷗聽另一個同胞告發道。他口氣是逗樂的，以為這事在曉鷗這裏還有樂子可言。曉鷗眼前一陣黑暗，早餐飆上喉口。

她吐出了全部早餐之後，身體像倒空半截的口袋軟軟下墜。是甚麼引起這場嘔吐？似乎不光是盧晉桐；似乎那幾個男人的氣味加劇了作嘔。甚麼樣的氣味？不洗漱的口腔、潰爛得快壞死的牙周發出的氣味。不管那幾個男人生活習慣衛生標準有多大差異，此刻口腔裏發出的是同樣的壞疽惡臭，再加上他們胃腸裏消化不良的食物渣子，加上恐懼和興奮使他們熱汗、冷汗迭出，不斷發酵又不加以洗浴……一群活着的人，都快招蒼蠅了。

也許就是那股活體發出的壞死氣味讓她吐得奄奄一息。也許還有一個聯想惡化了她的作嘔：盧晉桐也是那個惡臭團夥的一分子。他見她來了，及時溜走了。

他那份氣味卻已經滯留在稠黏的空氣裏，他也是那份招蒼蠅的惡臭的貢獻者之一。

曉鷗擦乾嘴唇，擦去嘔吐引出的眼淚和鼻涕，從馬桶間裏出來。四、五個女人一動不動地瞪眼看着她。她想起那個愛護她的印第安清潔工，那個跟她有着古老神秘血緣紐帶的大娘，昨天還為盧晉桐和她求情。一場枉費的善良。她走出女衛生間，直接奔電梯，從電梯裏出來，直奔房間，連停下來壓一壓噁心的工夫都沒有。

現在的梅曉鷗看着十年前的梅曉鷗，就像看電影中一個長鏡頭，從賭廳一直衝進房間的門。然後也像是個電影鏡頭，她在閉上的門後站了片刻，掃視一眼這個佈置優雅的客廳。一般電影裏用這個鏡頭來隱喻和象徵：女主人公掃視的是自己的生活狀態；在永別這種生活狀態，那生活那狀態好或壞，都是自己一段青春生命。這個終結性的掃視，是為了把這一截逝去的青春生命封存起來；留給未來去緬懷。留給二零零八年的梅曉鷗去緬懷。當時的梅曉鷗來不及懷想任何事物，只想到一件事：錢。

她跪在壁櫥前，拉開櫥門，露出放在倒數第二層的保險箱。她喘了一口氣，發現自己按密碼的手指在發抖，昨天吐出去前天的三餐，今天又吐出早晨的一餐，她沒有餓得虛脱就是奇蹟。虛脱也要等她拿着鈔票離開這裏再説。保險櫃打開了，裏面甚麼也沒有。她伸手進去劃拉一下，劃拉出兩本護照來。那不小的一堆鈔票像個美夢一樣來了，又像個噩耗一樣走了。她的如意算盤碎得七零八落。

盧晉桐怎麼破了她的密碼呢？他在美國讀了幾年計算機，也不足以讓他破保險櫃的密碼呀！盧晉桐在記憶上是個超人。曉鷗昨天重設的六位密碼是一個重要日子，盧晉桐必須做一回曉鷗，把她認為的所有重要日子先確定下：她認識他的日子，她父親去世的日子，她確診懷孕的日子，她父母和她弟弟的生日，他給她發求愛的 e-mail 的日子……原來昨天晚上她睡着之後，他就坐在她現在的位置上，作為梅曉鷗細數家珍一般數着她可憐的經歷中重要的六位數。不得不承認他是在乎她的，只要跟她有關的六位數他都記得。輸入保險櫃的秘密數碼是她母親的生日，她把母親也拉進來，跟她一塊看管三寸厚的鐵門中那小小一堆財富。母女倆也沒有敵過盧晉桐。

曉鷗扶着壁櫥的門框，慢慢站起來。才多大一會兒，她都老了。壁櫥上有鏡子，她看見一張尖下頦的黃瘦臉，兩隻眼睛下兩攤烏黑，是淚水溶化的睫毛膏，似乎眼睛下面還有兩隻眼，口紅也移了位，似乎唇外還有唇。難怪女洗手間的四個人一動不動地瞪着她。她的樣子既可憐又齷齪，一個不遠萬里從古老東方來的小東西，天生只有兩件事可做，造孽於人和被人造孽。

她狠狠地洗臉，把自己的髮式也改回認識盧晉桐之前的馬尾，露出她圓圓的額。這還是個稚氣可笑的額，不管那一層腦殼後飛轉着多少惡毒的念頭。她記得錢包裏有他塞進去的兩千塊錢和一張信用卡以及一張健康保險卡。夠了。那樣的手術能費甚麼事？不會收費很高的。

在賭場大廳，她看見了盧晉桐，大廳噪音太大，她只看見他左手短促有力地比畫手勢，右手拿着手機，脖子因將就手機而向前探，飢急了就着碗邊喝粥的貧賤模樣。這個中級幹部的兒子從父輩就脱貧了呀，而這體態從他餓死的祖輩通過精血秘密流到他身體裏，在這一刻返祖，活靈活現。他對錢的激情，對橫財的渴望不是他一個人的；幾輩人、幾十輩人都窮夠了，積存起那麼多渴望，在他身上大發作。他是在替那幾十輩人搏，替幾十輩人走火入魔，一舉替他們脱貧。甚至替梅曉鷗的祖先梅大榕實現妄想。葬身魚腹的梅大榕的故事是曉鷗漫不經意講給盧晉桐聽的，像講個笑話，誰家不出幾個敗類？梅家的敗類倒是有骨氣，輸成光腚把腚和臉面一塊藏進太平洋，也不拿出來見家鄉父老、妻子女兒。當笑話聽的盧晉桐也許狠狠記住了笑話的慘處，順便也替梅大榕搏一把，把跳海的仇報了。

曉鷗看見盧晉桐消失在一棵室內棕櫚後面，那短促有力的手勢卻不斷從樹幹後冒出來。她走過去，站在植物這一邊。盧晉桐在和老婆通電話，曉鷗很快聽出是因為她。盧晉桐一口一個：「隨你的便！」想像得出來，老婆發現下水道沖了繁華大街，正一哭二鬧三上吊，而盧晉桐就是「隨你的便！」他都輸成癟三了，還怕你上吊？

聽他掛電話，曉鷗趕緊向門口走。就在她鑽進出租車的剎那，他追出來了。還想拽呢，出租車在曉鷗的指令下全速駛出。駛出去一英里，司機和曉鷗開始問答。

「那個男的是不是要傷害你？」

靜默。

「差一點他就抓住你了，幸虧我的車啟動快！」

靜默。有關拉斯維加斯的警匪片深入人心。

「你沒事吧？」

靜默。

「你懂英文嗎？」

「懂。」

「那請你告訴我，你要去哪裏。」

「醫院。」

「甚麼醫院？」

「……」園林設計的應用英文中沒有婦產科這個詞。

「哪家醫院？」

「大醫院。」

司機把車掉個頭，駛上徹底裸露在沙漠驕陽下的寬闊馬路。白天的拉斯維加斯傻呵呵的，全是晃眼的太陽，毫無陰影，花木修剪得如同塑料仿製品一樣整齊鮮豔，似乎是誠心誠意提供給人們一個美好到虛假的生活環境。誰能想到它藏着那麼多把戲，玩的就是人本性中的醜陋和脆弱；人本性中的脆弱和醜陋都是最貪玩的。看看那些帶花園的住宅吧，也許房主大部份是賭場員工，若沒有為了不良習性雲集而來的人群，他們掙誰的錢？拿甚麼付房貸、水電和一日三餐？

車在縣醫院門口停下，曉鷗付了賬，拎起行李下車。司機有些擔憂地看着她。她明顯不正常，明顯地發生着一個悲劇故事。拉斯維加斯天天發生大故事，每個故事都有犧牲品，司機管不過來，跟她再見了。

曉鷗費了不少勁才讓急診室的護士明白她要幹甚麼。護士告訴她人工流產不是急診，要跟婦產科預約。曉鷗轉過身，正要離開血腥味濃重的急診室，卻倒在地上。這兩天她的胃入不敷出，沒有可消化吸收的，只能消化她的內存。剛才拒絕她的護士跑過來，把她抱住。從非急診到急診其實蠻容易。她的血壓降到垂危限度，她的心跳也很衰弱。

那個急救她的護士一句話沒問完曉鷗已淚水滂沱。她那四十多歲的很厚很暖和的一雙手，一觸到曉鷗的身體就不是陌生的，護士撫摩着她的肩胛，才幾天就瘦骨嶙峋的曉鷗成了真正的犧牲品。曉鷗眼淚怎麼也止不住。護士叫她孩子：孩子你太不快樂了！曾經梅吳娘一定也這樣不快樂過，不快樂得能去殺人。五代人之後，梅曉鷗一樣殺死自己的孩子。世上還有比殺自己的孩子更絕望的女人嗎？

預約的日期是第二天下午。這個貧民醫院不願意任何人佔據床位太久。趕緊給這個來歷可疑的中國女人流產，好讓她把床位騰出來，多讓她佔一天床位醫院就多蝕本近千元。

就在她躺在急診室接受體液補給，等待血壓慢慢往上爬的時候，一個男人來了，就在一層布簾那一面。她連盧晉桐的體溫都能辨識出來。學了幾年計算機，英文還不夠他打聽他女人的死活。

曉鷗在那一剎那發覺自己心裏潛伏的期望：她是期望盧晉桐像此刻這樣突然出現的。她在護士懷裏痛哭是因為她自己斷送了期望。原來她遠不如梅吳娘有種；她要殺死自己腹內的孩子只是做個姿態，站在海邊不往水裏跳而咋呼「誰敢攔着」的姿態。她拿這個姿態不單給盧晉桐看，給世界看，也給自己看。養孩子是殺手鐧，殺孩子也是殺手鐧。盧晉桐跟他老婆沒有兒子，他要兒子要瘋了。自從曉鷗確定懷孕，他常常摸着她的小腹，幸福得弱智，對着那裏「兒子、兒子」地語無倫次。

隔着一層簾子曉鷗聽護士和大夫低聲討論：這中國小子一定是剛來的那個中國女孩的男人，中國女孩躲的就是這狗東西。護士決定絕不讓他找到可憐的中國女孩，他跟她的關係一看就罪惡，已經把她犧牲得沒了血壓，只剩下喘氣和流淚了，只剩一張皮一副骨架了，可憐的東西，讓我們救救她！美國人的愛好之一就是救人，護士和大夫的專業和業餘愛好都是救人。

盧晉桐被他們趕出了急診室。曉鷗此刻又哭起來，她哭自己不識好歹，浪費護士的好心，躺在這裏開始怨恨，怨美國式救援太強式，使她不好意思衝出簾子跟盧晉桐破鏡重圓。盧晉桐鬥不過美國人民，弱小地退出去了。美國人民簡單的善良和熱忱不允許藕斷絲連、愛恨不清；這是個非黑即白的民族。護士此刻撩開布簾子，一個拯救者的使命完成得很好，使她這一天內容充實。她抱住曉鷗，千篇一律地説着此類場合中都會説的句子：「一切都會好起來的！」

她大哭起來。挽救和被救怎麼這麼擰巴？拯救者怎麼這麼不想懂被救者？被救者怎麼才能讓拯救者懂得中國就是發明藕斷絲連這個成語的地方？

原來盧晉桐沒有離開。他就等在急診室門口。曉鷗我不信你一生一世不出來。一聽見曉鷗的哭聲，他聽見號角了，立刻向布簾後面衝鋒。進了簾子，他跟曉鷗比着哭。曉鷗你不能殺了我兒子啊！曉鷗你必須給我最後一次機會啊！……整個急診室成了通俗劇舞台，連剛從槍戰裏被拖下來的嫌疑犯都自愧不如，還是人家中國人的戲好看。

護士和醫生此刻像是忘了台詞和動作，只好束手，讓這對中國男女自己推進情節。

盧晉桐發誓再也不賭了。所有狠毒的咒詞都用出來，老爹老娘一個都沒得跑。梅曉鷗用哭腫的眼睛白了他一眼：姓盧的你的誓言狗屁都不如，狗屁還臭一陣。他只愛曉鷗和兒子，只要他們好好活着，他做狗也無妨。這話她不信，但她愛聽，垂着淚讓這句話補藥一樣進入她虧空的身體。跟我回去吧。我不。回去吧。不。真不回去？她聽出這句話的陰森。他的目光也是陰森的。隔着一層白布簾子，他想殺人還是怎樣？

「梅曉鷗，」他說，「我問你最後一次，你信不信我盧晉桐發的誓？」

她害怕了，覺得他體內在運行一個大動作。不過她還想嘴硬一下，說他的誓言她聽膩了，耳朵生繭了。

盧晉桐從襯衣下抽出一把刀。她嚇得連叫喊都忘了。其實他動作很快，她真叫喊也來不及，用俗透的形容就是「閃電般地」。刀落血出。他的臉從微微酔紅到青黃、到灰白……

等曉鷗恢復意識時，她已經錯過了通俗劇的高潮。那一根被剁下的中指已經被拿出去，被裝入一個糞便檢驗的塑料盒。盧晉桐由於失去一根中指而得到護士和大夫一級拯救待遇，馬上被送往一位專家診所，那根被放進糞便檢驗盒的中指也馬上被冰塊速凍，和他同行，一塊去往專門拼接殘肢的手術室。

曉鷗趕到接肢手術室外，恰好手術圓滿成功，盧晉桐給了曉鷗一個孱弱的微笑。兒子還在吧？曉鷗以淚作答。現在你相信我了？曉鷗一扭身，把脊樑朝着他。他說他是誠心誠意不要那根手指頭的，可多管閒事的美國佬不讓，非讓他把手指再認領回來。他問曉鷗信不信，她不信他隨時再剁斷它。曉鷗說他再剁她就真走了，讓他一輩子再也見不到她。

她說到做到。兩年後他剁斷那根費了專家半天工夫對接上的手指，她帶着一歲多的兒子消失了。甚麼都不會讓他改悔。甚麼都沒能讓梅大榕改悔，那一點梅大榕自己是清楚的，因此他不幹這種斷指的麻煩事，要斷就把氣斷了。盧晉桐不如梅大榕那樣深明大義，對他自己的本性殘次看不清，以為斷指能治那殘次。而曉鷗明白他不過是演苦肉計，為曉鷗和家人演，也為他自己演。他還剩九根手指，還夠他演九齣苦肉計。而曉鷗看兩齣就看絮了。

他第二次把那根帶着一道環形疤痕的中指放在桌沿上，舉起刀……很多年後曉鷗都能在記憶裏重演那一系列動作，重演的時候她還能看見當時的自己。背景聲音是兒子的大哭。兒子當時被鎖在育兒臥室裏。她攔都沒有攔盧晉桐。只是在那聲悶響發生的時候，她垂下頭、閉緊眼、咬住牙關。那截微微彎曲的中指落在地上，指尖指着蒼天。盧晉桐在自己的壯舉之後倒下來，連疼帶怕，倒在自己的血裏，順着斷指所指的方向看着天。天是典型的洛杉磯的天，一絲雲也沒有，她的後花園玫瑰瘋狂開放。此後的一個禮拜，房子就會換主。他是預支了房子的首付款去逛賭城的。

梅曉鷗再聽到盧晉桐的消息是三年之後。他到底還是把她找到了。有人把她的手機號碼出賣給了他。她說她不會見他的，兒子也不知道自己有父親。他真的不賭了。對不起，她不想知道他的事，賭也好不賭也好。他把中國找遍，美國也找遍，都沒找到她。她怎麼會讓他找到？從他第一次自殘她就開始鋪自己的後路，偷窺一個藏身之處了。她預感他又是一個梅大榕，發誓是誠心的，毀誓也不是故意的。有種熱病就是這樣，到時它就復發，因此曉鷗在手機裏告訴盧晉桐，她不怪他，只怪那絕症。然後她把手機掛了，往對面牆一砸。

十年後她也同樣不怪史奇瀾。

三

史奇瀾不在房間裏。阿專說他出去買盒煙的工夫人就不見了。兩點鐘了，他還能去哪裏？曉鷗讓阿專到賭場去找人。沒有賭資老史怎麼會去賭場？甚麼都能成老史的賭資，不信走着瞧。

她和阿專果然在賭場找到史奇瀾。他手邊一堆籌碼，那種公子哥式的慵懶怠惰全不見了，此刻的他睩着兩隻眼，神氣活現，讓曉鷗懷疑他的瀕臨破產是個大騙局，為賴曉鷗的賬而設的。老史那張台子圍得裏三層外三層，不然曉鷗和阿專不會那麼容易找到他。曉鷗一眼就看出老史贏了十來萬。周圍的人不時出來幾個加磅的，在老史押的注上跟上幾千籌碼。老史好運當頭，大家跟着被普照。老史押了十萬，人們跟着押七、八萬，眨眼間贏了，人群一聲暴喊，狂喜得失去了人類語言。

曉鷗已經打聽出來今天老史怎樣白手起家。十一點多鐘他在各個賭桌邊遛彎，來到這張桌前，看出電子顯示屏上的名堂來。顯示器紅紅藍藍的符號讓他看出一座暗藏的金礦。他在兩位賭客之間坐下，先給左邊鄰居出主意，那位賭客自以為是，不聽他出謀劃策；他轉向右邊的一個女賭客，女賭客跟老史搭上了訕。老史跟她賭起來：信不信？往這裏押準贏！要是輸了呢？輸了他老史賠，不過贏了她必須讓老史抽一成。女人聽從了老史，果真贏了三萬，也果真守信用，給了老史三千，高高興興走了。老史的賭本就是那三千元。

曉鷗知道現在的史奇瀾拉不得，也勸不動。把他拉下賭台他會要你的命。也不過是十幾萬的籌碼，玩光了他還能怎麼樣？假如老史一夜輸贏的流水上百萬，她曉鷗也有幾萬碼佣可得。讓老史沒出息地樂一會吧。讓她自己從他的沒出息中撈一票吧。她早該知道史奇瀾偷渡過來不是為了賣木雕還水電公司欠賬。

人群又是一聲喝彩：老史又贏了。剛才才輸了兩小注，這一注贏得很大，五十萬贏進來。老史扭過頭，朝着蠟像一般沒表情的梅曉鷗咧嘴笑笑，還伸出兩隻手，讓中式褂子的袖口自己往下落一落，似乎他要雕刻一件小葉紫檀的精品，或者他要為一件完工的精品揭幕了。

「沒辦法，運氣來了！」他指着桌面上的籌碼對曉鷗說。那是他兩個多小時的經營。

曉鷗給他的難看臉色他一點都看不見。等他轉過身，荷倌換班了。曉鷗跟他

28

說荷倌都換了還不走？他還是那樣，支着倆手把袖子往下抖落，手指微微叉開，沾着滿手蜜糖捨不得讓它滴落似的。

曉鷗不忍再看下去，帶着阿專離開了凌晨三點仍然燈火通明的大廳，走出由上火的牙床、阻塞的胃腸、欠缺清洗的頭髮等等氣味合成的空氣，走進十月初的媽閣城。大風吹斜了路邊的樹，氣流的巨浪沖在曉鷗身上，讓她一陣舒坦。把她浸泡透了的人慾氣味，被風浴洗一淨。阿專開車把她送到家時，正好三點半。

兒子睡得好熟，她把他手裏的遊戲機拿開時，他紋絲不動。傭人帶的孩子，跟遊戲機做伴的時間比父母雙全的孩子要多很多。她對兒子和傭人兇過，但不生效，漸漸她責備得累了，麻木了，放棄了她在家裏管理和教育的權威。做她的兒子多苦，她連母乳都沒給過他。生下兒子不久，盧晉桐又回到賭台邊，她心裏跟着輸跟着贏，跟着上上下下，跟着出生入死、絕處逢生，奶水全乾涸了。

她每天早上的時間都是兒子的。四點睡覺，七點鐘準時起床，偽裝成一個正常的母親，母子面對面吃早餐，互換體己話。隨着兒子年齡增長，他的體己話越來越少。問他甚麼都回答OK。

一向都是等傭人帶兒子上學之後，她才真正開始休眠。從早晨七點四十到中午，她的客戶一般都不會進入行動。她送走兒子，拿起門口的報紙，打着哈欠回到床上。這一會讀報和睡眠都鮮美無比。

手機響起來。她看一眼來電顯示：阿專。史老闆輸光了。她以為是甚麼新聞。輸光了好，他就老實了，可以回房間睡覺了。阿專的聲音很急，說老史非要押他的錶。一塊甚麼表？伯爵。曉鷗叫阿專別拉着他，讓他押。熱病上來，病入膏肓了，別說一塊伯爵手錶，就是押上他的手指頭，也不在話下，只要典當行收手指頭。可憐老史和盧晉桐輸到赤條條一身無牽掛時，真說不準會拿父母給的五臟四肢七竅去押，只要押得出錢來。

等到曉鷗中午上班，史奇瀾已經輸掉了手錶，老老實實地回房間睡覺去了。

曉鷗在下午三點敲開他的門。他居然一點都不老實，摩拳擦掌，對自己很客觀地來了一番分析：他最高成績是九十八萬，想想吧，從一個子沒有到小一百萬，他要收手離開就好了！可是當時那條「長莊路」不打下去不死心，就那一手，他押錯了。怎麼就沒想到呢？「莊」已經贏了十五盤了，還不改押「閒」？一念之差，一差成千古恨！當時的老史押「莊」押「閒」心裏是很矛盾的，矛盾半天，還是把五十萬推到「莊」上，可是馬上就預感命運的轉折來了，果然急轉直下，每押每輸……簡直鬼使神差，他的手就那麼一抖，押錯了。要是揣着小一百萬就走，把籌碼全部兌現，匯回北京，至少水電公司不繼續停廠子的水電了。

曉鷗看着意猶未盡的老史，他不是沮喪，而是自豪；從零起點到零終點，但你別忘了他可是從一百萬贏局裏兜個大圈子回來的，一百萬幾乎到手了，不，已經到手了，如果沒發生那瞬間的誤差，那麼誰又不發生瞬間的誤差呢？再英明的人也戰勝不了瞬間的誤差，那本來是可以不發生的誤差，因為他在誤差發生前痛苦地猶豫過，在誤差剛發生就預感到誤差，因此他險些避過了誤差，遺憾那是完全可以避免的誤差，他失去一百萬失去得很險，他的敗局是贏者的敗局。

你看，事物可以被理解成這樣。曉鷗只能指望陳小小成為另一個梅吳娘，被丈夫置之死地而後生。

曉鷗知道他手裏還有賭資，就是他帶來的黃花梨。把那兩件雕刻沒收他才安全。趁老史進洗手間的空當，她給阿專一個眼色。阿專自己沒腦筋，但她的腦筋怎麼動他都跟得上，立刻走向那個大旅行箱。好，拎起來不輕，她和阿專會意一笑。阿專和大箱子消失在門外，史奇瀾從浴室出來，香噴噴的跟曉鷗說，走吧，咱吃飯去。香水味道不俗，很高檔，一窮二白也是個高檔窮光蛋。他的意思是要曉鷗請他吃飯。他連唯一的箱子眨眼間失竊都沒注意。不過曉鷗給他開了張收條：今收到旅行箱及裏面的雕品若干。作為債主，曉鷗有權這麼做，所有債主在北京都進駐了史府，客廳書房臥室自行出入，看上哪件好傢具、好木雕就照相，作價，上保險，從債務裏平賬。

但史奇瀾一看那張收條就哈哈笑了，滿臉難為情。牙縫裏一片龍井茶葉，使他的難為情尤為生動。那箱子裏沒有黃花梨雕刻呀，我的梅小姐！裏頭裝的是一包大米幾卷掛麵呀！可他昨天明明說箱子裏藏了三件黃花梨雕品，難道花幾千塊偷渡費就為了把一包大米幾卷掛麵和一個不名一文的老史運過來？

下面一個舉動是曉鷗做出之後才意識到的。她的巴掌打在史奇瀾瘦削細膩的面頰上，麻到五個指尖。老史開始吃了一驚，但馬上讓這事過去了。吃曉鷗一個耳光比吃其他債主的要好過得多。曉鷗頭一次見他時眼睛裏泛出的兩朵漣漪他看見了，他眼不瞎，心更不瞎。之後他在工作間雕刻的時候，曉鷗看過他幾次，本來是去催債，看着他那雙秀美的手握着雕刻刀化腐朽為神奇，她把飛去北京的目的都忘了。那時他又在她眼裏看到了有關他的胡思亂想。儘管此刻她對他的夢全都碎了，她還是好憐惜他。她這一巴掌打出來，他甚麼都明白了。假如他一直以來懷疑她對他的憐愛，這一巴掌把懷疑全打出去了，他明明白白看到她對他那份另眼看待，那份淡淡的癡情。

她打得自己眼淚汪汪。她用沙啞的嗓音問他為甚麼欺騙她，有鼻子有眼地告訴她如何把兩件黃花梨從陳小小眼皮下偷出來。他看着她再次舉起的巴掌，叫她不要急，聽他解釋。這麼不要臉的事，還有甚麼好解釋？兩人在酒店房間追打，打成了兩口子。在此之前曉鷗打過誰，盧晉桐那麼該揍她都沒碰過他。在此之前她完全不知道自己會打人，會追着一個男人不依不饒地揮巴掌。

史奇瀾跳上了床。這下子曉鷗不能追上去打了，真要打成兩口子了。

「我真沒撒謊！」他穿着拖鞋站在兩個枕頭之間。

「那你昨天説，箱子裏裝的是雕刻！」

「昨天是裝着雕刻！」

曉鷗不動了。還用他再往下説嗎？他上午和下午根本沒在房間裏睡覺，把兩件雕刻三文不值二文出了手，換的錢又輸出去了。

「你剛才沒看到我怎麼贏的！」

他還是只提贏，只記得贏，贏給他的好心情、豪邁感是輸不掉的。他説他剛才一把就贏了四十幾萬。贏來的錢呢？匯回北京了。水電公司缺德透了，差兩天都不行，非給你斷水斷電。沒有水電，工人肯收工資白條，他們也沒法工作呀！曉鷗一動不動，看他還有臉胡扯。他贏了四十多萬肯回到房間裏來？已經沒甚麼可供他敗的家，他還在敗。

曉鷗恢復動作是氣勢洶洶地拿出手機，一個鍵子就按到陳小小的辦公室。

「你別打給她！」

你看，他知道曉鷗要給誰打電話。淪為最無救的賭徒之前，他們先失去的是說實話的能力。

陳小小不在辦公室。史奇瀾馬上坦白求饒，說自己贏的四十多萬又被他很驚險地輸掉了，同樣是鬼使神差，手那麼一抖，押錯了，本該押「閒」，押成了「莊」。當時他心裏就一格登，預感來了，但來不及糾錯了。只要再多一萬，不，五千，他都能扳過局面。說到此處他停住了，看着曉鷗。不見得還想從曉鷗口袋再搜刮出五千、一萬吧？

現在老史徹底安全了。欠他自己兩夜一天的覺，現在可以安安全全地去睡回來。不過曉鷗還是好奇，想到他何不到海邊撿兩塊石頭放進箱子，還麻煩他自己去超市買糧往裏裝，反正是做個調包的道具，石頭和大米一樣好使，效果有甚麼不同嗎？

老史羞澀地笑笑。其實他是想找間房住下來，有大米可煮、掛麵可下，就活得下去。媽閣的民間純樸善良，可容他享受清淨。大米掛麵總會吃完的呀！那就給書畫社打打工，偽造點假字畫，或者鑒別假字畫，大米掛麵總吃得起。他還這麼甘心清貧呢？在這裏做個賣手藝的楊白勞，在賭台上反攻倒算，把失去的天下贏回來。曉鷗能想得出他不遠的未來，單純明朗的未來，掙一筆錢賭一筆錢，從書畫社直奔賭場，大米掛麵果腹，胸懷一份壯麗理想，赤手空拳贏回他曾經的繁華，印尼和菲律賓的工廠和木場，中國內地的幾家工廠和商店、展示廳。那理想是，他史奇瀾有一筆巨大的財富注定藏在千萬張賭桌的幾億張紙牌裏。那可是他史奇瀾的財，可不能讓別人贏去。

梅曉鷗這時才明白，史奇瀾真的能幹出那種事，潛伏下來，長期抗戰；他抗戰的對象是一切不讓他贏的人，自然包括他老婆，也包括他的女債主梅曉鷗。這樣一個輸不服的賭棍。這樣一個樂觀的輸者。曉鷗覺得自已很長了一番見識。甚麼賭徒的嘴臉她沒見過？而眼前這位輸光輸淨輸得比窮光蛋還要窮一億多元都還沒輸急眼，還這樣兩袖清風地接着去賭，不能不說他有個罕見的人格，不得不讓梅曉鷗心生畏懼。

她目前要幹的是拖住他，同時以最快的速度通知阿專。阿專是在社團的人，社團裏有他的幫手，到緊急情況下會來幫阿專的忙。比如阿專忙不過來的逮人、綑人、押人，他們就會義不容辭地出現，幫着逮、綑、押。他們忙不過來，阿專也會做他們的幫手。阿專的幫手們還幫着監視賭台。比如段凱文玩得那麼大，萬一出了老千，虧就吃大了。她在手機短信中告訴阿專：立刻趕到史總房間，需羈押史。

所謂羈押並不是讓史奇瀾吃多大苦頭。兩居一室是曉鷗十年前買的中檔公寓，當時用來給母親幫她帶孩子的。當時的曉鷗男女約會還多，兒子在身邊礙事。現在她的約會少了，一旦發生就在那兩居室裏發生，不會礙兒子的事。

她在吃午飯期間告訴老史，他不必去別處找房子，自己有現成的地方免費提供。老史推辭，那怎麼好意思，成了嬌屋藏金了！其實他已經把住地找好了，在賭場認識的人給他介紹的住地，老街舊樓，半間房，跟室友合用廚房和廁所。

菜還沒上，阿專到達。曉鷗看見阿專帶的一個幫手站在餐廳門口，曉鷗說史總何必客氣，有免費的好房住，硬去那種蟑螂臭蟲成窩的破屋，讓她以後怎麼跟陳小小交代。史奇瀾要躲，頭一個是躲她曉鷗，結果躲進她曉鷗的屋裏，不是笑話？他嘴上推讓，心裏打好了主意，瞅冷子就跑。只要他得空上趟廁所，她曉鷗就別想再看見他。老史說他要去廁所的時候，曉鷗對阿專說：陪史總一趟吧。不用不用，廁所還不認識？這個餐廳他閉着眼走都撞不上牆。

阿專不理史總的俏皮話。他轉過來跟曉鷗繼續耍嘴皮，餓了一定找得着館子，憋了一定找得着茅房，曉鷗你還怕我走丟嗎？怕你存心走丟。甚麼意思這是？

冷場了兩秒鐘，老史看出自己逃跑的意圖完全被洞識，臉變了，廁所也不去了。他指着曉鷗就罵起來：你當你是我的甚麼人？跟我犯賤！好在罵女人的名堂就那麼幾個，曉鷗在盧晉桐時期就聽慣了，免疫了。

鄰桌的客人都向他們張望。把老史看成壞脾氣的丈夫或男朋友。

阿專端着普洱茶，不斷抿一口。曉鷗不給指令，他只能抿茶吞氣。老史的風雅面目此刻不知去了哪裏。曉鷗對阿專說了一句，吃完飯再說。

菜還是豐盛的。梅曉鷗不至於苦着老史的肚子。老史見好菜上來，馬上清出嘴裏的髒話狠話，填入一塊半透明的上等花膠。剛才翻騰出那麼多惡毒語言的也是這條舌頭。正如能雕出那麼多天人之作的也是這雙撚動紙牌的下作的手。

曉鷗等老史吃飽，站起身，走在頭裏。她認識餐廳的老闆，到老闆那裏打個大折扣再結賬。老闆聽說了老史罵庭，問曉鷗是不是又碰到個下品客戶，曉鷗只笑笑。她認為自己笑得很酷，她不置可否的笑比她甚麼回答都達意。

老史被阿專和幫手押出了賭廳，押去曉鷗的公寓。曉鷗在賭廳門口跟老史正顏厲色：不要給臉不要臉。欠這麼多錢，分分鐘可以讓警察接手案子的。

「你才不敢！」老史說。

「你試試。」

「我坐兩年牢，欠你的債就一筆勾銷了。」

「你還有十年嗎？」

曉鷗惡毒他一句。老史四十九歲，糖尿病患者，他自己害怕或許拿不出十年給監獄了。再說光曉鷗這一份債就一千三百萬，北京的債主還排着大隊呢，債務加起來，老史也許要坐一百多年牢，怎麼坐得起？

老史跟阿專和幫手走了之後，曉鷗一面往段凱文的賭廳趕，一面給陳小小的手機撥電話。她簡單地說了一句，讓小小訂明天的機票來媽閣。陳小小說她要走明天也來不及，港澳通行證辦不了那麼快。為甚麼突然催她去媽閣？不會是老史又去賭了吧？曉鷗知道這份懸疑在陳小小心裏一直懸着，越懸越重，從曉鷗昨天為老史報平安開始，小小就疑心老史在曉鷗這裏。曉鷗當然否認。陳小小確定了老史又上賭台是會發瘋的。瘋起來的女人甚麼都幹得出；比如把庫存的好木料好傢具馬上抵押，押的錢全捲了走，帶着他們的兒子消失。這兩年這麼幹的人很多，賠光了公司或工廠關了門就走，消失掉，到某個遙遠國度去安份守己，和老婆孩子細水長流地開銷他們用各種圈套套來的錢，包括欠發的員工工資，抵押廠房或住房貸到的款項，或者從親戚朋友那裏求來的、騙來的林林總總數額。玩消失最近兩年形成風尚，形成術語，叫「跑路」，或者叫「人間蒸發」。曉鷗十年前蒸發過，陳小小也可能做當年的梅曉鷗。假如小小帶着兒子，帶着工廠存貨抵押款蒸發，把一個比窮光蛋還要窮一億多元的史奇瀾剩給曉鷗，她怎麼辦？她把老史交給警方，自己跟那一千三百萬的虧空活下去？她當然要盡所有招數避免陳小小消失。陳小小在，就是老史心裏那一點疼痛，這點疼痛沒了，老史徹底成了打不爛磨不破的糙皮子，誰也別想再治他。

曉鷗把老史關起來是為這對冤家着想，也為她自己着想。老史把自己長期做賭徒的未來都告訴曉鷗了，她必須把他關起來。真像他打的如意算盤那樣，在媽閣做個黑戶口窩藏下來，上哪家書畫社打一份工，自食其力地慢慢賭着，陳小小怎麼對付在他們家客廳野營的債主嘍囉，怎麼跟法院交涉爭取恢復生產，分期償還債務？換了她曉鷗，也得「人間蒸發」。

曉鷗騙小小，媽閣發現了幾塊好木材，要價特低，她看不準，要小小自己來看。小小焦頭爛額地答應她會盡快來。小小一到，曉鷗就放老史，讓小小把老史領走。

三

颱風從媽閣上空虛晃一下，過去了。它的毛髮和動勢擦着媽閣的海面、樹梢、老樓，等它過去，海和樹以及老樓都有些微妙的走樣。每回大風走了，老媽閣就走一點樣，這是最老的媽閣人看出來的。而新來的媽閣人，或臨時來禍害自己和媽閣的人絲毫看不出來。他們從不去看。

颱風過去，段凱文從賭台前站起。征戰兩天，輸的數目被控制在一千二百萬。他說站起就站起，能站起來的都是好賭徒。好漢。

這位好漢輸得最慘烈的時候還去健身房。他做給氧運動是個必須。有了足夠的新鮮氧氣的大腦才是冷靜的，時候一到，管他輸贏，站起來就走。

離開媽閣之前的兩個小時，段凱文是在海邊度過的。梅曉鷗給他做伴，兩人沿着短短的海岸溜達。他們前邊低飛着一隻灰乎乎的海鷗。曉鷗心裏急煎煎地想趕牠走。千萬不要談起我美麗的名字。海鷗在打他倆的主意；活着的人類總會產生垃圾，人類垃圾緊扣着海鷗的食物環鏈。這是一隻有前瞻意識的海鷗，守望着牠食物鏈的出產源。

段凱文看見海邊有個水果檔。他上前買了一些進口櫻桃，顆顆完美，細瓷擺設似的。比細瓷器還要昂貴。他讓果販把櫻桃用礦泉水沖洗兩遍，裝在兩個紙杯裏。又拿了個空紙杯在手中。曉鷗直到吐出第一顆果核才明白，他拿的空紙杯是為了接她嘴裏的櫻桃核。曉鷗一手捧一個紙杯，用齒尖去吃櫻桃，又讓工藝品一般的果實直接碎裂在唇齒之間。凱文在付錢給小販時就聲明了，他不吃這種女孩子吃的東西，因此曉鷗也就毫不謙讓。他伸過空紙杯，一粒在她嘴裏焐熱的果核落進去。海鷗乾瞪着眼。

再往前走幾步，出現了一個咖啡店，一半站在海水裏。段凱文買了兩杯咖啡。從這個咖啡店倒塌的遮陽棚能看出拐彎而去的颱風掀起的海浪還是很高的，浪尖上帶的海底小生物都被拍死在咖啡店的牆根上。跟他們同行一路的海鷗早已奔向那裏。

下午一點多了，這裏還是清晨。段凱文似乎已把曉鷗忘了，像一個晨起的人那樣守着第一杯咖啡醒盹。

「不知劉司長起來沒有。」曉鷗說。她怕段總搭飛機走了，把老劉剩在媽閣。

「老劉今天一早走了。他老婆和女兒中午回北京。」段總似乎醒了盹，回答曉鷗，「你是怎麼認識老劉的？」

這話該這麼聽：老劉這樣的人，你怎麼會認識的？

「我都忘了！」曉鷗抿嘴笑笑。吃櫻桃之後，可不能露齒笑。

段總懂曉鷗，他也笑了。為了相互的厚道。實在沒甚麼優長的人，人們反而對他厚道，背後當面都不說損他的話。老劉是不能不存在的，老劉不存在誰給大家墊底：我再不濟還能差過老劉嗎？老劉無懈可擊之處，也就是他的甘心，甘心墊底：我比你們誰都不如，你們還能拿我怎樣？老劉把多少呼風喚雨的人領到曉鷗面前？包括這位段總。那些人驚濤駭浪地來了，在賭台上驚濤駭浪一場，又退下去，留下的是這個老劉。就像留在咖啡館牆上的小生物、碎紫菜、泡沫的浮頭。

「你還沒跟我講你怎麼幹上這一行的。」

「怎麼了，這一行不好啊？」

「第一次見到女人幹這行。」

「那就是段總覺得這一行女人不該幹。」

段凱文看着灰暗的海水。海是天的鏡子，天上一塊晴空都沒有，淺灰的底板，深灰的雲。天空看上去是老媽閣四百多年前的古老模樣。

「是不該幹。」段總說。

曉鷗覺得一臊，這職業的短給段總揭了一樣。一個女人有更好的事幹會來幹這行嗎？雖然賺錢多，賺得快，可賺錢有許多方式，方式分高下，尤其女人要講究這高下。男人不貪色，一些女人就賺不到錢；曉鷗你賺錢是因為男人們貪財貪賭，比賺貪色的男人的錢又高多少？

「我不幹這行，誰賺錢養我兒子啊？」曉鷗笑着，心裏有點惱羞成怒。

「賺錢總是賺不完的。你就沒有賺夠的時候？」

曉鷗的收入有多高，這位段總了解得很清楚。這兩天她在段總和賭廳之間扯皮條，至少賺了一兩百萬。也許還要多點。只要段果真兑現還錢的話，十月是曉鷗的金秋，一年中第三個金秋。第一個在春節，第二個在五月，然後是十月的國慶長假。這一行賺得是不錯，如果能少碰到幾個史奇瀾，會更好。因此曉鷗剛才那點羞惱平息了。

「你有賺夠錢的時候？」曉鷗反擊道，給他一種厲害角色的笑容。你的拖三把我和兩個同行拖富了一截。我們的賬戶都被你餵肥了。只要你兑現承諾：三天之後把欠賭廳的款還上。你不還我就必須代你還三份，桌面上賭廳一份，桌面下兩個同行兩份。

「我看你找點投資項目投點資，改行。」段總説，「你這行太……風險太大。」太血腥。曉鷗在心裏替他説。

「我不會幹別的行，怎麼改？」

「那就再幹兩年，收手。幹一年吧。幹一年能掙不少啦。」

「光説我，段總能停下不幹？」

「男人跟女人不一樣。」他認真地看着曉鷗。

能自己掙大把鈔票的女人，男人要給她減分的。曉鷗又替他説了這句潛語。

曉鷗沉默下去，讓他靜靜地專心地給她減分。

「來北京找我。」

作為誰去找你？他和她的角色關係是媽閣確定的，沒有老媽閣提供的戲台，他倆壓根沒有台本，更別提唱念做打。更沒有現在這段過門。海邊的過門是他倆跳出角色即興發揮的一段。雖然他的唱詞不是她想聽的，也是她被迫接下的對白，但還是有種無望的美好。美好而沒有希望，是最乾淨的美好。曉鷗孤單到甚麼程度，只有她自己知道。媽閣可以有為你殺人的哥們，卻沒有朋友。朋友在曉鷗生命中缺席太久了。一滴友情落入她生活裏，她都能聽見心裏龜裂的旱土嗤地冒起絲一般的青煙。

「嗯，我會的。」

「十月底之前北京都挺好，還不太冷。就十月底來。我知道你十一之後生意不太忙。我好跟你談談你怎麼改行。」

段總的武斷在這時表現成了酷。生活中沒有個人稱王稱霸絕大部份事務推行不下去。他的武斷在曉鷗知覺中是巨大的雨點，暴砸下來，帶着那樣的力量，旱土都感到微痛。要的就是這微痛。從躲避盧晉桐那時就失去朋友的曉鷗享受着段凱文疾雨般的友情。

友情來了，她才知道友情原來一直是缺失的。她有點不知所措，不好意思，自己怎麼配一下子得到友情？

「好的，謝謝段總。」

他和她都沒有把目光馬上移開。男人和女人的友情一點點曖昧都不要是不可能的。

四

錢莊通知，一筆七百萬的款項要匯過來。這是段總還的第一筆款，一天都沒拖。第八天，所有款項都匯到。錢莊的效率比銀行高。曉鷗沒有錯下段凱文的注，她贏到一個誠信的朋友。

而她等了八天也沒把陳小小等來。工廠、公司、家裏，瘦小的一個女人恨不得三頭六臂地招架，媽閣的「好木料」根本不在她事務料理清單上。她向曉鷗一再保證她會乘下一天的飛機來。

八天裏曉鷗去看了史奇瀾三次。第一次他還破口大罵，第二次，第三次，他向曉鷗跪下，把頭在柚木地板上磕得咚咚響。地板和額頭都是好成色，可惜了。曉鷗怕那個裝瘋賣傻的老史，決定不去看他，每天從網上找兩樣菜譜，讓傭人照菜譜做出來，再讓阿專給老史送去。這天阿專把菜又原樣帶回來。老史開始鬧絕食了。

曉鷗想不通，多年前靜若處子的老史如今怎麼就成了一塊潰爛，慢性的，消耗力還那麼大。她收到阿專手機短信時正站在媽閣海關口接一個十五人的賭團。

週五傍晚的海關一般都會有個通關小高峰。大陸往媽閣關口來的人難民一樣動亂惶恐。他們的背後似乎追着戰火或山洪，迅猛地朝他們逼近和蔓延，他們不衝出來，不衝到安全地帶就是個死，早一點衝到媽閣，早一點衝入賭場，就能把緊追在身後的貧窮甩遠一點。甚麼也擋不住他們，他們熾熱的目光告訴你，他們隨時可以成為暴民，把任何阻礙踏在腳下。巨大的體味聚集充滿在大廳裏，滾熱的體味兒。對於財富的慾望發自某種生物激素，一種令猛獸進擊的激素，有了這種激素，獅虎才成其為獅虎，強者才成其為強者。

這個數萬人之眾的人群以爭當強者的激素發動，滾入夜色中妖冶起來的老媽閣。其中多少人會淪為史奇瀾，像一塊慢性潰爛一樣活着？

曉鷗把十五個賭客帶到賭場裏，讓他們自己去娛樂。他們都是些掙錢不太多的中級幹部，信仰「小賭怡情」，不會玩成賭棍的。也許十五個人裏會出個把好漢，將來成為梅曉鷗的常客，玩光家當。沒有大家當的人都會小心翼翼地看守家當。因此，這是一群小心翼翼的賭客，何況三分一是女人。

她必須去看看絕食的老史。來到公寓門口時，她看見一個女子晃悠在十五層和十六層之間的樓梯上，她的公寓在十五層。老史常來媽閣，下九流上三流人等都認識幾個。這個年輕女人是酒店大堂裏一件移動裝潢，常跟她的女同行們站立或漫步在廳堂裏，勾不上男人，累了，她們就找把空閒的椅子或沙發坐下，裝作在手機上收發短信。她們的手機都像她們人一樣精心打扮，掛件玲瓏，如同環佩，假鑽石裝飾着手機殼，手機替她們先珠光寶氣起來。判斷她是操此業的女孩，曉鷗不是憑她的臉，是憑她的姿態，她姿態裏全是孤獨。她們這類女孩是世上最孤獨的人，哪怕她身處熙熙攘攘的酒店賭場大廳，哪怕她身邊就站着你，都於那孤獨無礙。她讓曉鷗想到，陰界相對陽界的萬物存在，或許各自被不同的化學屬性或物理密度所局限，只能知覺彼此而無法相互溝通。曉鷗能夠想像，這類女孩即便被男人撿起，帶回家或者酒店房間，她們的孤獨也是不能被逾越的。她們從五湖四海聚到這裏，沒有家，孤獨是她們的私密空間，她們不可能讓你進入她們的孤獨，那裏面存放着她們最後的尊嚴。

曉鷗不知道這個女孩的出現和史奇瀾有沒有關係。老史每年在媽閣花去三分之一時間，也許他在媽閣暗暗生了曲折黑暗的根。也許他向這女孩呼救了？室內沒有電話，老史的手機被曉鷗繳了械。公寓樓上的居民視這種女孩為公害，她們的出現會降低房價。因此她不可能是長時間在樓裏飄遊，而偶然發現老史被囚在一五零八室裏的。曉鷗掏出公寓大門鑰匙，打開鎖。這把鎖要了曉鷗好價錢，因此開鎖公司都打不開。關上門，她聽見女孩的高跟鞋從門口踏過，下樓去了。

進了客廳，就看見老史腿盤雙蓮花，眼皮微閉，面帶一絲永恆的微笑。這是幹嗎？要圓寂嗎？曉鷗走到各屋去開窗，她不願釋放了固體的老史出去之後她房裏還留着一個氣體的老史。煙氣、酒氣，各頓飯菜和他絕食的氣味形成一個撲鼻漲腦的老史。老史真的成了一塊不癒合的潰爛，曉鷗都感到絲絲作痛。她來到老史面前。

「老史，我說你聽着。關你不是要罰你，是要你好好地回到陳小小身邊去。陳小小要是八天之前來，我八天之前就讓你出去了。」

老史的雙蓮花盤得圓圓滿滿，難為他四十九歲的筋骨。他現在這麼高深，無法接曉鷗的話。曉鷗抱着小臂等了一會。他微微動了動，好幾節關節炸起小鞭。

「陳小小明天上午乘澳航的航班到。」

老史剛才是很靜的，這話讓他更靜了。

「你老婆來之前，你看着辦；吃呢，還是不吃；要不要洗洗，換換，隨你便。」

甚麼陳小小被你老史害死了之類的話她不說了。她沒有婆婆媽媽的資格和義務。她只有一句話，不說出來老史也聽得見：回北京去恢復工廠，早點還我的錢。

曉鷗進了浴室。馬桶邊緣全是深黃色的點滴，你在人尿乾涸後才發現它的稠厚度。有的直接變成了化肥。老史是個要體面的人，這種做法無非是作踐曉鷗：當牲口關他，他就把此地當牲口圈。他這麼做還有男人對女人的一層意識：那帶有猥褻的意思，也是一種佔有和蹂躪。雄性怎樣圈他的領地呢？就這樣圈。

一個人在變成賭徒前後真是不同。曉鷗用馬桶刷使勁刷洗點點滴滴的深黃色。它們不僅沖鼻而且蜇眼，她的眼睛在不可視的催淚彈煙幕中瞇起來。按一下沖水栓，她聽着自己的屈辱轟然奔瀉。或許老史在浴室外的廳裏也聽見那奔瀉的激越，咳嗽了一聲。

曉鷗回到他面前。他已經不是剛才那副圓寂的模樣了：四肢和身體突然失去了柔韌度，脖子尤其僵硬，兩隻放在雙盤蓮座膝部的手似乎在強忍一個衝動……甚麼衝動？要去狠搔一片奇癢的衝動。他可當作觀賞物的那雙秀手應是掌心朝上，拇指和中指若虛若實地捏攏，跟其他手指組成欲放欲合的兩朵蘭花，可眼下這兩隻手令曉鷗不敢看，一看便疑惑它們剛做了甚麼勾當回來，很硬很累地擺着。

她又說了幾句必須的話。窗子請一定關好。絕不要在屋裏抽煙，要抽到陽台上抽。上廁所注意衛生。每句話的字裏行間，她都聽見一種類似稀粥開鍋的響聲，咕嘟得要潽出來了。老史的腸胃沒出息但很誠實，餓了就叫餓。餓得胃液開鍋，老史還在矯情，擺出這麼有境界的絕食姿態。曉鷗對他的滿腔噁心和憤怒都沒了，要笑出來。故事和人物由悲慘轉為荒誕。

阿專來短信了，說十五個賭客裏出息了一個來，用三千贏了五萬！他現在在代她款待這幫客人。她走進原先母親的臥室，給阿專回電話。剛要撥出去，老貓打了進來，謝謝曉鷗送給他分吃的貨。意思是他看見手機裏銀行賬戶收到了黑錢莊匯入的款項——段總的還款。段總是楷模賭徒，是還款先進分子，老貓、阿樂熱烈歡迎段總多多來媽閣，多多益善。曉鷗一面接電話，一面把地板上的煙灰往外擦，漸漸擦到門口，瞥見史奇瀾赤裸的右腳拇指微微動彈，偷聽電話腳拇指當成天線了。

阿專接着又在手機短信上彙報了那個有前途的賭徒，說曉鷗必須去看看。萬一是可以被發展提拔的對象呢！曉鷗知道，東方男人身上都流有賭性，但誰血管裏的賭性能被發酵起來，擴展到全身，那是要有慧眼去識別的。梅曉鷗明白她有這份先知，能辨識一個藏在體面的人深處的賭棍。是她祖先梅大榕把這雙眼給她的，深知自己血緣淵源存在過痼疾的人因為生怕痼疾重發而生出一種警覺，這是一種防止自己種族染病滅絕的直覺，是它給了曉鷗好眼光去辨認有發展前途的賭客。

曉鷗記得這個人，所以上去就投給他一個驚喜笑容，恭喜好運的笑容。這個人姓龐，四十二歲，一個省級城市的市計量局局長。他圓圓的眼睛，鼻頭也是圓的，身體和頭部像兩個人，身體細瘦，頭和臉圓胖，應該做不出太心狠手辣的事，但押注卻很果決。

休息的時候，曉鷗幫他把贏來的碼子兑了現。一共八萬三。龐局長快樂得像個兒童。説明天給老婆買雙好皮鞋。賭團裏五個女成員都説要幫他參謀。曉鷗激將他，來媽閣一次才給老婆買雙鞋呀？首飾呢？女人們都説，換了自己，也是要首飾不要鞋，鞋才幾個錢一雙？贏了八萬三才買一雙鞋？

那就聽大夥的，買首飾，龐局長好脾氣，笑呵呵的，天下除了貫徹上級政策，做好局裏工作，甚麼事是大事？可八萬三港幣買不了多精彩的首飾，曉鷗説。就它吧！局長説，瞧中國國民富裕的，不僅有商品房住還戴首飾！其實他老婆再三囑託是要買雙好皮鞋，牌子都寫給他了。再玩兩把，首飾和鞋兼得！同伴哄他。不玩了！不玩嘍！……

走過曉鷗身邊，曉鷗遞給他一張名片。就在那一遞一接之間，秘密內容滋生了：以後再來。當着這麼多同機關的下級是不方便玩的。一定抽空再來，這不就認識了梅小姐嗎？一回生二回熟。名片是放出去的長線。有那賭徒種的自然在將來循着長線回來。龐局長在不遠處把曉鷗的名片仔細看着，其實剛出海關她就給了每人名片，而此刻名片上的名字才被他真正看進眼睛，被他的記憶登記下來。他被剛才的贏局激活了賭性，此刻梅曉鷗三個字個個都活了。

這是個輕鬆的夜晚，向十五個盡了玩興的人道了晚安之後，她自己駕車回家。阿專也很累了，她叮囑他一定要乘的士回家。阿專說他的外套丟在曉鷗的公寓，該取回去讓女朋友洗。曉鷗要他別為她省錢，一定要乘的士。

回到家兒子居然沒睡。這個時分母子團聚十分難得，她就不說「遊戲機玩太多」的話來掃兒子和自己的興了。她覺得餓，在廚房拿了一包速食麵泡到碗裏。兒子聞到那股假惺惺的鮮味馬上要求母親分他半碗。十一歲的孩子是這類速食的犧牲品，工業配方的滋味把他的味覺養得簡單而粗暴，拒絕接受自然和微妙的味道，一切東西不達到人工的鮮度和濃度都是沒有滋味。

她和兒子熱乎乎地分食一包六塊八毛錢的麵條。兒子對於跟母親一塊犯規——遲上床，吃速食麵——而受寵若驚。這就值了，假如吃工業化滋味的速食麵能深化母子感情，那就好好地吃吧。兒子十一歲的臉蛋由白而紅，盧晉桐的鼻子長在梅曉鷗的兩隻眼睛下，再往下是盧晉桐姐姐的嘴，略薄的嘴唇顯得敏感而苦相，往裏扒拉那些彎彎曲曲的速食麵條時苦相顯著了。

曉鷗和兒子在他的床邊道別。一年中跟兒子道晚安的夜晚數得出來。手機上出現了老貓的短信息，問她這會有沒有空，他請她消夜。老貓把她當作一條鮮魚惦記，對她一直是饞的。一個女人在媽閣這樣的地方混，沒幾隻老貓也不行。她知道做一條魚她不犯腥是不可能的，但腥得抽象一點，讓老貓遠淡地饞着她，像人類饞着某種美麗空虛的情感，饞着她的同時警戒其他貓向她伸爪子，這才高明。因此她變得機智頑強，對付老貓的辦法是轉過來讓老貓對付她。老貓請她消夜，她就說馬桶往上泛味，你先來幫我修一修嘛！假如他說，操他的，你這女人怎麼這麼多事?!她會說：幫我修了馬桶我就跟你有事。她的潑皮、不雅，或稚不可耐都超出老貓這種男人的心理準備，每次都成功地把男女之間恰好對上的「勁兒」

給錯過去了。老貓始終不明白他跟曉鷗是熟識過頭了，還是基本處在對峙狀態。老貓就屬於那種可以為曉鷗殺人但做不了她朋友的男人。

手機的另一條線有人打電話進來。藉口來了，曉鷗不容分說地跟老貓告別：拜拜，早點睡，不許出去殺人搶劫啊！曉鷗自家妹妹似的玩笑會讓不甘心的老貓舒服，她的專橫口氣讓老貓感到她和他原來很親。

電話是阿專打來的，又急又怕，曉鷗幾乎聽不清他叫喚甚麼。他是在室外人群中，這是沒錯的，背景還有電喇叭的叫喊。

「……史總從樓上跳下來……」

曉鷗聽清了，心臟驀地脹大，把她整個腔膛堵滿。

「史總從陽台翻出來……」

電喇叭的聲音蓋過了阿專。曉鷗抓起衣服就往睡裙上套。手機忘了掛，一個飛快擴大的人群都在裏面吵鬧。

曉鷗拿着手機跑出家門，跑進車庫。史奇瀾瞬間成全了自己做了梅大榕。晚上見他時她居然沒看出那份志向。她腦子裏清清楚楚是打坐的老史，當時她以為那是他演出的滑稽戲。她握在方向盤上的雙手到一半路程還沒知覺。

此刻往老史身邊奔是愚蠢的。警察張開羅網在打撈逼老史跳樓的人。而掉頭逃開也是愚蠢的：沒罪過你逃甚麼？他家門口排着一個逼債的長隊，他都那麼經逼，不耽誤吃不耽誤睡不耽誤到媽閣來，用給人參謀指點掙來的小錢險些搏下一百萬，怎麼突然就不經事了，非到她梅曉鷗的地盤上來死？死得要她梅曉鷗好看?!

車剛拐過路口，就看見大人孩子往小區門裏奔。曉鷗在小區大門外停泊了車，目標可以小一點。給阿專撥通電話，阿專不接。小區裏電喇叭的聲音開始對她產生意義。那個媽閣警察經過太多樂極生悲、悲極生樂的人間故事，喊話很像工地上指揮吊車、搬運材料。

「……再往右半米……再高一點……」

只能是指揮搬運屍體。曉鷗站在自己公寓的小區門口。凌晨的風很柔。

「好，好，抓住……」電喇叭説。

突然出來一個鋭利的旋律。一共用了三個樂句才讓曉鷗相認自己手機的鈴聲。阿專急起來嗓音很尖，他尖着嗓音在手機裏抱歉沒有聽到手機鈴聲，現場太吵了！她一句話沒説，聽阿專企圖壓倒一切吵鬧把事情始末告訴她：老史從樓上掉下來不是求死是貪生；他想順着每個陽台側面的晾衣架爬下樓，失足墜落，幸好被八樓那家的花架子擋住。

「老史還活着？」

「現在還掛在八樓的架子上！」

曉鷗拿着手機的手垂下來，嗚嗚地哭了。她要改行。聽段總的，改行。

五

陳小小的手指摳進掌心，為一個耳光蘊集更大能量。耳光要打得漂亮，她的個頭是不理想的。本來要把曉鷗當情敵打，把丈夫和他的女債主當狗男女打，那是另一種打法，打出一個受害人的悲壯淒美；現在陣線變了，她要打出丈夫的衛士風範。她的丈夫自從欠債以來一直被這個瘦小的母雞護在翅翼下。

巴掌帶起一股風，使不大的空間裏氣流亂了一下。曉鷗以為她先發制人地把史奇瀾到媽閣這些天的劣跡陳述一遍，小小會感念她，至少會諒解她。看來老史不必背後訴苦，陳小小都會把經過看成另一回事：女債主把老史勾到媽閣，瞞着一切親朋好友，包括死心塌地跟了他二十年的妻子，再把他囚禁到高樓上，就為了一件事：逼債。結論就是老史忍受夠了非人的逼迫，從這十五層樓上一跳了之。

梅曉鷗沒有去撫摩挨了一擊的左腮，似乎不去碰它就把那個耳光否定了。女人打架是最低級的把戲，要把她梅曉鷗捲進去，跟她陳小小做搭檔？休想。曉鷗只是在陳小小又一個巴掌上來時才抓起桌上剪花的剪刀。她張開剪刀鋒利的嘴，朝着陳小小。她的動作很小，很低調，跟馬戲團女演員的打架風格形成文野之分。

老史咂了一下嘴巴，對老婆的保護慾感到難為情卻也不無得意。

「陳小小你可以了啊！」老史說。

曉鷗感覺小小辛辣的目光仍然在自己臉上、身上，尋思怎樣躲過剪刀繼續抽巴掌。馬戲團的人和獸都是在熱身之後才進入真正競技狀態，陳小小那一巴掌剛讓她熱身。

老史看出曉鷗態度上的優越，從夜來香旁邊站起，大腿和屁股上被鐵網扎出的洞眼最多，一站起來疼痛復甦了，他真的像刑訊後的志士，踉蹌幾步，從後面揪住老婆的衣領。

「我操，你這娘們，雜技團待了十年，一輩子都是爬杆兒頂罐兒的！甚麼習氣?!」

他把小小的衣領當韁繩，勒住一匹小牲口似的勒住她。小小現在發現他走路和動作都出現了疑點，順着他衣領能看見他胸口貼的兩塊繃帶，步子也是殘疾的……這些疑點讓她從曉鷗身上走了神，轉向老史。她掀起老史的襯衫下襬，何止兩處掛彩？一眼看去，老史的肚皮上補丁摞補丁……陳小小完全忘掉了梅曉鷗，轉而跟老史廝扭起來。老史除了對付各種硬木有力氣，對付其他任何東西包括老婆孩子都沒力氣，加上他此刻形而上形而下都是遍體鱗傷，更扭不過小小，終於被小小解開褲帶，褪下褲腿。小小被一團哽咽堵住氣管，一動不動地跪在大大小小的綳帶前。丈夫的兩條腿何止補丁摞補丁？簡直就是她東北老家的女人們用破布褙糊的鞋袼褙。

曉鷗進到母親曾經的臥室裏，關上門。被暴露的殘破的老史非常不堪。只掃了一眼，曉鷗就馬上躲開了。甚麼是人渣？把光着下肢的老史用來做註釋就精妙之極。曉鷗掃了那一眼，剎那間人渣的符號便蝕進了她的記憶。從來沒見過那麼孱弱的腿，還滿是補綴。她不知是噁心還是心痛。她突然意識到，她一直是略帶噁心地在疼愛老史。也許她很不了解自己，以為把盧晉桐從自己生命中切除了，其實沒有，她是用老史來補償她對盧晉桐的無情，老史無形中在延續盧晉桐。她還突然悟到，自己掙起賭場和賭徒的錢，依賴盧晉桐們史奇瀾們段凱文們的災難來發財是在報復，是在以毒攻毒。

她沒有從實向段凱文交代自己的發家史。她不會向任何人交代。其實沒甚麼不光彩，沒甚麼難以啟齒。她在賭場裏陪盧晉桐度過那麼多時日，她自己對賭場和賭博的熟識到了仇極反親的地步。在躲避盧晉桐的幾年裏，偶然遇到的熟人也都是盧晉桐的賭友。其中有那麼一個賭友，就是曉鷗來媽閣的橋。那個人認識她很早，早在她跟盧晉桐熱戀的時候。那時有錢男人對自己婚姻外熱戀的女孩都採取一個時興做法，把她們送到國外。說起來是要她們進修深造，實際上是讓她們和他們的妻兒各歸各，同時讓舉目無親的寂寞女孩們更依賴他們。沒有他們的越洋供給，沒有他們三五個月間隔的出現，聖誕老人一樣慷慨地應允禮物和鈔票，她們是無處找生計的。其實美麗和青春就是她們的生計，她們吃自己的美麗和青春；消費自己的美麗和青春；讓她們守着美麗和青春再去像正常學生一樣求學，像正常人類一樣掙生計，那是浪費，那是不公。梅曉鷗就在盧晉桐把她送到美國的第二年認識了那個人。他姓尚，也許姓商，現在她已經沒法確定了。他和盧晉桐同坐一張賭台時見到了小鳥依人的梅曉鷗。盧晉桐回國之後，他給曉鷗打幾次電話，最後一次要請她去拉斯維加斯玩。他說他也請了盧晉桐，一切費用都由他買單。對，那是個上海人，細高個，水蛇腰，三十年代天馬電影製片公司的影片裏走出來的小開。曉鷗和他一塊去了拉斯維加斯。盧晉桐呢，今天不到明天一定到，姓尚的承諾曉鷗。她被帶到一個頂層套房，叫總統套房，他告訴她時那麼漫不經心。套房本身是個樓，樓下客廳、餐廳、起居室，花木形成自己的小熱帶叢林，中間一汪瓦藍池水。她缺見識地傻笑起來：套房裏有游泳池！上了樓梯，左、右、中各一間闊綽的臥室。中間那個臥室踞泳池之上，姓尚的把曉鷗安排在那裏。曉鷗聲都不敢吭，被王者的臥室壓迫得更卑微了。

「愛游泳嗎？」上海男人問曉鷗。

「愛，就是沒帶游泳衣。事先不知道住這樣的房啊！」

「那就不要穿游泳衣。」上海男人漫不經心地說，「水很乾淨的，沒人游，也沒人看。」

曉鷗覺得不對了，他請她裸泳。他請她到這裏來，開這樣一套天堂般的房間總不會甚麼都不圖。曉鷗的年紀可以做上海男人的女兒。因此她倚小賣小，做了個孩子被驚着了的鬼臉。

「喲，那不是游泳，那是洗澡！這麼漂亮的游泳池不是變成大澡缸了？」

曉鷗現在想，她的孩子氣表演得非常逼真。可能就是嘎頭嘎腦的孩子氣進一步把上海男人的胃口吊起來了。第一夜他沒有動她，一早起來，曉鷗在門口發現了一個淡藍色的Tiffani禮盒，白緞帶，卡片上寫着她的名字。叫了兩聲哈羅，沒有人答應，她便拆開緞帶。裏面是一條不太起眼的項鍊，蒂芙尼的招牌樣式。但這只是個引子，正文在盒子下面。曉鷗的手觸上去，好厚的一摞：十萬元現鈔。上海男人在留言中帶有歉意：昨天夜裏趁她睡着他出去賭錢了，她是他的運星、他的繆斯，讓他贏了一大筆，他只拿出小小一部份送她，請她千萬笑納，並在下面的見面中不准提起。因為他知道她多麼憎恨賭博的男人。

曉鷗依照他說的做了。她對自己有了個新發現：她不再像頭一天晚上那樣把自己的身體當寶庫看守。他跟她在中午一塊看了畫展，吃了午餐。兩人都不提Tiffani禮盒中的禮物，提了就有些彼此揭短的意思：一個是用不是好來路的錢往不是好去處的方面花銷；一個是知道甚麼來路的錢也知道想用來買甚麼，可還是收受了。兩人東拉西扯，話題不斷地跳躍。尚先生原來是懂些畫的，午餐間給她上了堂近代西方繪畫史的課。她於是把他往好處看，從他身上搜優點，他寫字漂亮，談吐也漂亮，曉鷗自己文化白丁一個，但對於男人不經意露出的文化還是看高的。再說尚是個大財團的董事長，也知賭錢的可恥……等曉鷗警醒過來，她發現自己已經合計起很遠的事來。

盧晉桐像是有某種預感似的及時出現。姓尚的玩了個時間差，告訴盧晉桐到達拉斯維加斯的時間比他帶梅曉鷗來的時間晚三天。三天夠他得到一個半推半就的梅曉鷗，他是這樣算的。至少夠他看曉鷗裸游。走出裸泳這一步，他跟梅曉鷗就為未來埋下了伏筆。沒想到盧晉桐訂了早一天的飛機票。

上海男人隔着盧晉桐向曉鷗投來受傷的一眼。曉鷗被盧晉桐擁抱在懷裏，從他肩頭露出兩隻眼，看到尚心碎地微笑，他把他自己當成盧晉桐的秘密情人的秘密情人。然後他爽氣起來，用大巴掌拍着盧晉桐的後背，把他往電梯間引領，嗓門也是寬宏大量的：「帶你們去看看你們的房間！」

曉鷗驀然間從他的話裏聽到攻守同盟的邀約。「帶你們去看看你們的房間」，上海男人約曉鷗跟他一塊瞞住真相：他倆已提前一天進駐了總統套房；雖然一夜相安無事，但不安份已經開始，彼此都心照不宣。還有禮物和現鈔的贈予和收受，那麼不言而喻。電梯飛快地平滑上升，地心引力使人在不適和快感之間微微眩暈。

出了電梯又進入另一個電梯。這電梯的裝潢使盧晉桐瞠目。這是必須用鑰匙操縱的電梯。曉鷗實在無法表演她初次踏進它的驚喜。

只用了十分鐘，盧晉桐就洞察到甚麼。他先是在主臥室看到曉鷗的洗漱包，還有一個他送她的香奈爾粉盒。浴盆邊，華美的大理石上，放着曉鷗換下的內褲，一條小女生的雪白棉質內褲，但盧晉桐狠狠看了它一眼。

「你甚麼時候到的？」他問。

「昨天下午。」曉鷗答道。

盧晉桐臉黑了一下。她從來沒覺得自己那麼下作過。但盧晉桐甚麼都沒問。她那一刻盼他問，只要他把話挑明，把他想像的醜事拿出來責問她，她就不再會心虛，不再會自我嫌惡。只要他審她，她就會贏回自己的清白無辜。她不是要為盧晉桐贏回她的清白，而是為自己。沒有甚麼比自愛更重要。自己信賴自己的清白無辜，才會愛自己。因此她瞪着盧晉桐，幾乎在挑起口角，快審問吧，想審甚麼審甚麼。她會哭鬧一場，讓盧晉桐為她沉冤。這可是個反守為攻的好機會，她會反過去聲討誅伐盧晉桐，有甚麼臉指控她曉鷗？他的承諾呢？不是保證一年之後離開老婆明媒正娶她梅曉鷗嗎?!可是盧晉桐一句話都沒問，跟個默默承受傷害的丈夫一樣痛楚哀婉，連着抽了三根煙。因此曉鷗覺得包括她在內的三個人烏糟透了，狗男女透了。

矛盾爆發在下一天。盧晉桐賭場得意，贏了二十萬美金。曉鷗逼他還給尚，因為姓尚的最開始給了他五萬籌碼。

「憑甚麼還他？他請我來的！說好贏了歸我，輸了算他的！」

曉鷗被他臊得眼淚也汪起來：「人家不要你還你就不還？人家還花銷那麼多錢請我們住總統套房，頓頓不是龍蝦就是魚翅……」

盧晉桐咬牙切齒，解恨地說：「活該，他願意！」

曉鷗很想說，自己也接受了一筆不三不四的禮金和禮物。但她沒說出來。如果在見到盧晉桐的半小時裏沒說出來，她已經失去了時機，永遠失去了坦白的機會。盧晉桐剛到達酒店，她和他在大堂會合時就該把實話說出來，說的方式多的是，可以是沒心沒肺的：「晉桐，尚哥還給了我賭資呢！……」也可以是膽怯的，私房的：「晉桐，有件事我必須告訴你，姓尚的給了我一筆錢，我不知道他甚麼意思，怪嚇人的，你看要不要悄悄還給他？……」哪一種坦白都顯得天真蒙昧，哪一種坦白都像二十歲一樣年輕。但她把機會錯過了。她隱瞞的是一件根本沒有發生的醜事，而隱瞞本身卻成了醜事。此刻她力圖讓盧晉桐爭口氣，把贏到手的錢拿出十萬還給姓尚的，盧晉桐如此沒商量地拒絕，只能證明那件根本沒發生的醜事在三個人心裏被陰暗地默認了。她解釋和辯白都毫無由頭。辯解只能是這樣——

「你們甚麼也沒幹，他平白無故給你錢?!」

「那你以為我們幹了甚麼？」
「幹了甚麼你自己知道！」
「我不知道！」
「你不知道還幹?!」
「我們甚麼也沒幹！」
「行了行了，你幹沒幹我不追問！」
「你追問啊！」
「追問有用嗎？幹這種事還能被追問出來？」
「哪種事啊?!」
「你們幹的，我哪兒知道?!」
「跟你說了，我再說一遍，我們甚麼也沒幹！」
「好好好，沒幹、沒幹，甚麼也沒幹，行了吧？」
「是甚麼也沒幹啊！」到這時她一定會有個熱望：撞死在華美的大理石牆上。
「我知道你們甚麼也沒幹。那我能問一聲，一男一女關在這樣的套房裏整整三十六個小時都沒幹點甚麼嗎？」

假如辯解進行到這裏，她只有撞牆，死給他看。

所以她不辯解。所以盧晉桐理直氣壯地把贏來的錢全部兑換現金，匯到自己戶頭，她一聲不吭，任憑三個人的關係在暗地漚着，越漚越污糟。

當天的晚餐上海男人又揮金如土，曉鷗用眼睛哀求盧晉桐，哪怕做做樣子，跟他爭搶一下賬單也好啊！後來結酒店的賬單時，姓尚的還是那麼漫不經心，談自己的收藏、繪畫、紅酒、名車。他一面漫談一面審閱賬單，曉鷗和盧晉桐退後幾步，等在他的側後方。曉鷗對盧的耳朵説，他倆至少該承擔一半房費。盧一句話不説，跟沒聽見一樣。曉鷗又説尚總花得太多了，他倆應該把那間臥室的錢付了。

「閉嘴。」盧晉桐説。

「咱們憑甚麼讓人家給咱花那麼多錢?!你又不是沒錢！」她屈辱得要哭了。

盧晉桐不做聲。尚在跟櫃台裏的人討論甚麼。

「以後我帶你住那個套房。」盧晉桐低沉地莊嚴地説。

住那個套房不光要花得起房錢，還要掙到超級貴客的身份，這靠賭的頻率、賭的流水累計；賭注之大，令人生畏。這意味着他盧晉桐還要更奮發地賭，更頻繁、長久地出現在賭桌邊。姓尚的似乎跟酒店經理爭吵起來了。酒店經理熟識他，叫得出他的名字，一臉孝敬的笑容。盧晉桐叫曉鷗聽聽他們在吵甚麼。曉鷗的英文最多是幼兒園中班的。

「好像經理要尚總付甚麼費用，尚總不願意……」

又聽了一會兒，曉鷗聽清了，是要尚付浴袍的錢。尚此刻轉過身，問盧晉桐是否拿了主臥室的浴袍。盧晉桐傲慢地笑笑。

「不讓拿嗎？我以為你花那麼多錢請我倆客，帶一件紀念品走總是可以的。」

大約有兩秒鐘，姓尚的和盧晉桐眼鋒對着茬。

曉鷗額頭的髮際線一麻，冷汗出來了。

結完了賬，三人又像甚麼也沒發生一樣，一塊去吃了頓簡餐，餐間尚說，那個經理太操蛋，要他付兩千塊買那件浴袍。他漫不經意地問盧晉桐有沒有看見浴袍的商標是「愛瑪仕」，盧晉桐哈哈直樂，說他偷的就是「愛瑪仕」，不然值當嗎？

曉鷗感覺得到盧晉桐的傷痛。他那麼傷痛，就要你姓尚的出血，出得越多越好，能讓你多出一毫克絕不替你省着。姓尚的也只能嚥下吃進的虧。漫不經心地談起總統套房的設計師某某某，是他的老朋友，還有某某酒店、某某博物館是那人設計的。盧晉桐問他，在賭場賭多大的盤才有資格住總統套房。上海男人輕描淡寫地說：一盤一千萬。盧的喉結噝嗵一下沉下去，生吞下八位數字，又慢慢地穩健地浮上來。曉鷗看見他此刻目光放得極遠，十多年來這一國人不知該信仰甚麼，但盧晉桐此刻受到了啟迪，看見了信仰幽靈般地飄過。住進總統套房，是他從此刻以後的信仰。

「曉鷗，我一定會帶你去住那個套房。」他對曉鷗宣誓，拉着她的手。

上海男人一扭臉，怕自己按不住的冷笑給盧看見。

「誰要你帶我去住？有甚麼意思？」曉鷗拔出手來。

「真沒意思？」他話中有話了。

梅曉鷗滿嘴的說不清，滿心的懊糟。

「那甚麼有意思？」他又去捉捕曉鷗的手。捉到後搓揉着。這是盧晉桐當眾幹得起而你幹不起的，尚總。

梅曉鷗在那一刻想起阿祖梅大榕來。據說梅大榕定親定了梅吳娘想震住她，或者說想取悅她，比如他能把頭埋在水裏一個鐘頭不出來，還能一口氣吞三口鹽，還能逗母雞打鳴。他一身把戲都是為了讓梅吳娘關注一下。梅吳娘一直沒有給過

他關注，該笑的地方不笑，該怕的時候也不怕，唯有他賭博梅吳娘才怕他。他賭贏賭輸都讓梅吳娘重視他，或者輕視他，反正不能全然無視他。

二零零八年十月的梅曉鷗想，賭徒中竟然有梅大榕、盧晉桐那樣多情的。自古男人在疆場廝殺，勝者為王，為英雄為壯士，為贏家，贏得女人的傾倒、委身，男人們殺了幾千年，都想殺成贏家，寧可死，也要贏。現在沒了疆場，瞬間的成敗、死活、王寇就在鋪着綠毯子的賭台上決出。他們相信女人的青春和美麗都屬於贏家。他們不知道，女人中有那麼極小一部份是愛輸者的。比如梅曉鷗。她對昨晚演了一場鬧劇此刻體無完膚的史奇瀾憐愛得不近情理。她怎麼有這一份病態的憐愛？她在老史的結局裏看見了盧晉桐、姓尚的、段凱文的下場。她聽見陳小小在廚房裏忙甚麼。菜刀碰到案板的聲響，碗和勺子相碰的聲響，小小又恢復成了一個賢惠小女人。

曉鷗在逃避盧晉桐的幾年中還是平靜安詳的。一天天長大的兒子那時候跟她非常親。得虧了尚總的十萬元禮金，十年前的十萬塊美元真禁花，她精打細算用它過了兩年多。一天，她碰到了姓尚的。上海男人說他一直愛她。她聽懂的是：

那十萬塊錢呢？是交賬的時候了。她在那幾年中已經打聽了，姓尚的遠不像他表現的那麼闊綽，加上他好賭，公司只是個巨大的空架子。她跟他沒有太多的周旋就把他惦記了好幾年的自己給他了。大概在半年之後，他把她送到了媽閣。他的家室在美國，把曉鷗和他婚姻遠隔，只能把她送回東方。

一到媽閣，她就為自己和兒子買下一套公寓，就是用來羈押老史這套。然後她開始建立自己的小王國，搜羅老史這樣意志薄弱嗜賭如命的成功人士，把賭廳的大筆款項輸送給他們，支援他們盡興地玩，協助他們一個個築起債台。盧晉桐為賭一個總統套房的氣，賭掉了手指頭，賭掉了產業，最後賭掉了她梅曉鷗和他們的兒子。她用史奇瀾這樣的人報復盧晉桐，也報復自己：一個為十萬塊錢就委身的自己。她看着史奇瀾們一個個晝夜廝殺、彈盡糧絕，感到了報復的快感。之後，再輪到梅曉鷗發婦人之仁，來憐愛他們。她的憐愛藏在憤恨、鄙夷和內疚中，連她自己都辨認不出哪是哪。只有老史是例外的。他是她害的，她總是避不開這個病態念頭。老貓聽到她偶然發出的自譴會哈哈大笑：他們輸是活該呀！有水牛在前面拉他們把他們拉到賭場來嗎？輸光的時候你不借錢給他們，他們就像守着有奶的娘偏偏餓着他們一樣，給他們一把槍他們敢用槍口逼你借錢！當疊碼仔容易嗎？憑公平買賣掙錢！憑辛苦，憑人緣，憑風險掙錢！

老史被陳小小帶回北京時，兩人都是一副跟曉鷗絕交的樣子。曉鷗在兒子的學校門口偶然看一眼錶。那正是老史和小小的飛機起飛的時間。媽閣到北京的最後一班飛機。萬頃晴空，應該不會誤點。曉鷗仰起頭。然後她聽見一個人在輕聲說話：

「媽，你怎麼哭了？」

六

五月初又是媽閣鬧人災的季節。珠海到媽閣的海關從清晨到子夜擠着人。甚麼都嚇不退人們，三小時、四小時的排隊，污濁的空氣，媽閣海關官員的怠慢和挑剔，你急他不急，反正到時他有換班的。旅行團戴着可笑的帽子，腹部掛着可笑的包，所有的胳膊守護着包裹的內容，每一個擠過去擠過來的人都讓他們的心緊了又鬆：包中的賭資又一次幸免於劫。

媽閣這邊所有的人渣都泛起來，幫人排隊的黃牛，推銷「秀」票的黃牛，幫人扛包的真假腳伕，推薦按摩院、旅館和散發餐館折扣券的掮客……

曉鷗的衣服被擠皺了，頭髮也東一綹西一綹被汗貼在臉上、脖子上。五個廣東的客戶都是新客戶，她總是親自迎接尚未染指賭博的新客戶。

等她終於把五個新客戶帶出海關，帶到酒店，已經是夜裏一點半。還有半小時這五個人就白排隊了，海關十二點關閉。她讓客人們先到各自房間修整一下，客人們不明白他們欠缺的是哪方面修整，帶着海關人群相互薰染的複雜氣味進了賭廳。他們可沒時間浪費在甚麼修整上。

她的手機上來了一條短信：「你好精神啊！」

發送人的名字是「段」。她四顧一圈，沒有發現發送者。「雖然你失約，我還是來了。」又是一條短信。她知道自己的笑很傻，捉迷藏玩不過對家那種迷惑而窘迫的笑。她知道對家在暗地正把她的一舉一動收入眼底，因此她不得不笑。「往你正前方看。」短信給她指路。正前方的賭台周圍站着十來個觀局的，賭台上只有兩個賭客，其中一個是段凱文。原來他離她只有三米，這是她目光錯過他的原因。還有個原因是她以為他從來不入大廳做散客。段總跟她微笑一下，抬抬右手，就回到賭局裏去了。他指的失約是他們相約的「北京見」，並在見面時共謀她的棄暗投明，從疊碼仔生涯退役。曉鷗湊到段那張台看着段的小半個側面：這種相約能認真嗎？她梅曉鷗若認真了段總準笑她「二」。

段凱文玩得很小，跟勞苦大眾一樣，玩三百元的最小限額，段眼睛看着荷倌發牌，屁股微妙地挪一挪，身體跟着向一邊讓讓，這是他朝曉鷗發出的邀請，要她挨着他坐下。揭開牌，他輸了。曉鷗同情地笑笑。他的賭伴正踞贏勢，每下一注都引起周圍觀眾熱議。

賭台被圍成了個完整的圈，段總和賭徒像是被荷倌逗弄的兩隻蛐蛐，而觀眾比角鬥的蛐蛐還要好戰。曉鷗發現段凱文做小賭徒跟做大賭徒毫無區別，一樣潛心沉靜，輸贏不驚。他那種僧侶般的沉靜態度真好，讓這項依賴人類卑劣德行存在的遊戲顯得高貴了。

突如其來地，他站起身。這一局收場很乾淨。他向曉鷗笑笑，又是一抬手，請曉鷗先走。桌面上剩了五個籌碼，一千多塊錢，他抓起來，讓它們在他掌心輕輕擊打。曉鷗於是猜到段總年輕的時候是曲藝愛好者，唱過快板書。

段總告訴曉鷗，這次一塊來的還有另外兩個朋友，還沒吃晚飯。她看見老劉從電梯間走出來，洗得煥然一新。午夜時分，媽閣的好時光來了。曾有搭救史奇瀾嫌疑的女孩縈繞在酒店的植物叢邊，妝容是新鮮的。她這類女孩在夜晚十二點左右是最新鮮的，也許不是同一個女孩，但她們的模樣大同小異，假睫毛是同一個商家出品。老劉在午夜和子夜交疊的時分也顯得年輕了。

段總邀請曉鷗和老劉到吧台坐一會，喝一杯。她跟段接觸不多，但不操心他酗酒。此人除了賭之外，別的事不上癮，喝一杯只為了狀態更好。武松三杯打死一隻虎，但武二郎倘若只喝一杯，死的就是三隻虎。段凱文喝着馬提尼說笑話。趁段總轉身跟女調酒師攀談她的葡國祖先時，老劉悄悄通知曉鷗，段總今晚還要玩大的，「拖四」。也就是台面跟場廳賭一份輸贏；台面下，四份。一百萬在台面上輸了，四百萬在台面下就會進入黑賭場莊主的腰包。或進入曉鷗的腰包，假如她獨吃的話。

鑒於上次跟段的第一個回合交手，段輸給賭場及曉鷗之流一千二百萬，假如曉鷗勇敢一些，亡命一些，蠻可以一人足撈那九百萬，而不必讓老貓、阿樂瓜分。

「算了吧，勸段總別那麼打，輸了他跟我還做朋友嗎？」曉鷗跟老劉説。她感覺自己那一層甜美的笑容後，就是加速蠕動的大腦。

「我勸了，勸不住。」老劉用他混着意大利風乾腸的氣息對她悄語，接着噴出大蒜麵包的乾笑。

段凱文仍然在用他侉頭侉腦的英文跟女調酒師練口語。他明白老劉需要長一點時間説服梅曉鷗。

「段總一年掙好幾個億，玩這點錢，不算甚麼！」老劉的嘴巴更近了，用一小時前進入胃囊的傳統意大利餐招待曉鷗的嗅覺。他有些小瞧這個女疊碼仔，沒見過段總這種真正的闊佬吧？段總糟蹋掉的，比你一生掙的還多。段總掙那麼多錢花不完，他老劉都幫着着急。因此只要某總帶他來，他一定是盡責地幫他們花錢。

曉鷗這一刻心思好重，腦子不夠用了。段總在台面上跟賭廳小賭，在台面下跟她這女疊碼仔大賭，一夜分曉，不論台下是曉鷗還是段總贏，明天他倆這對朋友就做到了頭。她不想答應下來，因為她覺得段凱文是能夠處成朋友的男人。

一杯紅酒還剩五分之一的時候，曉鷗撇下老劉，繞到段凱文那一邊。剛才他一直把右胳膊肘擱在吧台上，以使自己的小半個脊樑和後腦勺朝着老劉和曉鷗，那樣就給他倆形成了個隔斷，讓他倆好好商量他今夜的博彩大業。現在曉鷗繞到他左邊，一條腿支着地，半個臀擱在吧櫈上，輕輕晃動殘酒。她想說，段總行行好，別拖那麼多，誰輸誰贏都不合適，我們好好做朋友吧。退一步做掮客和賭客也不錯，可你非要跟我做敵人。但她嘴上說的卻不是這些。

「段總，上次我沒來得及回答你的問題，你還記得不？」當然不記得了。因此曉鷗在賣關子的停頓之後又說，「你問我怎麼幹上這一行的。」

段凱文有點驚訝：這個女人怎麼文不對題呢？酒勁正到好處，是最好談價的時候。

「你還想讓我講嗎？」

「當然想。」

她看出段凱文當然不想。他不想讓她拖一個馬上要出征賭台的段凱文的後腿。他原以為她得體，分寸恰當，甚麼時候該說甚麼做甚麼準確得很，難道現在她不明白他這一刻不在休閒，渾身肌肉像拉滿的弓？她不會蠢到這程度，認為他千里迢迢聽她掏心窩子來了？

曉鷗全明白這一刻的他。算了，本來想拉住一個朋友，為自己，也為他。她把最後一口酒喝下去，給阿專打了個電話。

「你馬上過來一下。」她明白阿專就伺候在附近。

阿專三十秒鐘之後冒了出來，跟段總作了個揖。沒這些輸錢的大佬，阿專吃海風嗎？

「你陪着劉先生去大廳玩，我跟段總上樓去。」

上樓在阿專聽來是進貴賓廳。阿專祝段總玩得快樂，吉星高照。老劉也說了幾句相仿的廢話，便送段總出征了。

段凱文在電梯裏看了曉鷗一眼，打聽她這半年多生意身體兒子好不好。其實他在打聽曉鷗眼下的心情。她哪點變了，跟今夜剛見面不同了。不同安全藏匿在相同中，不還是個柔聲細語、甜甜美美的女疊碼仔嗎？注意到段總摘眼鏡，同時渾身摸口袋，她便從手袋裏拿出紙巾，供他擦眼鏡，周到如舊，但他還是覺得她不同了。

「我看出你今晚不想讓我賭。」

「我？不會吧？你這樣的大客戶來媽閣一趟，多不易啊？大項目那麼多，擱下來抽空上媽閣玩幾把，怎麼會不讓你玩呢？再說了，不讓你們玩，我們掙誰的錢去？」曉鷗這個老江湖滴水不漏地說。老江湖了，絕不會把失望、擔憂、疑惑露給你看的。

進了貴賓廳是十一點四十五分。這時刻等於證券交易所的上午九、十點，正是好時候，每一顆心臟都在放二踢腳。曉鷗帶着段凱文來到換籌碼的櫃台，替他拿了一百萬籌碼。一張賭台上的客人站起身，朝他們這邊招手。曉鷗確信自己從沒見過他。那只能是段凱文的熟人。

段凱文坐在內廳的桌上。內廳只有一張桌，比外廳安靜，氣氛是莊嚴的，一個個賭客都更拿賭錢當正事。他們排除了人間一切雜念的臉只對着紙牌，告訴你賭錢也是一條人間正道，賭來的錢一樣誠實乾淨。段凱文入了座，把曉鷗侍奉他的茶盤重新擺置一番，茶壺嘴對着肩膀後面，曉鷗看不明白其中的講究，但講究一定是有的。

剛才打招呼的人過來了，跟段說了句話。

「你可比倆月前見老！」

段總沒理他，曉鷗看着這五十多歲的「二」貨，真會說「客氣話」。

「可能是瘦了。減肥吶？」

段總點點頭，老不理不是個事，他是那種獨白也能聊下去的人。

「瘦了好。不過倆月就瘦這麼多，也對自個兒太狠了吧？是倆月前在葡京見你的吧？那時還小小發着福呢。」

「哎，我這兒開始了。」段凱文終於逐客了。

那人說了句：「你忙！」便回外廳去了，途中留神了曉鷗一下。他把段總和他的生分想成了另一回事。

曉鷗也想到了另一回事：段凱文在兩個月前來過媽閣！卻沒作為她的客戶來。那麼他來做甚麼？跟某個女人做野鴛鴦？做野鴛鴦可不必來媽閣，大陸境內有的是比媽閣合適的去處！那麼到媽閣只能是為了一個目標：賭。既來賭，又瞞着曉鷗，為甚麼？

曉鷗馬上給了阿專一則短信，要他側面問老劉，段總是否在三月來過媽閣，沒有。二月中旬？也沒有。算了，別問老劉了，老劉同樣被蒙在鼓裏。聽到段總甚麼事了？事倒是還沒有。

在段總打頭三局牌的時候，有關他的短信飛去飛來飛了好幾遭了。曉鷗最後一句是：「事倒是還沒有。」句子在她心裏卻沒有結束，還有個「不過我感覺有事」。

段總贏了第三把、第四把。輸贏扯平。台面下他跟曉鷗的白刃戰暫時歇息。曉鷗走到牆角的扶手椅上坐下來，突然發現段凱文面前的茶壺嘴對着的是甚麼。是他背後牆上的巨幅水墨畫，一匹瀑布掛在陡峭的山崖上。他段凱文乘駕着瀑布，又不能讓大水沖了，這是茶壺嘴反沖大水的作用。

幾乎認作朋友的人用一切手段，甚至下三濫的法術讓她梅曉鷗輸；以四倍的代價輸！曉鷗木雞一般呆住。賭桌上出現一陣騷動：段總又贏一注大的，現在輸贏不再持平，段一舉贏了一百五十萬。

就是說，梅曉鷗輸給他的是一百五十萬的四倍：六百萬。假如這時站起身，走開，定局就有了。不到一壺茶工夫，曉鷗失去了六百萬！

曉鷗此刻再拉老貓、阿樂之類入夥已經太晚。你輸出六百萬的大洞來讓老貓他們填，他們又不瘋。這種時刻，尤其講男女平等。要讓他們和她共擔風險、同贏同輸只能在事先，誰讓她事先貪心，想把台面下段總輸的每一個子兒都獨吞？現在人家段總贏了，你想到我老貓了？放明白點兒，老貓雖然不斷跟你曉鷗起膩，但從來都是把你曉鷗當作此行當中你死我活的對手。這行當是個狼群，肉足夠的時候同伴是同伴，肉不夠呢，同伴就是肉。

段又贏了一注。現在台面下的黑莊家梅曉鷗輸給段一千二百萬。

她狠狠地盯着段凱文的背影。目光的力度和它所含的咒語可以煉成兩隻大釘子，把段的四方肩膀釘在描金仿古的緞面椅背上。只要段不站起來，曉鷗就有指望。她從來沒有像此刻這樣：滿心都是惡毒祈願，願段凱文眨眼間輸個流水落花。

她剛才的短信讓阿專覺出不妙來，從老劉身邊告了假，一臉呆相地來到曉鷗面前。阿專缺幾種表情：焦急、兇狠、專注，面孔需要以上表情時，呈現的只是一片呆板。而曉鷗此刻覺得他的呆板比任何表情都準確。她回答他的呆板就是輕輕一擺下巴，朝着賭台方向。

現在六個賭伴全部沾段凱文的光，跟隨他下注，跟着他贏。台面下的黑莊家曉鷗眼下輸給段凱文二千四百萬。她的房子在一片牆一片牆地被拆走。她的花園正在一平方米一平方米地收縮。她的未來原本是一片不大的海，正被迅速充填，泥沙石塊塵土飛揚地填進來，大堆的垃圾糞土也混進填充物被傾倒進來，填去那片不大的蔚藍，雖不大卻祥和無浪。那片蔚藍的港灣消失得好快，連同映在裏面的陽光、海鷗……連同映在上面的一個女人和一個男孩……曉鷗和兒子是這片翻捲而來的大陸最後填平的……

曉鷗唯一的指望是段凱文今天走火入魔，一直玩下去，興許到早晨就有救了。盧晉桐打三天三夜的牌是常事，打到人發臭。只要不站起來兑換籌碼，最後十有八九是贏得少輸得多，不賭的何鴻燊才能成賭王，沒人能贏不賭的人，只要段別站起來，賭下去，臭在椅子上，最後贏的就是曉鷗。

果然段凱文輸了兩注。曉鷗的惡毒祈願生效了。

又押一注大的，再輸。

曉鷗活了一般，從扶手椅上站起，來到外廳門外的走廊上踱步。不踱步不足以平息她幸災樂禍的心跳。反正阿專為她看守現場。阿專的短信不斷砸入她的手機，每一則短信都是曉鷗的捷報。

台面下的賭局遠比台面上殘酷。不到兩個小時，曉鷗從傾家盪產的邊緣回到午夜時分的身家，回到段強迫與她為敵的時分，段讓人給他添兩壺新茶，侍應生要撤下舊茶，他推開了侍應生的手。三把對着瀑布的茶壺嘴也救不了他順流而下、每況愈下的態勢。

兩個四十多歲的男人操着酒後大陸中國人的嗓門從電梯出來。他們議論段總的話段總在內廳都應該聽得見，倘若他不是輸得滿腦子發炸。曉鷗因而知道這兩人是段總的生意夥伴。段凱文見曉鷗時說，他是跟兩個朋友來的。這兩個就是段所指的朋友。老劉沒讓段總包括到朋友中去。老劉在段總心目中只配做馬仔，拿好酒好菜餵養就夠了。因此段到媽閣來，可以選擇帶着老劉或忽略老劉。二月到三月間那次造訪，段總做了個決定，把老劉忽略掉。

段凱文瞞老劉只可能是一個原因。因為老劉跟梅曉鷗認識的時間遠比跟他段總要長。一旦老劉知道了段總秘密的媽閣之行一定會向曉鷗坦白的。

那麼段總二、三月間來媽閣的秘密是甚麼？

捷報叮咚一聲落入手機，一顆金彈子落入玉盆的聲響：段總又輸了。

曉鷗對賭台的局勢就像盲棋手對於棋盤，看不看無所謂，每一次變動她都清清楚楚。現在段總在台面下輸了她六百萬。行了，她該出場了。

進了內廳，讓她吃驚的是段凱文酷勁如故，仍然一副僧侶的遠淡，七情六欲別想沾他。他的專注也是僧人的，把自己封鎖在裏面，子彈都打不進去。

「段總，咱還玩嗎？」曉鷗像叫醒孩子的保姆，生怕嚇着孩子，同時也提防孩子強迫醒來後必發的下床氣。

「……嗯？」段凱文沒被叫醒。

曉鷗退一步，等下一個機會再叫。

接下去段凱文小贏一把。電子顯示器上的紅點和藍點打作一團，肉搏正酣。這是該收場的時候。段卻盯着熒光屏，專注地翻譯天書呢。這時不應該再叫醒他一次。不然曉鷗一定是「下床氣」的受氣包。終於等來機會：段打手勢讓荷倌飛牌。曉鷗把嘴唇湊近他先前刮得溜光卻一夜間冒出一片鐵青的臉頰。

「段總，咱不玩了吧？天快亮了。」就差抱抱他、拍拍他了。

「還早。」段看了一眼腕上的素面歐米茄（這是曉鷗頭一次見他給他打高分的原因之一，佔有巨大財富但不炫富），「要不你去休息，有阿專陪我就可以了。」

曉鷗覺得再勸就出格了。她的心到了；她是力阻他輸的，但攔不住他非要讓她曉鷗贏錢啊。

現在已經沒有回家的必要了。兒子在一個多鐘頭之後就會起床，那時她一定剛入睡。母子共進的早餐肯定會取消。所以她決定在酒店開一間房。就在去房間的途中，她識破了段凱文二、三月間來媽閣的秘密。她困意全消，寒流如一條冰冷的蚯蚓從後脖頸一直拱向腰間。段凱文瞞了她天大的事。

她馬上給阿專發短信。説是短信其實有上百個字。字字都催促阿專動用他所有的社團哥們，查遍媽閣各個賭場，大小不論，統統梳理一遍，看二、三月間是否有個叫段凱文的賭客立賬戶。阿專吃驚地打電話問她，難道要他現在查？當然現在！可是時間太晚了！已經晚了，不查就更晚了！不會讓弟兄們白幫忙的！

阿專無條件接受了命令。他的女老闆説了：不會讓弟兄白幫忙。女老闆從來沒讓他的弟兄們白忙過，這點信用她是建立了。因此他的弟兄跟他便越來越弟兄。弟兄們很願意直接做他女老闆的弟兄，只是她不屑於罷了。

早晨六點，阿專的短信息到了。段凱文不僅在她廳裏開了戶頭，也在另外兩個廳開了戶頭。二月二十六號他不僅來媽閣豪賭，並且暴輸。阿專的一個弟兄還打聽出情節：一次他幾乎贏了，眼看要站起收手，但又坐了下去。原因是他只差四十萬就贏到兩千萬了。這個情節跟另一個弟兄打聽的情節拼接起來，茬口對茬口，正好拼成一幅完整畫面：段在頭一家賭場輸了兩千萬，打算到第二家來贏出輸掉的數目，在贏到只差四十萬的時候，想把運氣再押一押，但他不知道運氣本來已經押到了極限，這最後四十萬的一押，押斷了。轉折的那一注，他押的不大，本來也就想湊個整數還債，輸掉之後他開始押大的，這樣就上了惡性循環軌道，越輸越想贏，贏了又怕輸，不敢押大。這樣輸的全是大注，贏的全是小注，越往下贏得越少。最後又填進去三百萬，一個子不剩地站起來。

眼下段凱文跟梅曉鷗玩一舉四得，加上台面一份，一舉五得，是為了償還他在另外兩家賭場欠的債。吃齋念佛的平靜之下，原來是如此兇險的野心。凌晨他險些贏了兩千萬，要不是他的野心奔着一個更大的具體數目，曉鷗就要考慮賣房子了。一個人運氣究竟多厚實，無法知道，於是便貪得無厭地押呀押，已經被押得很細了，就要斷了，可知足的有幾個？繼續用力押。人的慾望總比運氣大那麼一點兒，如人渴望獲得的比能夠獲得的總多那麼一點兒。她的阿祖梅大榕要是能穿越五代得到他曾孫女的明智，也就不必用自己的身體去填海了。段凱文、盧晉桐、史奇瀾之類要是願意汲取梅曉鷗的明智，也不至於斷指的斷指，破產的破產。

她又接到阿專短信，讓她盡快上樓。

貴賓廳只剩四個人。日出時分等於賭場的深夜，夜班的荷倌們早回去睡覺了，換班的荷倌們還沒睡醒，眼神手勢都遲慢一些。這一刻還耗在賭台邊的多半是要跟賭場拚命的，他們不信拚到底甚麼也撈不回來。因此曉鷗此刻看見的，就是在拚死的段凱文。他與之拚死的不止是賭場，他還跟曉鷗拚。從段的背影看他仍然是沉靜的，但這沉靜是殺手的沉靜。一個陷入重圍的殺手。渾身血染，拚不拚都是完結，不如就拚。他向一邊砍一刀，向另一邊砍四刀，曉鷗感覺得到他在垂死地向她砍殺，砍着砍不着，力量是大的，意圖是狠的。

阿專遞給她一個眼色，要她看台子上。台子上還剩七萬塊的籌碼。不夠押一注的了。她馬上演算出這一夜她的所得，連贏帶碼佣兩千多萬。

「段總，該歇歇了。」她把臉偏側一點，哄慰地一笑。你想跟我拚死？我來救死扶傷啦。

段凱文慢慢地站起來。坐了七、八個小時（大概連上廁所都免了），他幾乎把坐姿塑到自己軀幹上了。他忘了東南西北似的掃一眼左右，右邊的窗外是媽閣五月的早晨。很多人擁有早晨，少數人是沒有早晨的。段總擁有很多東西，錢財、房產，但他不擁有早晨。漁夫們、菜農們、小公務員們幾乎一無所有，他們卻擁有一天中最新鮮最無邪的一部份——早晨。段總在此刻發愣：擁有早晨的人也許更快樂。早晨的海，深藍的冷調和霞光的暖調交疊，填海的大型機械還沒來……

曉鷗想到這個早晨發生的一件大事：兒子一個人吃早飯，這一天母親的缺席多麼完整。

「曉鷗能再給我拿些籌碼嗎？」

曉鷗一剎那的神色包含的潛語段凱文是讀懂了：段總你這是無理要求。因為他緊跟着又來一句：「我一點兒都不睏，再玩幾把。」他都笑不動了，可還撐出一個笑來。

「段總，要玩可以，就玩桌面上的。」

曉鷗小心翼翼地勸他。她都贏怕了，他還沒輸怕。曉鷗其實還有一層怕，就是怕他還不出錢。現在她在段和賭廳之間做貸款掮客：賭廳通過她把錢借給段去玩，去輸，十天之內他還不上錢，曉鷗就從掮客變成了人質。要想長遠做賭廳的生意，曉鷗這樣的疊碼仔就必須拿自己的錢去替賴賬的賭徒還賬，賭徒們可以失信用，她和賭廳之間，一分鐘的信用都不能受損。任何慘輸的賭徒都可能賴賬。梅曉鷗從十年前就開始認識一批勇於突破道德最下限的成功人士。她把他們的道德最下限當作處事起點，替他們想到最下三濫的做法，替他們想出最邪惡的對付她的招數，然後自己就會明白怎樣去接招、拆招。為了段凱文將來少賴一點賬，她現在就要擋在賭廳和段之間，讓賭廳少借他一點賭資。假如當年她不是高估了老史的道德最下限，沒能預想到老史能夠一再突破最下限而徹底獲得無道德的自由，老史不會輸得身家倒掛，比赤貧還要貧窮一個多億。

而段總沒商量地告訴她，玩就玩大的，三百萬還算大嗎？

怪不得他那個賭友說他見老，輸老了。這幾個月把幾年的份額都輸了。曉鷗看出他鼻翼到嘴角的八字紋深邃許多，把五官的走向改變了，一致向下。儘管隔着眼鏡的鏡片，曉鷗還是能看見那微紅的眼皮下，眼白也是淺紅的。

「那就兩百萬吧。」段果斷地說。他給自己的開發公司旗下某個項目撥款，一定不如他此刻果斷。

「段總，這樣吧，我們先要點東西吃，吃的時候再商量一下，你說呢？」

曉鷗露出一點厲害角色的風貌來。她想讓段凱文明白，將要談的不是甚麼好事，她手裏握着他的短。段凱文是甚麼眼力？這還看不懂？他已經看見對面這個不到一百斤的女人從女揗客變成了女債主。

「你先把二百萬給我。贏了輸了就這二百萬。」依然是個沒商量的段凱文。

曉鷗的舌頭上排列好了句子：你段總在新葡京可輸得不少，再從我手裏借，我們這種小家小業小飯碗，萬一……我是說萬一啊；萬一你周轉不過來，還不上賭廳的錢，可憐我們的小飯碗就砸了。

「那好吧，不過咱們可說好了，就二百萬！」

海曉鷗排列尚好的揭露語句不知給甚麼偷換了。也許是她的婦人之仁，也許是他的沒商量，也許二者兼有。等他拿到二百萬籌碼又回到賭台上，她想明白了。一些男人生來是當丈夫的，在所有女人面前都是丈夫。在大部份男人面前也是丈夫。你成了女債主，他還是大丈夫。梅曉鷗懷恨也罷，窩囊也罷，情不自禁就讓當慣丈夫的段凱文主了事。歷史上不乏大丈夫，都明白他們是大混蛋也不敢不讓他們主大事，大事中包括一國一黨的興亡，也包括你一個草民的存歿。

即使段凱文是大混蛋，她曉鷗也不敢不讓他混蛋下去。

老劉一覺睡醒，在泳池邊上看了會兒報紙，到賭廳找段總來了，找飯轍來了。

他這次很乖，不敢接近賭台，怕段總再用目光殺他一次。那回他挨了段總那一眼，自尊倒斃到現在還沒還陽。他用短信把曉鷗叫到賭廳外，縮着膀，探着頭，問段總一夜是輸是贏。

曉鷗只是簡單地告訴他，段總沒贏。因為她這一夜贏得太難以啟齒了，太心驚肉跳了，贏的那個數目讓她驚悚。她為了老劉好，別跟着她驚悚。

沒想到老劉在中午就知道了實情。曉鷗回到房裏匆匆睡了兩個小時起來，看到老劉的短信：「段告訴我他輸了三千多萬！」曉鷗一看錶，這會是中午十二點五分。

她累得一動也動不了，又閉上眼睛。剛才她睡死了，連短信進來都絲毫沒打攪她。渾身酸痛，太陽穴突突地跳，段凱文輸得這麼慘，她贏得也這麼慘。她發現在老劉的短信之前，還有幾則短信。一則竟然是史奇瀾發的。「事情都搞明白了，所以謝謝你。正在請法院出面跟各方債權人調停。」

老史的信讓曉鷗活過來了。這就是老史的魔力，身家成了大負數，還是牽着曉鷗的柔腸。自問曉鷗喜歡他嗎？「喜歡」太單調、太明快、太年輕幼稚了。不到三十六歲的梅曉鷗已是滄海桑田的一段歷史，給出去的情愫都是打包的，亂七八糟一大包，不能只要好的不要壞的，只要正能量撇去負能量，她打包的情愫中你不能單單揀出「喜歡」，要把囊括着的憐憫、嫌惡、救助、心疼……這樣自相矛盾和瓜葛糾紛的一大包都兜過去。

她撐着身子起床，為了給老史回信息。

這一夜被段凱文抓了壯士，去當他的敵人，招架他的拚搏，雖然勝出，但她自身像受了重創，絲毫沒有打勝仗的欣喜。

拿起手機，老貓來了一則短信。

老貓說：「來大貴客了吧？難怪一點都想不到貓哥了。」

這條信息沒有得到曉鷗的回覆，老貓又追了一條：「這貨肥吧？所以不跟別人分吃了。」

媽閣地方小得可憐，甚麼事都瞞不住。老貓酸溜溜的，吃着雙份的醋：一份是作為男人的，曉鷗傍上了段凱文這種億萬大佬；另一份醋更酸，小小一個女人家，你梅曉鷗一夜就闊了兩千多萬。到這種時候，老貓對曉鷗是窄路上的冤家，你死我活。別把我老貓當寵物，老貓眨眼間就可以是個大流氓。

曉鷗能想像出老貓給她發短信時的模樣，臉上的肉都橫了。她默想幾秒鐘，決定讓老貓酸去，不理他。這行當內哥們變成對頭，對頭變成哥們往往一瞬間。她急着給史奇瀾回信。她想了又想，苦於沒讀過甚麼書，想不出既說得明白又不用直說的話來鼓勵和安慰老史。結果她飛快地在手機鍵盤上打出「浪子回頭金不換」七個字。浪子老史只要不往老媽閣回頭，就真有救了。

曉鷗到了酒店大堂，老劉馬上呼喚着迎上來，曉鷗想到幼兒園放學了，只剩他一個沒有家長來接的老孩子。他餓了，等家長帶他去吃午飯呢。

「段總呢？」曉鷗問。

「睡覺去了。」老劉回答。

「那兩百萬也打完了？」比「輸完了」好聽。

「沒全打完。他說他太累了。」

老劉細瞅了一下曉鷗的臉。臉可不怎麼晴朗。

「梅小姐累了吧？」

「還好。」

曉鷗急忙把老劉往餐廳領。老劉和她認識很多年了，但從不改口直呼她姓名。似乎「梅小姐」是個甚麼官銜或職務，機關裏混了大半輩子的老劉不叫人的職務覺得對人不敬。

「梅小姐是不是為段總擔心啊？」老劉的心一點不粗，剛在餐廳落座他就直指曉鷗的心事。

「沒有啊！」她當然擔心，擔心段總拖賬、賴賬，擔心他重演二、三月間的把戲，到別的賭場去賭，妄想用賭贏的錢還曉鷗，結果債越還越多。段凱文到曉鷗這裏來賭，很可能為了三月間欠的賭債。賭徒拆東牆補西牆的多得很，梅曉鷗做東牆讓人拆，也不願做西牆去給人補。

「梅小姐要是為段總擔心，那是大可不必！段總邀請你去北京，你沒去；去了你就看見了，賭桌上玩這幾個小錢算甚麼？段總在北京拿下多少地皮？哪一塊不值十多個億？他還不了你錢他的地皮能還呀！」

這位副司長老劉真不簡單，讀人的心思讀得這麼好！曉鷗皺眉笑笑，還是否認自己在為段總還不還債的事憂愁。她真的是累極了，筋疲力盡，看人輸贏也很消耗，心臟不過硬的都看不了。跟老劉閒扯的同時，她發出一條短信給阿專：「第一次段來後，是否真上飛機回京了？查澳航。」

老劉還在為段凱文做吹鼓手：「二零零零年，段總就上了財富雜誌的富人榜！

你想啊，一個人賺那麼多錢，多大壓力？甚麼嗜好都得戒了才能幹出那麼大事業來！段總就好這一口！賭博沒別的好處，但刺激，一刺激必然減壓！」

曉鷗把一個灌湯魚翅包舀起，咬了一口。老劉的演講把她這唯一的聽眾征服了，魚翅吃在嘴裏毫無味道，像一團半溶化的塑料線。她奇怪怎麼會認識老劉這麼個人，並且始終保持着忠實的聯繫？有了老劉，才有了一系列的人物故事，包括史奇瀾悲壯的興衰史。她想起來了，老劉是姓尚的上海男人帶來的。姓尚的當時急於將曉鷗脱手，他把所有男性朋友和熟人——只要嚮往色情玩得起婚外戀有可能接手曉鷗的男人他都搜羅起來，帶到曉鷗身邊。曉鷗向姓尚的表示，自己不收破爛，連姓尚的這堆破爛她都在犯難，怎麼處理掉。之後不久她就收到盧晉桐的電話。就在十年後他聽老劉演講的這一刻，她突然徹悟，她的電話號碼是姓尚的出賣給盧的。賭博是個偉大前提，男人們在這個前提下求同存異，不共戴天的情敵都能把各自的小罪惡納入共同的偉大罪惡中，姓尚的和姓盧的就這樣化敵為友，患難與共。

「段總一次慈善捐款就捐了一千萬！汶川地震他捐了五百多萬的建材！梅小姐你千萬放心，我可以用人格擔保……」老劉對自己的人格很是大手大腳，常拿出來擔保他好賭的闊朋友。

阿專的短信來了。曉鷗朝放在餐桌上的手機瞟去，馬上讀完調查結果。阿專調查了航空公司那天登機的旅客名單，段凱文果然不在其中。他在登機的召喚廣播聲中走向閘口，漸漸慢了步子，忽然轉身，向出口走去，在詫異的航空公司檢票員眼中漸行漸遠，最終消失。他不是編故事騙曉鷗的；他誠心誠意地要乘飛機回北京，只是一念之間想到：何不殺回去，把剛欠下那個女疊碼仔的錢從別家贏回來？於是，在機場回蕩着廣播呼喚「段凱文先生」的時刻，他邁入了一輛停靠在出租車位上的出租車，向老媽閣殺將回去。

自從他萌生再回媽閣的念頭，那念頭便成了拋進水裏的葫蘆，捺下去又浮起來。坐在出租車後座上的他一顆心躥上躥下，帶動他整個人浮浮的，也像個落水葫蘆。他無法再通過他認識的三個疊碼仔借錢：他欠曉鷗他們的數目太大。東牆、西牆全拆了，南牆仍然補不起來。只能動賭場外的腦筋。他的集團有一筆外匯儲備，不過動用它要經過董事會。只動一點，三十萬？不，六十萬，這一點港幣出來又進去，只要過後給個好說辭，痕跡都不會有。那麼甚麼說辭呢？……現在不去想，以後有的是時間去想。

他用手機向財務總管發了一條短信要他和出納一起，各匯三十萬到他的香港賬戶。財務回信問他沒有簽名怎麼辦？三天後回到北京再補。財務電話打過來了。生怕有人竊取了段總手機，冒充段總下指令。

「我在香港看上一套房，要交押金。」他告訴財務。

說辭不知甚麼時候上膛的，張口便發射。

現在三面牆都補不上，又來拆北牆。

他在等待財務匯款的時候大睡一覺。八小時之後，老媽閣燈光璀璨的

黃金時段到了，他走進賭場大廳。誰也看不出他四面牆三面已拆成斷壁，只剩一堵牆既當門臉又做靠山。

他混跡於上百成千的賭客，找到一份大隱隱於市的清靜孤寂。他覺得狀態從來沒那麼好過。

曉鷗想像得出，段凱文贏到第一個一百萬時的心情，幾乎像他掘到第一桶金，那種微帶辛酸的喜悦，直到死他都不會忘懷。他一百萬一百萬地往回贏，艱辛而細緻地搏了一天一夜。上了八百萬，又跌下；還有一次上了九百五十萬，他已經兩天不吃不睡，新陳代謝接近停滯，但他心裏寫好的那個數目不可更改。壘到近一千萬的

數目再次崩塌下來，他像個不屈的孩子，把一堆積木搭起來，看它們搖搖欲墜地越壘越高，大小方圓都不規則，每一塊都放得不是地方，都被強迫去承上啟下，而頑強任性的孩子仍然讓這岌岌可危的高度不斷增高，讓偶然最大化，挑戰必然……段凱文當時一定像個搭積木的男孩，抖動着眼睫毛，看着大廈將傾而不傾，每增添一塊新積木，同時給他創立新高和催化崩潰的快感，人對自毀從來有一種暗暗的神往，人的飛速進化本身就包含隱隱的自我滅絕。因此段凱文在搖搖欲墜的數字頂端又增添一塊奇形怪狀的數字積木時，心底暗存着一毀而快的衝動。姓段的這個男孩固執地拿起最後一塊積木，假如這塊搭上去而大廈不倒……

小心翼翼地，他押下一注，翻開……贏了。他離開賭桌，把將墜終究沒墜的無形的大廈留在身後，帶一絲失落的悵惘，兌現金去了。是墜樓人一墜而快卻在最後一瞬被攔住的悵惘。

曉鷗沒費多大勁就打聽到那次段凱文如何贏下了一千七百萬。這就是賭的魅力，不知它怎麼就暗中青睞了你。曉鷗斷定阿祖梅大榕一定也受過如此青睞，那可以為之一死的青睞。最後梅大榕確實為之而死，把梅曉鷗的曾祖父變成了遺腹子。

段凱文用贏來的錢償還了曉鷗以及前面的疊碼仔，用北牆補上了那三面牆。一連好幾個月段凱文都暗自咂摸贏的滋味，滋味真是濃厚醇美，要若干次輸才能沖淡。

此刻梅曉鷗喝着普洱茶，她對面是老劉漸漸油潤起來的臉，那張紫灰的嘴忙碌着，豉油鳳爪整隻指爪進去，再成為零碎的小骨節出來，同時還出來關於段凱文在全國各地築起樓群的簡訊。一頓飯時間梅曉鷗已經用手機短信把段凱文在媽閣的總輸贏大體弄清了。

背着三千多萬賭債的段凱文居然睡了長達十小時。他在晚上十點起床，換了一身乾淨挺括的衣服，梳洗得很仔細，只是左下頦留了一條血口子。刮得淡藍的臉頰上一道紫紅刀傷，讓曉鷗感到雄性的剛勁和無奈：他們的每一天都在刀鋒下開始。曉鷗心裏抽動一下，她雌性的那部份想為他舔舔那小小的傷口。

「段總休息得好嗎？」

「好！睡下去就沒醒過！」

段大概看到作為一個單純雌性的梅曉鷗在女疊碼仔身體裏掙扎，要出來跟他稍許溫存，但被女疊碼仔無情地按住了。

「餓嗎？我請段總吃葡餐吧！」

「怎麼讓你請？我都不記得最後一次吃女人請客的飯在哪一年。」他做了個手勢，讓曉鷗先走一步，然後他再跟上，變成男女並肩的情形。三十年前山東小夥子段凱文直眉瞪眼地走進北京的大清華，到今天這個準紳士大賭徒是怎樣的長征？

晚餐吃的是廣東菜。他們沒有通知老劉。老劉給曉鷗和段總發了八條短信，都是打聽吃晚餐的地點和時間。兩人都沒有回覆。他倆的共同沉默說明甚麼？老劉會去瞎想，段總要是拿梅曉鷗造緋聞，那可是一石二鳥：嫖、賭合二為一。一個為了催債一個為了緩債，上了床都好商量。他們只能任隨老劉去猜。餐桌上段凱文拿出一張紙，上面清楚地記錄着他這次來媽閣的每一筆輸贏。一流的記憶，特等的認真，他是全靠回想記錄的。不僅這次記，他每次都記。賭博十來年，他記了十來年。一本份厘不差的賭賬，比他爹在山東老家當生產隊記分員記得更認真仔細。他指出，這單賭賬最下面的八位數，便是他欠梅曉鷗的錢。

「哪兒是欠我的錢？是欠賭廳的欠廳主的錢！」曉鷗糾正他。可得把她自己擇出來，萬一他這次耍賴，債還不上，曉鷗可以當局外人出面催逼：賭廳讓我來催問段總，甚麼時候能還上您輸給賭廳的錢？再不還她可以再催逼：段總您可不能害我，您不還錢我怎麼跟賭廳再借錢給我其他客戶啊？輕則砸了我在賭廳的飯碗，重則讓賭廳後面哪個黑社團做掉。聽說過社團為幾十萬、幾萬就做掉一個人的嗎？

「那請你告訴廳主，一周轉過來，我馬上就把錢匯過來。」他的氣勢比早先弱了那麼一點。

「段總需要多長時間周轉？」

「限期不是十天嗎？」

他目光在鏡片後兇她一下，隨後就是輕微的厭煩。她曉鷗似乎是那把刮臉刀，一不留神讓它小小破了一點相。他對着沾血的刀鋒兇了一眼，但馬上覺得是不值得他動氣的。他笑笑，輕輕捺着曉鷗的手背。

「不會讓你為難的，啊？」

女人往往用女色辦成不少難辦的事，男人也用男色。曉鷗近年來不少碰到段這樣的男人，他們動用男色還像是施捨你，彷彿你巴不得捧出自己讓他們吃豆腐，彷彿你給他們吃豆腐是你的福份，因為他們的財富、產業、不可一世的未來。段希望激起曉鷗的癡心妄想，把自己想成他未來的一小部份。只要她現在配合一下，別逼他太甚。

退回到去年十月初，她被他這樣捺着手，她會賤颼颼地默認，做出備受抬舉的回應，可現在是七個多月之後，她撒出的信息網收攏了，有關段的信息可不少，也都不妙。她縮回手，端起冰冷的蘇打水，看着左側方的那盤脆爆螺片。她梅曉鷗可不欠這種沒名堂的撫弄。

「段總，咱可說好了，十天之內你一定得把錢匯到老季那裏。」

老季開黑錢莊，哪國的鈔票他都能跟人民幣兑接流通。

「誤不了你的，梅小姐。」

曉鷗散漫地舉起蘇打水，最後的氣泡細小地炸了。段凱文也端起面前的杯子。再給兩人的情誼一次機會吧。曉鷗把蘇打水喝下去，站起來。段總慢用，她還有兒子要照料。最後一個菜剛上來，其他珍饈基本沒有動。

七

梅吳娘把梅大榕的遺腹子生下來，跟接生婆要水喝，接生婆走出睡房，來到灶間，揭開沉重的木頭鍋蓋，舀了一瓢滾水。她知道梅吳娘把她支開要做甚麼。一句謊話很金貴，值二十塊大洋。梅吳娘讓她撒了三次謊，只要生男就告訴梅家人是死胎。接生婆用謊言買了二十棵桑樹，蓋了一爿蠶房。就在她舀起一瓢滾水的時候，梅家公公、婆婆進來，推了接生婆一把。接生婆的頭在滾水裏漂洗一遭，爬起來連頭髮帶頭皮都熟了，一拉撕下一大把。梅家公公婆婆搶下被掐啞了的梅家孫子。

從此梅家多了個用小旦假嗓說話背書的梅亞農。梅亞農的聲帶給梅吳娘掐扁了。

一天梅亞農用假嗓子細聲細氣地唸叨，下一個從門口出來的是仔是囡，假如是仔，他就贏了。梅吳娘從樓上小窗望下去，看見兒子跟四、五個同學坐在廊簷下，盯着對門雜貨店。此刻從雜貨店出來個買燈油的後生，同學們哄了一聲，恭喜梅亞農贏了。

又一天梅吳娘聽見兒子的假嗓説，大家剝開十個繭賭雌賭雄，雌蛹比雄蛹多，賭雌的人就贏，反過來，就是賭雄的人贏。贏家得甚麼？得十個熟蛹吃。

那年梅亞農十二歲。梅吳娘賣了繅絲坊，帶着兒女們到了上海虹口，投奔在那裏做南貨生意的娘家表兄。梅吳娘以為廣東沿海地方颳賭風，到上海便避過風頭了。到了上海她發現甚麼都能賭，賭馬，賭狗，賭蟋蟀，孩子們用一把棒糖棍子，一沓洋畫，一摞紙煙盒就在弄堂裏賭。梅亞農贏了鄰居男孩所有煙盒，假嗓子從弄堂一路響到家門口，戲台上小旦從後台一溜兒圓場唱到前台似的。梅吳娘已經等在門後，手裏拿一根捅煤爐的通條。兒子臉蛋紅亮氣喘不勻地向母親報喜，褂子前襟兜裝滿贏來的煙盒。全是贏的？全是！以後還去贏？當然！梅吳娘把爐子通條往自己手心一擱，一股青煙連同一股肉香躥起。

梅亞農紅臉蛋綠了，用假嗓子「老母！老母」地喊。

梅吳娘的右手仍然抓住爐子通條告訴兒子，怪只怪她這隻手不好，不夠快不夠有力氣，沒在那個小賭鬼出娘胎時掐死他，只掐出個不男不女的嗓門來，代他跳海做水鬼的父親來跟她梅吳娘討債。

梅亞農的嗓子突然變了，變成低沉嘶啞的野獸嗓子。他用這條嗓子繼續「老母老母」地喊，央求老母再去燒一燒爐子通條，往他手上來，是他的手的罪過；他的手不是他自己的，是他跳海的父親的。

梅吳娘在突然變嗓的兒子面前慢慢鬆開爐子通條。幾個月後，她養蠶繅絲的手便有了一張堅硬如核桃殼的手掌。皮肉變成了痂，直接結在骨頭上。

以後梅亞農成了學校的楷模學生，門門功課前三名。

再以後梅亞農考上了北京的京師大學堂。

辛亥革命成功了，梅亞農在北方做了幾任官，這個總統上來，那個總統下去，他在革職復職之間跌宕，終於棄官經商，官和生意從未做大，三代人算是衣食無憂，但有一條讓梅吳娘最中意這個不得意的兒子，就是他從不沾賭。

梅曉鷗知道祖父母在北京東城的兩間房還是曾祖父置下的。梅家一代代人都凡俗平庸，只把這個做過京官的祖先當傳世光榮。

第二次看着盧晉桐斷指的梅曉鷗心那麼冷那麼硬，就是梅吳娘附體。梅吳娘似乎明白男人在此刻要唱的苦肉計，乾脆她替他們唱，把她自己的手掌製成一塊核桃殼，這一唱就唱絕了。曉鷗冷眼旁觀盧晉桐第二次對着自己的手指頭舉起刀，可她一動不動。她怕自己動；她一動就會奪過刀朝盧的腦殼剁：要剁就剁它。禍從它起，跟手指無關，那裏面裝着瘋了的腦筋，輸錢輸瘋了，想錢想瘋了，祖祖輩輩把窮瘋了的苦楚和屈辱通過祖祖輩輩的父精母血灌輸下來，灌輸在那腦殼裏，漸漸形成一句暗語：發財要快啊！

曉鷗總是納悶，中國男人們以別的方式發財之後，為甚麼還要到賭桌上來發財。賭桌上一翻手可以是一筆橫財，難道是這橫空出世般的快給他們其他發財形式所無法給予的滿足？紙牌一模一樣的背面掩藏的未知和無常太奥秘了，從那奥秘到輸或贏的謎底揭示，也許只要半秒鐘，假如翻開的是一筆財，那麼這筆財發得就太快了。從古至今，改朝換代在中國是眨眼間的事，因此發財要更快，慢了就來不及了，兵荒馬亂又該過來了。上一次兵荒馬亂和下一次兵荒馬亂之間，給人留下發財斂富的間隙是多麼短促，過去得多麼快！因此華夏蒼生一代比一代焦慮，錢財落袋越快越好，正如莊稼入倉越快越好，慢了就趕上下一場兵燹之火、天災人禍了。

於是從北美大陸的東西南北向拉斯維加斯進發的「發財團」大客車上，滿載萬千華夏子孫。發財要快呀！

梅曉鷗乘坐着萬千發財團大巴中的一輛，懷着三、四個月的身孕，依偎在她以為有望改邪歸正的盧晉桐身邊，盧那根斷了又被嫁接回去的手指擱在胸前，包着的繃帶白得晃眼。那時她是個幸福的小女人，本來她覺得，只有盧晉桐離開他老婆整個屬於她曉鷗才是幸福，而那一會幸福變簡單了：他的不賭就是她的幸福。她寧可要不賭的半個丈夫，也不要一個賭棍做她完整的丈夫。原先沒有多少美德的男人，由於戒掉一個巨大惡癖而在她眼裏成了完人。而這個完人是她造就的，或說一大半是她造就的。那個二十出頭的傻女孩沒有料到自己造就的完人半年後就又回到賭桌旁。

盧晉桐在她生命裏永不消逝的，她幾乎每天會在兒子身上發現一點盧晉桐：那方方的腳丫，微翹的大腳趾，那一刷牙就一手叉腰的姿勢，那剃了頭便浮出後腦勺的淺淺的可愛肉槽，還有兩顆上門齒之間細細的縫隙……當然還有手。手少見的大，手指是少見的長，兒童時就是少年的手，少年時已是青年盧晉桐的手。她居住的別墅區裏戶戶鋼琴聲，一個女鄰居上門說願意讓曉鷗的兒子跟自己女兒搭夥請一個鋼琴老師，琴都不用曉鷗買，因為她看到男孩長了那麼又大又長的手，老天給的鋼琴家的手！曉鷗甜美地謝絕了女鄰居。兒子一雙長絕了的手不是老天給的，是兒子的賭棍父親給的。這樣的手不必奏鋼琴，只要不搓紙牌就美到了極致。

盧晉桐第一次的斷指之痛或許連通到當時還在胎裏的兒子，雖然他當時還是一尾半透明的、淺紅色的、雌雄曖昧的人魚，曉鷗多年後一直記得刀刃和指骨相撞的悶響發生時，她腹內的奇特感應。巨大的恐懼和震驚在刹那間傳導給子宮中的人魚，它猛地打了個挺。那一尾細小的人魚感到溫暖昏暗的小空間天翻地覆了，它無比安全的溫床幾乎傾覆，它的打挺給了曉鷗一記鈍痛，從腹部蔓延到下肢，蔓延向後背。這是她的神志斷片之前感受到的。

每次她和兒子面對面坐在廚房小餐桌邊，她看着兒子用大得幾乎不太靈活的手剝開蛋殼或塗抹果醬時，她不時會看見盧晉桐永遠失去的中指復活在男孩手上。兒子可以一無所成，只要這雙手不去撚弄紙牌，就是一生大成。兒子抬起臉，陽光從母親右側的窗口進來，他看見母親眼中有個噩夢正在淡去。他注視了兩秒鐘，又低下頭。他從小就知道母親有些不可告人的故事，而他從未見過面的父親則是那些不可告人的故事的重要部份。

「昨晚回來到你房間去看你，又是沒關遊戲機啊！」母親說。

「昨晚幾點鐘？」

「十二點多。」

兒子不做聲了。讓母親去意識「十二點多」還能不能算「昨晚」。五月假期能把不賭的人變成賭徒，曉鷗伺候款待一批批賭客，昨夜十二點多算是最早一次歸家。把兒子送上學，她洗了個澡，打電話叫來她的按摩師。在推油的一小時中，她睡着了。女按摩師把賬單放在茶几上，又往她身上搭了條薄被，悄悄地走了。

這是無夢的睡眠，像兩小時的死亡。手機在十一點半響鈴。阿專告訴她，段總正要上輪渡去香港，給曉鷗買了一包肉脯，一盒杏仁餅。曉鷗讓阿專替她把肉脯和餅吃了，替她謝謝段總，也替她祝段總一路順風。

阿專明白他的女老闆對段總已失去了崇拜和敬仰，於是來一句：「肉脯才多少錢一斤？我剛才差點替你扔給他，告訴他我老闆從來不吃肉脯和杏仁餅。」

曉鷗把手機的麥克打開，放在洗臉池台子上，開始往臉上貼面膜。曉鷗對每個客戶的態度就是阿專的風，風向一變，他馬上奮力使舵。只不過曉鷗的風颳一級，阿專的舵會轉九十或一百八十度；曉鷗略微的失望、失敬，在於阿專，就是橫眉冷對。女老闆的任何態度趨勢都被他若干倍放大，並去除裏面的微妙和複雜，落實成底層人痛快的非愛即恨。每一個奴才在執行主子意圖時都會把意圖誇大得走樣，同時誇大自己的奮勇和忠心。

「何必得罪他？維繫一個客戶不容易！」曉鷗的嘴唇被面膜制約了，吐出的字眼都有些變形。

「甚麼爛仔客戶，到處打地洞！把幾個賭場下面都打通，你的錢搬到他家，他的錢再搬到下一家！怪不得託老劉找到了你，因為他在那兩家欠太多錢，借不出錢了！老劉也是個老爛仔！丟！」

她跟阿專再見之後，關了手機。

曉鷗走進臥室，打開電視。假如她增長一點時事知識，那全歸功面膜。面膜給面孔灌溉施肥的時間是二十分鐘，曉鷗每天便多了二十分鐘有關經濟在美國復甦，伊拉克撤軍在即，中國沿海台商逃跑，浙江小商品廠主潛逃之類的知識。這是個富人躲債的時代。

二十分鐘的時事講堂關閉，曉鷗摸了摸面膜。乾了的面膜像面孔穿小了的衣服，繃在皮膚上。她走到落地窗旁的梳妝枱前坐下來。陽光還算年輕，不到三十歲的陽光。梳妝枱是前衛式樣，三面鏡子都很大，可以摺疊，同時照着她的各個角度。照着這個戴白色啞劇面具的女人。這是一個怪誕的瞬間，髮式、浴袍、面具掩藏了作為梅曉鷗的一切證據，或說一切都不能說明面具後的人是梅曉鷗。於是一個更怪誕的想法產生了，她用指尖一點點撕開的面膜下，該是個陌生面孔，是個新鮮面孔：沒有盧晉桐斷指時留在她眼裏的永恆恐懼，沒有史奇瀾欠債的災難蝕進她眉間的淺淺筆劃，也沒有她慰問慘輸的客戶而推到雙顴上的難堪笑容。這對顴骨被她越來越缺誠意的笑澆鑄出來，高高地聳在臉上，強迫她向那個廣東祖先梅大榕返祖。因而她總是坐在梳妝鏡前磨蹭，讓臉貪婪地吸食面膜最後一點養分，讓臉容多一點自新的機會……這是廠主們、公司總裁們、銀行行長們大逃亡的時代，異國他鄉的徹底陌生就是他們的啞劇面具，一抹煞白上固定着傻笑，啞劇大師的喜劇都是悲劇。假如可能，段凱文們，史奇瀾們，盧晉桐們都會像梅曉鷗此刻一樣，躲藏到一抹煞白的面具後面，去賭，去劫，去造孽，甚至去愛。也像她此刻一樣懷有一線無望的希望：揭開的面具下會露出個更好的臉龐，更好的自己。

十天後段凱文果然逃亡到無形的面具後面去了。每次電話都是忙音，偶然接通說是正在開重要會議，半小時之後打回來。發過去的一條條短信都似乎在天上飛，從來不着陸。最近曉鷗得到的反應就是關機。她揪住老劉，要他去段總公司看看，公司是否關張了，如果開張，段總是否還活着，還坐在他大辦公室的交椅上。老劉流露出輕微的憤慨，梅曉鷗你被老媽閣弄壞了，對段總這樣的實業家都不往好處想。好處用着想嗎？賭場裏的人只看到人的壞處。老劉最後答應去幫曉鷗催問一下段總，甚麼日子可以把三千萬還上。並要代曉鷗提醒段總，她梅曉鷗是替賭廳討錢，段總不開恩把這錢還給賭廳廳主，就把她梅曉鷗擱中間了，把梅曉鷗推到欠債人位置受窘受辱。受窘受辱還好受，不好受的是她跟賭廳生意做不下去了：她所有的客戶都甭想再跟賭廳拿一毛錢籌碼。

第二天老劉用一條很長的短信向她報告走訪段總的經過。段的公司當然沒有關張，輝煌項目的沙盤一個又一個，段總要把青海和新疆都建築成北京。段總不僅活着，並且一個人活十個人的時間，只有半分鐘跟老劉說話。老劉便把這半分鐘的談話轉告曉鷗：下星期一下午四點準時匯錢，請梅曉鷗收到款用短信告知。

星期一下午，曉鷗等着老季錢莊收到段的匯款信息。五點整老季來的信息：「沒錢到賬。」

曉鷗給段發的短信還是客氣的：「段總，錢沒有按預先說好的時間到賬啊。

是不是匯路出故障了？」同時發了個懵懂表情符號。

段凱文這次倒是理會了一下她，回短信說，財務忙別的事去了，沒忙完，延遲一兩天再匯款。

曉鷗等了三天，星期五給等來了，請她等一兩天。她給的可是等三天的面子。所有電話線路照常地擁堵，曉鷗把電話打到段凱文公司前台，前台問她姓名。姓李，工商行的。半分鐘之後，前台客氣地替段總向「工商行的李女士」抱歉，段總正在接待客人，半小時之後請再打過來。

半小時到了，曉鷗再次撥通那個前台小姐，小姐問她難道沒有段總辦公室的直撥號碼？有的，不過一般都打不通，不是忙音就是空響。那就打他的手機呀！手機更不接。前台小姐閒着也是閒着，答應替曉鷗再試一次。

段總沉穩的丈夫腔調出來了。

「知道是你。」他沒有理會曉鷗強裝出的淘氣笑聲，「一般我是不接電話的。真接不過來！」他聲音很昂揚。

曉鷗趕緊恭維，這麼忙的如今都是大人物，聽說段總要把青海和新疆都建成北京了。

「不是存心不承諾啊，是財務換了人，前面那個病倒了。新的一個甚麼頭緒都抓不到，所以錢也就沒給你匯過去。」段凱文截斷曉鷗繞的圈子，直接把她想責問的告訴她。「下星一下午下班前，錢一定匯出去。一分錢不會少你。」

曉鷗謝了又謝，才掛上手機。段凱文的話聽上去字字實在，日子、時間都實在，下星期一下班前，那就是四點五十九分之前，錢一定匯到。微熱的手機在手心裏涼下去，她覺得被段凱文的大氣比得太小。催債催得太無情，太猴急，太不上流。她在十分鐘之前把段想成甚麼人段清清楚楚。他連恭維寒暄都不要聽，抓緊時間把你梅曉鷗要聽的告訴你。你想聽的就是日子、時間、錢數。她已經把段排列到老史和盧晉桐的隊伍裏了，現在為了段在她內心揹的幾週壞名聲過意不去。擁有巨大資本的段凱文被小本經營的梅曉鷗當成個無賴催逼，多麼地缺涵養，多麼地懷疑成性，多麼徹底地暴露她梅曉鷗一般只跟下三濫相處因此你不做下三濫就無法與她相處。

她打了個電話給老劉。把段總錯怪了，老劉也許能從側面替她討到一點諒解。老劉很為她高興，因為她這次的錯誤懷疑被驅散了，真正認識了一個漢子段凱文，應該是大好的事。老劉再次打是疼、罵是愛地責備她，怎麼能懷疑一個年效益好幾億的段總呢？

她不能不懷疑。她懷疑每個人欺詐、誇張財力、撒謊成性，懷疑每個人都會耍賴，揹着債務逃亡。她靠懷疑保衛自己和兒子，保衛賭廳。她的懷疑早於對一個人的認識，早於一件事務的開始，她堅持懷疑直到疑雲被「終究不出所料」的結局驅散，或被「沒想到這人還挺守信用」的結局驅散。她不喜歡懷疑，明白人的快樂就是「不懷疑」，因此她明白，她是不快樂的。正如十多年前拉斯維加斯貧民醫院急診室那個護士一語道破：「哦，孩子，你多麼不快樂！」

從她應該幸福的第一次愛情，她就開始懷疑：懷疑盧晉桐實際上是離不開老婆的，懷疑他不在自己身邊的時候其實都在他老婆懷裏。那時她不到二十歲，她的懷疑開始得多麼早。其實開始得更早，六、七歲就開始了。六、七歲的她懷疑父母相互之間毫不相愛，懷疑她夜裏聽到的嗚嗚聲是母親在哭：被父親打了之後在哭。後來她的懷疑跟着她的歲數成長、成熟和老到。她懷疑離異的母親變得好看起來的那天是淡淡抹了口紅，輕輕擦了粉。她懷疑母親是為了一個無恥的目的好看的。母親常常摟着她說，她只有兩條命根子，就是曉鷗和弟弟曉鷹。但她懷疑母親一定在外面做下了甚麼虧心事才這樣緊摟她；母親恰恰是有了另一條命根子才這樣喋喋不休地稱她和弟弟命根子。

她的懷疑往往被最不堪的結局驅散。母親改嫁給一個比她小八歲的教授，長相比她父親還要老十歲。教授是教中文的，從他娶了曉鷗母親家裏就沒人在用正確的中文説話，因為他時時提醒你造句的語病、你讀別音的字詞。於是她又開始懷疑，懷疑雌性功能健全的母親不是用他做男人，是用他做師爺。

那是個十四歲的梅曉鷗，門門功課本來平平，可有了這個免費家庭教授卻變得一無是處，他讓她把自己看得一無是處。她懷疑這個處處提高她、改進她的優秀中文教授會讓她喪失對中文的最後一點胃口。正因為他升任大學的教務主任，大學對於她便成了一個可怖的去處。她考不上大學，是為了教訓他；從此她想把中文説成甚麼樣就説成甚麼樣。從此她的中文和她都活過來了。

這時是二十世紀九十年代，混北京的男孩女孩多的是。其中有個混北京的北京女孩，就是十八歲的梅曉鷗。她和所有混北京的年輕人一樣，工作朝不保夕，飯食飢一頓飽一頓，不斷跳槽，不斷換室友、搬家。她懷疑所有的室友都編造背景、杜撰簡歷，懷疑所有室友都偷一點別人的東西，懷疑所有女室友都在外掙一份不太乾淨的錢。

一次她回到母親家，看出母親的眼睛有些異樣。她懷疑母親剛跟繼父吵過架，又是一場哭鬧。她的懷疑很快被逐散，只問了一句「你哭了？」母親就不再撐出她「老婦少夫」的幸福矜持笑容了。比她年少八歲的老夫子克扣她就罷了，克扣他自己更兇殘，做得好好的飯不吃，從鄰居家撿回魚雜碎來爆炒！鄰居眼裏她這個大媳婦是個甚麼夜叉，餓得小女婿拾人家扔在垃圾箱裏的魚下水吃?!就說他從小受苦吃慣魚下水，又是江南水邊長大，但這麼跌份的事他怎麼幹得出？雖說那是八斤重一條魚的肥下水……

十八歲的曉鷗又一大懷疑被驅散，繼父只是個口頭夫子，口頭高貴考究，行動卻是個叫花子。因而她懷疑母親和繼父也不相愛，他們走到一起是由於一個醜陋的根源。她順着懷疑摸索下去，這懷疑一直伸向她的童年，父親和母親讓她不得安寧的那些深夜……六、七歲的曉鷗見過一個二十歲男子，瘦弱得佝僂，永遠一身發白的藍衣服，肘部膝部打着新藍補丁。她看見母親的針線簸籮裏放着一模一樣的簇新藍布，兩個橢圓窟窿可與那肘部兩個補丁拼七巧板，天衣無縫。

幼年時的朦朧懷疑到青年時清晰了：十多年裏母親就像供養她的兒女一樣，

含辛茹苦供養曉鷗將來的繼父。繼父在暗地時分食她和弟弟本來不多的伙食，完成了他最後的發育，從癆病裏重生，讀下一個又一個學位。懷疑被一種可怕的想像驅散：母親自己養大的小牲口最後自己殺了吃。她不想再見到跟繼父在一起的母親，這是她跟上盧晉桐的最重要原因。

她在混北京的第一年就碰上了盧晉桐。盧是父親朋友的兒子，在跟上盧的初期，曉鷗是快樂的，因為她在那個階段停止了懷疑。盧的出處那麼可靠，父親好朋友的兒子，所以她就犯懶了，懶得懷疑。到十八歲，她懷疑了十二、三年，懷疑累了。剛認識一個年輕的電子企業老闆，她想歇一歇再懷疑。年輕的盧老闆要讓她一輩子都歇下來呢，甚麼也別做，就踏踏實實做他的愛人。

她跟疏遠的父親恢復熱線聯絡是魚下水事件之後。過年過節，她是父親家的一個遠親、一個客人，受着繼母一視同仁的招待，只是在出門時手心裏被父親偷偷塞入一沓錢。父親塞給她的錢不論多少，都是一個年節到下一個年節的全部父愛。偶爾父親送她去汽車站，路上問起她和母親的日子。她提到母親和繼父有關魚下水的口角，父親的眼睛亮了，眉毛飛揚起來。從此她懷疑，凡是有關母親和繼父的壞消息，都能改善父親的心情。母親和繼父為電費吵了，為母親參加音樂猜謎繳的費用吵了，母親為了繼父吃發霉的花生米大哭了……所有壞消息都讓父親振奮，憋都憋不住看笑話的陰暗快樂。因此曉鷗又開始大膽展開新的懷疑：父親其實是愛母親的，愛得像生大病。在和繼父十多年的情場角力中，他對母親的愛用妒忌做肥料，滋養得深奧曲折，在他內心盤根錯節，離異只是截斷表層的軀幹，根鬚卻從未停止向靈魂方向伸延。早知他前妻把知識人物當神敬，再把敬意當雌激素催化她發情，他從雲南建設兵團回北京就會拼死考大學，而不貪圖現成的工資到旅遊局當導遊。旅遊局的外語人才太匱乏了，父親在雲南自學的兩冊「許國璋」通過熟人關係，就成了中國史無前例的「文化大革命」後的第一批外語國寶。

成了父親家一位常客的曉鷗發現父親開始主動打聽「教授夫人和教授」的近況。曉鷗這種時候會逗父親開心一番，講到教授繼父和母親的一些荒誕事件，比如一次母親下班回來找不到自己的球鞋，後來發現它們被穿在繼父腳上。母親驚訝她三十六號的鞋怎麼能穿在一雙男人的腳上。繼父說他童年少年都穿小鞋，因為他節儉的長輩總讓他跟弟弟搭夥穿鞋，如果兩雙鞋壞了一對，另外兩隻同樣尺碼的鞋有可能湊成完好的一雙，因此他的腳在十五、六歲就停止生長，並且穿小兩號的鞋毫不受罪。曉鷗看着父親仰臉大笑，從此她找到讓他父親開懷的方式。很快她懷疑父親這樣仰臉大笑並不是開懷的表示。看起來他笑那位教授的失敗，失敗地保持住一個女人的心火，因為女人的心對一個男人上火時是看不見那些怪誕細節的。其實他是笑自己的失敗：他與之角力十多年的，原來是這麼個病夫怪胎。父親敗給了這個怪胎，因此這場多角關係中，他是所有失敗者手下的失敗者。他曾以自己的失敗做犧牲，讓自己心愛的女人贏，讓女人所愛的男人贏，但他發現到頭來他白白犧牲了，他的犧牲讓所有人都失敗。曉鷗懷疑父親是為此仰臉大笑。

一個星期過了一半，曉鷗的懷疑又回來了。段凱文講定是下星期一：不容置疑的日子、時間、錢數，那他二月三月間的媽閣密行是怎麼回事呢？他在其他賭場的賬戶怎麼解釋呢？明明是無法償還其他債主的債務，才結識她梅曉鷗的，換個露骨說法就是梅曉鷗成了他的東牆，被他拆了去補西牆或南牆的。在他眼裏多姿多情的梅曉鷗無非是潛在的一堆殘磚碎瓦！懷疑使曉鷗站到段的角度和立場，回顧她梅曉鷗的所有言行：這堵正被拆毀的磚瓦還在無望地扮俏裝媚，無望地拿色相誘引他踐諾。

懷疑了三十年的梅曉鷗決定不再做被動的懷疑者。她馬上訂機票，打算乘下午四點的飛機飛北京。這天是星期四，如果星期五老季的錢莊還收不到段凱文的電匯，梅曉鷗會在他的豪華辦公室突然現身。

到達北京已是晚間九點多。媽閣飛回國內的飛機照常誤點。她先撥了個電話給史奇瀾。電話關機。當然關機。繼續墮落還是挽救工廠和他自己，老史都必須依靠關閉的手機屏蔽掉外部世界。老史的外部世界現在沒甚麼好山水了，滿是討債人的嘴臉：殺氣騰騰的、憤慨的、絕情的、慘兮兮的……

第二個電話是給老劉打的。她說媽閣最近生意清淡了一些，正好偷閒在家抓抓兒子的功課。老劉說他們部裏派人去西非幾個國家考察，要在那裏開大型電廠和農作物加工廠，教非洲人務農。曉鷗了解老劉，他在手機上風馬牛的答話證明他老婆正和他緊密廝守。他們可以儘管各説各的。她有甚麼要跟老劉説？無非是段凱文。段總的項目上了北京日報和晚報，標題叫「讓邊疆人民住上北京的人」，老劉熱烈推薦曉鷗讀一讀。可她人在媽閣，怎麼讀呢？上網讀啊！老劉說自己五十多一把歲數卻已經上網讀報讀慣了，何況年紀輕輕的梅小姐！老劉不笨，知道曉鷗想聽甚麼，題外話其實很點題：段總正在大展宏圖，亮相率這麼高，會是區區的賴賬小人嗎？他若賴賬連藏身之地都沒有。

曉鷗跟老劉道了「拜拜」。然後她打開筆記本電腦，北京日報的網站登出三張照片：段凱文和段太太站在沙盤前微笑（段太太一副世俗笑臉，腰圍富態，油光光的妝容），沙盤上林立着大群的迷你高層住宅樓。另外一張是戴安全盔的段總，挨着設計師們，向遠方伸出指點江山的領袖手臂。最後一張是和一群建築民工合影的。看上去民工們和段笑得都有些傻，像啞劇面具，但願段沒有欠發民工的工資。

她進入自己的郵箱。第一封郵件是個匿名者來的，她的防火牆提醒她，可以拒絕這位陌生訪者。

曉鷗卻讓陌生訪者進來了。原來訪者不陌生，是改頭換面的史奇瀾。老史躲在關閉的手機、停業的工廠、密封的門窗後面運作了個新網站，出售硬木傢具和雕刻。一件件作品配上解說詞和音樂，未語先聲，異國風情的樂器奏出單純的海洋島國土著的旋律，接着一片南國土地淡入，解說員告訴你，小葉紫檀的故鄉南洋群島在七十年前的模樣，畫面漸出現泥沼中的樹林，畫面淡出又淡入，樹林稀疏了。解說員又告訴你，這是五十年前的紫檀樹們，多少年才能長一毫米，畫面淡出再淡入，樹林不見了，只剩一些瘌痢枝幹，似乎沼澤地原先種下的是一片林子，而收穫的卻是一片拐棍。解說員於是告訴你，小葉紫檀被伐得差不多了，這些還沒長成樹的幼苗其實已是老壽星，歲數在一百到一百五十歲之間。因而這是世界上數一數二的昂貴木材。畫面再次淡出淡入，那片「拐杖」被收藏之後，正被一雙手打磨，木質在這雙手下漸漸閃動靈光，鏡頭再一切，木料已經圓熟潤澤，看上去微帶體溫，如同活物的肌膚，畫面展開，那雙手上拿着的是一個筆筒的半成品。

曉鷗太認識這雙把弄珍貴木料的手了。右手的食指和中指之間微微發黃，因為老史抽煙一般都抽到過濾嘴快着起來，出於儉省或是專注。一雙化腐朽為神奇的手，同樣也能化神奇為腐朽。在賭台的綠毯子上隨便動一動，成百上千件神奇作品都糞土一般不值一文地被整車拉走。

但曉鷗還是愛這雙手。愛得想把自己橫陳到這雙手下面，讓它們打磨拋光，拋掉所有其他男人的指紋。這雙手是怎麼長的？每根手指都是流線體，就像沒長關節。那一顆顆指甲都是完好飽滿的橢圓，更合適一個閒散無聊的女人去擁有。

夜深了，曉鷗敢於放肆地想一想自己對老史的感情。不純粹是感情，還有情欲。老史的浪蕩、老史的消極、老史的才情，合成一種老史才有的風流。曉鷗暗暗地相信，這是她一個人認識的老史，而所有人認識的都是很不同的老史。她甚至覺得，老史只在她面前做真正的老史，而在所有人面前做人們共識的老史。曉鷗這樣認為，是因為她只在老史面前做那個敏感、多憂，卻又成熟得像老史的小母親的梅曉鷗。她憎惡老史的淪落，可她自己早已是個淪落的人，淪落是老史和她所獨有的境界，形成了她和他獨有的情調。而她和他獨有的境界是沒有陳小小份的。

她用 MSN 給老史回了幾句話。

「看到新網站了。很美。這些天常想到你。」

老史的郵件在十分鐘之後過來，是一張他信手劃拉的速寫，寥寥數筆，勾勒出他憂愁的苦笑。題字為「斷腸人在天涯」。五十歲的一個男人，這種時候總玩得很年輕。

曉鷗又回了幾個字：「傳神！你是個寶！」

老史沉默了。曉鷗覺得自己拋了個球過去，沒被拋回來，這一夜就要寂寞地結束了。再說，她拋過去的球有點像繡球。於是她又寫了一句話。

「法院的事進展如何？」

「有點進展。」

「甚麼樣的進展？」

「找到了一個熟人，跟法官溝通了兩回。不過對手們也都在法院有熟人。這年頭同一個熟人吃雙方是常見的。還有吃三方、四方的呢。」

「法官應該比你的債主們英明啊，應該勸阻債主們把你往死裏逼，因為逼到死你充其量就是一條命和一庫房存貨，不逼你的話，他們就等於在你廠裏存了一筆整存零取的鉅款，幾年後結算連本帶息，就遠不止他們存進的數目了！」

老史那邊沉默了。沉默長達五分鐘。

曉鷗發了一個「？」過去。又是三分鐘啞謎。

然後老史發過來一張漫畫：一隻母雞蹲在草窩裏，旁邊放着三、四隻蛋，從各方向伸過來抓蛋的手起碼有幾十隻，一隻手直接伸進母雞屁股，去摳那個即將臨盆的蛋，血順着那手流出來。母雞頭上長着史奇瀾式的半長中分頭。

曉鷗明白那意思：怎麼做也來不及，產一個蛋有十隻手等着來收，沒產出的蛋已經被擁有，這是他老史目前的悲慘現狀，未來也許更悲慘，那些伸入母雞產道摳蛋的手最終會搗空它，掏盡它最後一滴血。

老史或許是沒錯的，他就算能下金蛋也抗不過太多的收蛋的手。他窮盡一生產蛋量也許還遠遠不頂那些手的需求量。他畢竟是個比赤貧線還要貧窮一億幾千萬的窮光蛋，需要產多少金蛋才能從負數值的身家回到正數值？五十歲的老史很可能看不見自己東山再起的一天了。

曉鷗看着「產蛋圖」，淒然得很。她也是那眾多搶蛋的手之一。老史這隻高產蛋量的母雞產下的蛋有十分之一會由她收走。那隻伸進母雞產道，摳出血淋淋的早產蛋的，或許正是她梅曉鷗的手。

她站起身，在房間裏踱步。剎那間她抓住自己一個可怕的念頭：告訴老史，只要他再不上賭台，她就勾銷他欠她的債務。但她立刻冷笑了：一千三百萬，她孤兒寡母，這世上有誰會白給她一千三百萬？如果她欠人一千三百萬有誰會饒她一個子兒嗎？十多年前，那個姓尚的給了她十萬美金，說是說禮金，是贈她的賭資，幾年後找到她家門口，一點虧都沒有吃，按零售價嫖的話，他的花銷早就超出了十萬。因此他預付的是超值批發價，批發了整整一年的梅曉鷗的青春。二十二歲到二十三歲的曉鷗，吹彈得破的曉鷗。那時候，誰會白給她一毛錢？

好險！她在窗前頓住。好險！差點事情就成了另一個性質：史奇瀾當然清楚他和曉鷗一直以來心底的情感暗流，他會明白梅曉鷗用一千三百萬交換甚麼，一千三百萬，她梅曉鷗也給自己批發了一個情夫，只不過相當昂貴。太昂貴了。

她像從懸崖邊回頭一樣，離開窗口，走回寫字台。老史沒有再發郵件給她。她關閉了「產蛋圖」，回到先前的視頻：老史那流線型的手指愛撫着溫潤的紫檀，紫檀那深色肌膚舒適得微顫……這是她所見到的最富感知的手，即使撫摩木頭，木頭都舒適，何況人非草木。她愛屋及烏地從那手愛上那人，儘管是一種缺乏靈魂和詩意的愛，很生物的一種愛。

她洗澡出來，給保姆打了個電話，詢問兒子放學之後的瑣瑣碎碎，作業寫完了？飯吃的是甚麼？幾點睡覺的？從保姆的報喜不報憂的回答中，她打些折扣，得出大致正確的答案，比如保姆說：「九點鐘睡覺的，睡前玩了一會遊戲。」那就是說：「九點開始洗漱，十點上床，十一點多入睡。」

然後她發現兩條短信。是她洗澡時阿專發來的。史奇瀾在媽閣出現了！第二條短信是阿專請示曉鷗，要不要跟老史接觸。

剛才的「產蛋圖」竟是從媽閣發過來的！視頻也是一路北上，穿越三千公里送達曉鷗的！

曉鷗看了一眼手錶：夜裏十一點五十五分。她按下阿專的電話號碼。老史那多情風流的手把一塊烏黑的紫檀木料都摸活了，摸出體溫了，險些摸得她梅曉鷗醉過去，一筆勾銷掉那一千三百萬！

阿專在獻給艾麗絲急急忙忙的第四個樂句之後接起手機。

「你在哪裏看見他的？」

「就在這裏。」阿專知道女老闆所指的「他」是誰。「我現在正看着他。他一進XX，就讓我一個小兄弟看見了。小兄弟第一次是從電視新聞上看到他的，就是他跳樓那次。」

「他看見你沒有？」

「沒有。我藏起來監視他的。」

「他在賭嗎？」

「他在看人家賭。」

曉鷗奇怪剛才那一會自己怎麼可能愛老史這麼個混賬。對這麼個浪蕩破落戶，她明明只感覺一腔噁心。不僅噁心老史，也噁心愛老史的那個梅曉鷗。怒氣上頭，沖得她眼睛發黑、耳鳴一片。這一刻她怒得能殺人。她不僅能殺了死不改悔的老史，也會殺了死不改悔地憐愛老史的梅曉鷗。

「你現在走到他跟前，跟他打個招呼。」曉鷗遠程導演阿專。

阿專照辦了，一手仍擎着手機，帶着手機裏的曉鷗穿過黑壓壓的賭客，賭客的哄鬧聲浪衝出曉鷗手機的聽筒。這種小賭場的氣味尤其葷厚，從手機穿過來，直達曉鷗的嗅覺。曉鷗總是驚異眾人在聚賭時散發的氣息為甚麼那麼濃。不僅僅是賭客們消化不良和不洗不漱的氣味，而是某種荷爾蒙的氣味。豬、牛、羊在看見屠刀時身體內會飛速分泌一種荷爾蒙，這種生命在極度絕望和恐怖時分泌的荷爾蒙等於毒素，假如有嗅覺探測器，一定能探測出這種毒素的不佳氣味。牲畜和人在死到臨頭的一瞬會突然發出難聞的氣味，或許這就是為甚麼賭徒們聚在一塊發臭一樣。他們每人都在臨危一搏。

阿專把手機上的麥克打開，於是曉鷗隔着三千公里旁聽以下對話——

「史總」

「喲，阿專啊！你老闆呢？」

「……她沒來。」

「陪別的客人，還是在家呢？」

阿專沒聲音，或許他回應了一聲支吾，但隔着三千公里和賭客們的吵鬧曉鷗沒聽見。

「我在香港辦一個展銷會，順便過來看看曉鷗和你。」

你是不是辦展銷會很快可以核查出來。曉鷗的手腳頓時涼透了，捉姦捉雙捉弄到自己的男人也不會比這更讓她心涼。她覺得自己體驗到某種思維休克。她不知道這陣休克持續了多久，意識回來時，她聽見阿專在呼叫她。是阿專把她叫醒的，真的在叫一個休克的人似的那樣惶恐。她緩過一口氣，發出蘇醒的第一聲呻吟。阿專的急救卻還不鬆懈，口吃地問她怎麼了，沒事吧？……

「他人呢？」孱弱的曉鷗問道。跟這混賬真成難分難解的一對兒了，醒了不顧自己死活的，先擔心他。

阿專跟她是默契的，馬上安慰她，要她別急，別氣。混賬還坐在那裏看人玩，自己沒動靜。阿專已經離開了史奇瀾，在史的側後方找了個更佳的觀察位置。

十分鐘過去了，曉鷗坐在床沿上一動不動。這一夜的睡眠被老史糟踐了。她在三千公里之外監視這個混賬。手機響起來，段凱文的號碼。十二點多鐘他想和她漫談。可是她已經睡了。睡這麼早？淡季嘛，抓緊時間補覺。抱歉吵醒了她。給段總吵醒是造化！這個時分誰有福份讓偉大的段總想起來做漫談的談手啊？

她的調情很放肆，太放肆了，因此就不是調情了。段被她打發掉了。臨近子夜，離段還款大限不到十六個小時，這十六個小時她可不能讓他把兩人關係弄亂，她要把他鎖定在欠債人的位置上。

她給阿專撥號。《獻給艾麗絲》惶惶不可終日地奏了一遍又一遍。貝多芬暗戀過的明戀過的調過情的女人無數，偏偏這個莫名其妙的某艾麗絲通過二十一世紀上億人的手機彩鈴得以永垂不朽。農民工們、小保姆們、小區保安們，成千上萬遷移中驚魂未定、居無定所的人們聽着《獻給艾麗絲》尋找老鄉、熟人、住處、工作。貝多芬做夢都不敢想，自己在三個世紀後擁有成千上萬蒙昧而赤誠的中國粉絲。那首隨興而作的小品在三個世紀後如此被中國大眾推廣，成了他們音樂教育的啟蒙，他那幾句神來之筆的樂句原來可以如此被庸俗化、廉價化，並潛藏着催促感，「米來米來米西來多拉，米拉西，米拉西多……」把中國人的生活節奏催得風馳電閃，聽上去像扭緊兩腿夾着一泡尿找廁所。當手機聽筒裏奏出毛焦火辣的「米來米來米西來多拉……」的時候，你看看人們那一雙雙魂飛魄散的眼睛！

曉鷗聽着阿專手機奏出的《獻給艾麗絲》，感覺到這些音符在跟她貧嘴，像隻饒舌鸚鵡。如果阿專再不接電話，她就會把手機裏這隻貧嘴鸚鵡摜到對面牆上，摜死它。

「喂？」音符的饒舌終於停止。阿專在曉鷗第三次給他撥號時接聽了。

「怎麼不接電話?!」

「沒……沒聽見！」

「馬上換一種手機鈴！」曉鷗太陽穴亂蹦。她明白自己很不講道理，「聽見那鈴聲就討厭！」

你是討厭貝多芬還是討厭艾麗絲？你有權力討厭他們嗎？永垂不朽的貝多芬和艾麗絲在這支旋律中有着至高無上的音樂審美權威，早就把你梅曉鷗的「討厭」否了。哪怕你喜歡也無濟於事，喜惡的權力都在三百多年前被免去了，或説被強迫無條件棄權了。

現在你梅曉鷗對它的喜惡更得棄權，它被聽得爛熟於心，它是人們在一片陌生中可抓得到的一點熟悉，它是人們從一個點走向下一個點的連線，最後把所有陌生的點連成一盤棋。所以你梅曉鷗不能把貝多芬和艾麗絲從億萬粉絲心裏拔出去，至於你喜歡還是討厭，完全徹底無所謂。這大概也是阿專剎那間想說卻不敢說的，或說阿專直覺到的卻想不到的。

「為甚麼？……」女老闆的火氣確實讓阿專覺得她沒有道理。

「反正你換一種鈴聲就是了！」

「……好的。換哪一種？」

「老老實實的電話鈴怎麼不好呢？你就不能讓我舒服一點嗎？每天給你打幾十通電話，要我聽幾十遍那個鬼音樂嗎?!」

阿專碰到過曉鷗不講道理的時候，但很少這麼不講道理。

「你要再讓我聽一次那個鬼音樂，你就給我結賬，走人！」

「好的！馬上換！」

阿專是很難被誰氣走的。他的忍受極限彈力很大。此刻他一聲不吭，曉鷗幾乎能看見他在三千公里之外俯首帖耳。一分鐘就這麼過去了。靜默讓曉鷗都不好意思起來。她嘆了一口氣。老史的罪過，讓她失控到這種程度。若是把忠心耿耿的阿專氣跑，老史該全權負責。嘆息之後，她讓阿專把他的手機遞給老史。

「喲！你大小姐給驚動了?!」老史逗她玩的口氣，「阿專！我叫你不要驚動梅大小姐的大駕呀！」

「還用阿專驚動？史老闆現在是媽閣的名人，看了那次史老闆落網記電視新聞的人都記住您的尊容了。」曉鷗陰陽怪氣地回答。

「我是去香港參加一個展銷會，順便來看看你。」老史不在乎曉鷗的揶揄。

「甚麼展銷會啊？」

「是一個貴重木材藝術品和傢具展銷會。」

「在哪裏啊？」

「在中國領事館旁邊的文化藝術中心。」

說假話比說真話流利自信的人不少，可像老史這樣流利自信的，大概不多。

「陳小小和你一塊來的嗎？」

「沒有。廠裏、法院裏的事那麼多，她哪兒走得開？孩子也需要照顧。」

「你住在哪家酒店？」

「湊合住，住在離泗蜢鋼不遠，離大大龍鳳茶樓很近，叫甚麼來着……對了，富都！」

「你答應過小小和我，不會再進賭場了。」

「我沒玩，看看還不行?!」老史的嗓音揚上去，罵街的嗓門。

曉鷗看着手機，她似乎看見了一個惱羞成怒的賴子。會羞會惱就還不是地道賴子。給他台階下吧。有阿專的瞭望哨，老史不會出大動作。等北京這頭的事務結束，確保段凱文的還款到位，她再去招架老史。

她躺回床上。這一夜已所剩不多。

後來她聽說老史給各個賭徒當了一夜免費參謀。一張賭台轟走他，他會在賭廳盤旋一陣，盯好一張台的路數，再朝那張台俯衝。一夜之間，老史不辭辛苦，使一些人贏了、一些人輸了，他也間接輸輸贏贏。那些贏了的人，老史參謀或不參謀都注定會贏，因為他們的贏是一次次的輸鋪墊起來的。那些輸了的人也是注定要輸，但是有個自充參謀的老史，他們的責怪便有了去處：他們的運氣是由於誤導而轉向的。老史從而被聯合起來的贏者和輸者一同憎惡，一同驅趕。不過他在最初沒有引起公憤之前，還是從幾個贏者手裏搜刮到幾筆「抽頭」。無非一千多塊錢。

第二天早上六點，阿專跟着老史向金沙走去。小賭廳的低端客人多，氣度也就小，心也就黑，贏的概率也就低些。這是老史聽人說的。他要玩就跟金沙這個級別的莊家玩。往金沙的路上，老史被阿專貼得難受，叫他離遠點。阿專稍遠一點，可還是一塊上乘狗皮膏，甩不下去他。老史發了大脾氣，自己給曉鷗打了個電話。

曉鷗就是這個時刻被吵醒的。北京灰白的早晨剛上窗台。老史的嗓音和調門都不像老史，像某個年代悠久的電影中的人物：由於當年錄製條件和聲音審美觀以及片子和磁帶被閒置太久而生發出特有音色，速度有些偏差，因而聲音失真而接近卡通。他大致是罵阿專死不識趣，狗一條，真是條狗也該被打走了。

「你慢點說。」曉鷗厭煩地打斷他。

他慢不了，在賭場一夜不寐的人都有種病態的速度。此刻的老史比《獻給艾麗絲》還饒舌煩人，從罵阿專轉過來罵曉鷗了。一串一串的醜話持續加速，意思是梅曉鷗拿她自己當誰呀?!上次是關，這次是看，他史奇瀾的老婆也不敢這麼過分吧?!

「嚷嚷甚麼?!再嚷嚷我讓賭場保安直接把你推出媽閣海關。」曉鷗的牙關使着一股力，咬出的字眼氣大音小。

史奇瀾沒聽過梅曉鷗如此險惡的腔調，被嚇住了，繼而因為自己被一個女人嚇住而窘住了。

「辦甚麼展銷？我還不知道你？滿嘴謊話！一查就查清楚了，哪兒來的甚麼貴重木製品展銷?!」

「你跟小小聯繫了？」史奇瀾把一切希望建築在小小和曉鷗翻臉的現實上。自上次的「跳樓」事件，陳小小跟梅曉鷗就斷絕了關係，老史鑽的就是這個空子。

「我不用跟她聯繫。一個展銷會還不好打聽？網絡是幹甚麼的？」曉鷗無情揭露，「一個展銷會不需要做廣告？除了是一幫白癡，不想讓人買他們的東西！」

史奇瀾又不說話了。其實梅曉鷗甚麼都沒打聽，並且廣告做不到位的展銷會也多的是。她就憑一點穩準狠地識破這位老史，那就是：他聲稱的事物反面一定是真相，他撒謊倒過來聽就是實話。他聲稱去香港辦展銷，這句謊言的反面便是根本不存在甚麼展銷會，他也沒因此去香港。

「那展銷會是十二月份開，我先去打探路子……」

老史現在的謊是為面子撒的。謊現在是他的衣裳，你知道是假的也不能把人剝得赤裸裸的。而曉鷗就是要剝得他赤裸裸的。赤裸裸一個垃圾男人，看你梅曉鷗還為不為他心癢癢。

「那我問你，」她壓低聲，幾乎壓成了女低音，一種危險的聲音，天邊滾動的雷一樣，「你老實回答我，你從香港怎麼過來的？媽閣海關怎麼會讓你過來？上次你可已幹過一回了。」

老史早已在海關掛了號。倘若老媽閣有一百個海關官員，曉鷗起碼跟二十個做了半熟人，跟五個做了朋友。否則她梅曉鷗應已被史奇瀾們害死或逼瘋十次了。

老史之所以能發揮才華就因為他對某些事物的大意。他的大聰明是他無數細小愚蠢的反面。沒有諸如忘記護照之類的小愚蠢，他就不會有雕刻傳世之作的大智慧。他的大智慧和小蠢笨是他人格、氣質的拼鑲，緊緊茬在一起，天作之合。他把曉鷗手裏捏着的這樁致命把柄忘了！

無地自容的老史掛了手機。

曉鷗也掛了手機，隨手把它往枕頭上一扔。似乎老史通過它跟她說話，跟她撒謊狡辯把它都弄髒了似的，她不要它耽在自己手裏。她的眼淚慢慢從面頰上流下。這個不成器、扶不起的老史。這個知道他扶不起還在鍥而不捨地硬扶他的梅曉鷗。她恨透了老史，因為老史已成了一堆污穢，可他對曉鷗還是一味藥，雖然是早先吃下去的，但功效一直在作用她。而每次見他、聽他、想他，功效都會擴大一會。擴大到差一點勾銷他一千三百萬的債務！她也在混賬的作用下成了混賬，在媽閣和香港這樣的地方，做個慷慨的混賬，稀裏糊塗勾銷欠債人一大筆債務是沒人讚譽的；做個精明敬業的生意人，一橫一豎地記賬討債才是本份。本份人是為自己和家人把自己的活兒幹漂亮。一個社會人人都做本份人就穩定發達……

兩小時之後，曉鷗在吃早餐看晨間新聞時接到阿專電話。老史反跟蹤成功，現在各個賭場的小兄弟都向阿專報道老史失蹤的消息。

中午了，老史繼續失蹤。

下午一點，錢莊的短信來了。一筆款子從北京匯到老季賬戶。曉鷗正在試衣間試冬季裙裝，馬上脫下新衣，換上自己的衣服。不用做無聊的事來消磨時間排遣焦慮了。她繫好紐扣，對着鏡子整理頭髮，然後把一套套新裙裝端正地掛回衣架。差點買下一套她以後肯定不會穿的衣服。只有焦慮能讓她走進昂貴無比的「香奈爾」、「迪奥」、「普拉達」，把一堆不合意的甚至設計荒唐的衣服往身上套，當着自己一個人的面出自己一個人的醜，看看這些衣服究竟能把你打扮成甚麼怪物！其間還讓膽怯地懷有希望的導購小姐一次次煩擾她：「號碼不大吧？」「我們還有另一個樣式也特適合您！」「您氣質那麼好，試試這一套！」這些導購小姐用「氣質好」來罵她不漂亮，「好氣質」是「青春已逝」、「紅顏漸老」、「不夠漂亮」的同義詞。

她理好頭髮，看着「氣質好」的自己。錢終於到位，段總，謝謝您阻擋了幾乎在我心裏垮塌的段凱文形象。從鏡子裏看到衣鈎上幾件貴得驚人的裙裝掛得隆重端莊。每件衣服的價值都能讓老史在賭台上玩一把，快活一會兒。因此她覺得它們跟老史的玩上一把、快活一會相比，更不值當，更無聊。她一開門出去，就要讓導購小姐失望了。她知道小姐剛才在門外等她試衣時有多焦慮。她馬上就要平息小姐的焦慮，用失望。不到三十七歲的梅曉鷗認為，失望比焦慮好。

一件重要的事她忽略了，錢數。與錢莊老季的約定是手機短信中不提具體數目，為三方的安全。出了「迪奧」的大門，站在被各種國際品牌店築起的寬闊走廊裏，她給老季撥了個電話。匯數是多少？三百萬。不對吧？不對是甚麼意思，錢莊跟她梅小姐做了十年生意，不對過嗎？

焦慮扼住了曉鷗的喉管，使她艱難地向黑幫腔調畢露的老季解釋，不是說他不對，是錢數不對，匯款方不對。然後她掛斷老季，連「拜拜」都省略了。她馬上撥通老劉的辦公室電話。老劉是遵守上下班時間的好幹部，不然他上哪兒找八個小時讀完日報、晚報、參考消息的每一條新聞，上哪兒去找到辦公室那麼安靜的地方去看股市行情，順便吃進、拋出？

「喂！」老劉在他的副司長辦公室電話上的聲調跟在手機上略有不同，拖出一點官腔，「哪裏呀？」

「你那位朋友跟廳裏借錢是有整有零，現在還錢就有零沒整了。零頭都不夠。三千多，他還個三百，甚麼意思？」賭徒們都習慣把大數目後面拖泥帶水的一系列零去掉，尤其在電話上，三千多萬在這裏就是三千多。

「……誰，誰呀？」

曉鷗不理他。老劉當然明白她説的那位朋友是誰。其實老劉對自己拉給曉鷗的每個客人輸贏數目都記得很清。他不願帶禍害給曉鷗，也在乎曉鷗掙了大數後給他個小數。

「你現在打個電話，看他在哪裏，在不在他的公司。別説是我讓你打的。」

曉鷗指示道。

「那我給他打電話説甚麼？」

是啊，説甚麼？段凱文這樣呼風喚雨的大人物，此刻一定要有大事才能給他打電話。找藉口也得找個大藉口。「你就說，梅曉鷗問他，剩下的三千是不是匯出了，收款人沒收到。三千不是小數，值當問一聲。」

「那他會納悶，梅小姐怎麼不親自問……」

「放心，他不會納悶。」

老劉就像脊樑上被抵着刺刀尖似的，不願意也由不得他。他把辦公室桌上的電話擱在一邊，讓曉鷗聽他用手機跟段凱文通話。撥通了號，老劉的手機打開了麥克，曉鷗馬上聽見段的手機彩鈴變了，變成了《獻給艾麗絲》。堂堂段總，音樂教育啟蒙比農民工還晚。

手機沒人接。還欠款不足零頭的人一般都不會接手機。曉鷗「拜拜」了老劉，跑下樓，奔了幾條街。兩台插卡電話落着北京的沙塵，背靠背站在街上，很久沒人理會它們了；擁進城市的村民農夫們對着自己的廉價手機大叫大喊，從它們身邊來去，似乎都不認識它們了。它們一副知趣的站相，自己都嫌自己多餘。

曉鷗皮包裏備有一百元一張的電話卡。她的行當要求她隨時保持通訊暢通，並備有替代通訊方式。卡被插入卡口，手指開始按撥號鍵，她用心做着每個動作，這種老式通訊方式對於她成了新式的。她不能讓對方識辨梅曉鷗的手機號，於是這麼麻煩她自己。因為用心，馬路上的喧囂歸於沉杳，她聽見自己的心臟怦怦地跳。

段凱文是個讓人畏懼的人。欠了這麼一大筆債也不妨礙別人畏懼他。

電話接通。前台小姐背誦着禮貌辭藻，那些從沒爬過她的大腦的辭藻。她說段總不在辦公室，去某個大飯店開會了。哪家大飯店？不好意思，不知道。還回辦公室嗎？不好意思，不清楚。能幫着打聽一下嗎？比如問問段總的秘書或者助理甚麼的……不好意思，不讓打聽。

曉鷗掛上插卡電話。再聽一個「不好意思」她就會精神錯亂。「不好意思」舶來二十多年，村姑們變成了售貨員、前台小姐、餐館服務員都對你「不好意思」。二十多年來「不好意思」把中國人的廉恥心和責任感都「不好意思」光了。藏在「不好意思」後面的是麻木不仁、無動於衷、厚顏和不在乎，出了紕漏，一聲「不好意思」，全然既往不咎，自己給自己的仲裁早於你的責備已經出來了，我都不好意思了，你還有甚麼可怪罪的？電視劇裏的清朝人、民國人都一口一個不好意思。

她發現自己在馬路上快步地走，跟着心裏訓斥那個左一個右一個「不好意思」的前台小姐的話的節奏。她自己也常常「不好意思」，這就更讓她仇恨這句舶來的詞句。如今只有這種似是而非的話才會在中國社會高度流行。網絡和手機中流通着多少似是而非的語言！

假如前台小姐尖叫着「不好意思」阻攔她衝進公司大門，她就高喊「不好意思」給她兩個耳光。聲稱段總不在公司說明他就在公司。躲債者往往把你從他確實的藏身處引開。

到了段凱文的公司大門口，從玻璃門看見那個前台小姐正在閱讀面前的空白。曉鷗推了推玻璃門，推不動。這是為了防禦逼債者新添置的安全措施？她站在玻璃這一面，相信自己進入了小姐正閱讀的空白，使之有了可讀內容，不再虛無，然而小姐依然瞪着白日夢的大眼——她們來做前台小姐唯一的功課準備是一副假睫毛。

她拍了拍玻璃。然後手掌就那樣緊貼在玻璃上，讓冷漠的光滑去去她的火氣。手掌發黏了，從小姐的位置看，它被玻璃擠得扁平，略呈青白色。看來她的手比臉更有表現力，或說可讀性，前台小姐按了一下前台上的鍵鈕，玻璃門的鎖開了。曉鷗剛推開沉重渾厚的玻璃門，小姐已從前台的椅子上下來。要擋駕了。

「怎麼不開門呀？」曉鷗先發制人地說，「在門口站半天了，你沒看見？」

「看見了，可您沒按門鈴啊！」小姐笑瞇瞇地說。

這是曉鷗的不對。她來勢洶洶，把門鈴都漠視了。

「那你也不能不開門吧？」曉鷗也笑瞇瞇的。她厲害的時候也可以笑瞇瞇。

「不知道您要進來呀！不好意思啊！」

一個「不好意思」讓曉鷗不笑了。

「哦，我不進來在那站半天幹嗎？」

「不好意思。」小姐開始忍讓。她面前出現的任何一個人都可能在老闆跟前奏她一本，因此任何一個人都可能導致她的晉升和被辭。

曉鷗在跟小姐對話的時候打量了這個公司的地理。公司坐落在朝陽門外一座新辦公樓的三十八層上，圈下了一整層樓。辦公室和所有辦公室一樣，毫無特色，被透明或不透明的玻璃隔成小空間，一種工業化的、無人情味的工整，讓所有進入此地的人發現，此地沒有比上班更好的事可幹，所以就只能一心一意上班。

前台上放着絹花，角落的植物是天然的。植物旁邊掛了一溜鏡框，全是公司建築項目得獎的獎狀。前台左右各一扇玻璃門，不知哪一扇門通向段凱文的辦公室。曉鷗像是識途老馬一樣往左邊的門走去。百分之五十的概率是正確路線。

「哎，不好意思！您找誰啊？」

「找小陳。約好的。」

小姐臉上堆出個茫然微笑。正如曉鷗所料，她對如此之大的公司有多少員工根本無知。陳是大姓，誰都可能是小陳。這種小姐的跳槽率、被炒率很高，更加強她對員工的無知。曉鷗利用的就是她的無知，接下去的胡編就更有鼻子有眼了。

「就是去年調來的那個，搞電腦平面設計的小陳。」

「不好意思……」

一個男人的嗓門冒出來：「您留步，段總！……」嗓門是從前台的右邊冒出來的。隨着冒出一個拿着男人手袋的中年男人。

「不好意思，我記錯了，小陳的辦公室在那邊！」曉鷗向右邊走去。

曉鷗和中年男人擦肩而過，男人臉上的肉很厚，笑容早已停止，但溜鬚的無恥笑意由於那層厚肉一時下不去，正如夯得太實的泥土，潑上水也是一時滲不下去。這種笑意多了，就成了一層層堆積的無恥。全中國現在有多少人由於快樂而笑？曉鷗讀過一本上上世紀的西方人寫中國人的書，說中國人是內斂的、喜怒不形於色的，因而是缺乏面部表情的。當今的中國人這二十年的表情進化超過了遠古上萬年進化的總和。

一個年輕男人擋住曉鷗。曉鷗已經站在「董事長辦公室」門口了。年輕男人是段總的秘書，段總的會見日程由他一手安排。不在日程上的，首先要被排進日程。男小秘有些女氣，段凱文這種偉岸大丈夫「娶」了他日子會舒心方便。曉鷗表示驚訝，她和段總說好的下午茶怎麼沒被排入日程。男小秘打開電腦上的日程排列，認真查看，同時表示不好意思，確實沒有「下午茶」的項目。並且呢，不好意思，段總從來不約人喝下午茶。曉鷗把嗓音提高，打出個明媚的哈哈：段總跟一個女人約下午茶，會在公司日程中立項嗎？這個音量使好幾扇玻璃門打開了，門縫出現一張或半張男人或女人的臉。這個音量足夠穿透「董事長辦公室」的門。這扇門是唯一的非玻璃製品。堅實而古樸，幾百年歲數的中國槐，據説是從段凱文老家運來的。段凱文是懂得審美的：冷冰冰的玻璃世界裏鑲上兩塊老木頭，樸拙無華的木頭就被鑲成了玉，鑲成了瑰寶。信息革命的殘酷效率中，兩扇老家的槐木大門通向過去，通向人情味的舊時光，通向段凱文貧苦但夢想不斷的童年。

男小秘把守着兩扇槐木大門。多禮文雅、無懈可擊的一個家丁，不讓曉鷗看見大門究竟通向甚麼。這位女士要是想見段總，沒關係，日程是可以安徘的。曉鷗再次提高嗓音分貝，謝謝了，她和段總見面是常事，不久前在媽閣還見了，用得着甚麼日程安排。

看你段凱文還聾不聾？還啞不啞？梅曉鷗接下去可能會把此行目的昭示給你的全體員工。三千多萬的賭債，還了三百萬，零頭都沒還清還不配聽句解釋或者道歉？曉鷗對付過無數賴賬的無賴，但沒有對付過如此高傲的無賴。她一面跟男小秘周旋，一面在急促算計，把段的老底全兜出來的利和弊各佔多少。兜老底的有利之處是，段是見報出鏡的人，對於公共輿論的顧忌會讓他不顧一切地把債務還清，從而掩蓋他更不堪一擊的那一面：嗜賭如癖。兜老底的弊端，在於段反正被扯破了臉面，那就索性不要臉地繼續把賬賴下去、賴到底。媽閣的警察是那二十七點三平方公里的片警，管不到大陸這邊來。你當眾指斥我賴賬，我頂下這罪名了；我頂得要值。眾人聽你揭露我賴賬了，要澄清是不可能的，段某還了債也不可能洗去大家對段總的壞印象，那麼好，索性不洗它，讓你梅曉鷗花三千萬買下他的名譽損失。你梅曉鷗的代價是三千萬港幣，我段某的代價是被弄髒的名聲。

曉鷗算計結果是，不兜老底對自己更有利。此刻她把動作做到就行。這個動作是讓段凱文看到兜老底的事梅曉鷗完全幹得出來，眼下沒幹是給雙方一次機會。

最後的機會。

男小秘的手機振動了，他輕微抽搐一下，從廉價西裝口袋掏出手機。看了一眼剛到的信息。段發指令了。男小秘錯愕三分之一秒鐘，目光照了一下對面這個三十六、七的女人：在此之前曉鷗長甚麼樣，穿着是否時尚對他都無所謂。然後他微笑了。

「不好意思，段總說他一直在等你喝下午茶呢！」

曉鷗頓時柔弱下來。段隔着槐木大門確實一字不漏地聽到了她和男小秘的對話，聽到她尖利的笑聲，略帶訛詐意味的語言，撒潑的聲調。槐木大門那一邊，段凱文連她潛藏在身體裏的大動作都看到了：她會振臂一呼，大家聽着，宏凱實業公司的董事長段凱文是個大賭徒，大輸家！他給男小秘發的信息肯定說：「三點左右，我跟一位姓梅的女士共飲下午茶。現在我在等梅女士。」

槐木大門打開了，段凱文手扶在門裏面的銅環上（銅環似乎也是正宗的老舊），滿臉誠懇的邀請。兩分鐘之前還死活要往裏衝鋒的梅曉鷗又一次被段凱文的宏大氣概壓迫得那麼小。小氣，小器，小人之心。

「請進。」

曉鷗聽話地向槐木大門裏邁步。辦公室佔據整個公司的一個角，佔據着最好朝向，但凡有一點陽光都會先盡着這半環形的落地窗採入。

「請坐。」

曉鷗聽話地坐在段總手指指點的那個沙發上。沙發面料看上去是粗糙的皮革，但觸上去異常柔軟，甚至不像皮子那樣冰涼光滑，它有種絨乎乎的質感。講究的東西現在越發低調，越發包藏着只有享用者才感覺到的奢華。

「今天給你匯了這個數。」段伸出三個手指，「剩下的明天、後天、大後天陸續匯出。銀行緊縮銀根，快到年底了嘛。」

曉鷗點着頭。她的聽覺吃進每一個字。每個被吃進的字迅速被大腦消化。消化得好，才能懂得詞下之意，是否有不老實、不誠懇的浮頭油膩。她的思維把段的每個字都消化得很好。但她既看不出段的老實誠懇，也看不出他的不老實不誠懇。在媽閣和在大陸是兩個段凱文，大陸這個段凱文是中國人中的中國人，內斂到完全沒有情緒信號。他翻牌時的撲克臉也比現在的臉通俗易懂。九億農民的智慧和堅忍凝練出一滴晶體，它叫段凱文。甚麼樣的貧瘠饑荒都應對得了，這區區三千多萬港幣的債務能壓碎這一滴結晶？中國的世代農民需要怎樣的智慧從幾千年的一無所有中活過來，這九億農民的一滴精華能從你梅曉鷗手裏活不過去？

段凱文現在在梅曉鷗面前的大，就大在這裏。她的小，就小在看不出這大，低估了這大。

「所以曉鷗，你大可不必擔心。」

他大到了為對方慷慨。她對這份慷慨領情地笑了。

「不是我擔心。是賭廳擔心。廳主派我來北京，把所有客戶欠廳裏的債務都稍微清一清，也是年底之前的例行工作。」曉鷗滴水不漏地回答，接過段總遞給她的一杯茶。袋泡茉莉花茶。這頓下午茶夠簡約的。

段總自己喝的是礦泉水。偉人的淡泊。他坐在自己的半圓形辦公桌後面，把皮轉椅轉到四分之三朝向曉鷗，四分之一朝向窗外塵霧中的北京。曉鷗只能左側肩頭抵在沙發靠背上，左邊屁股斜坐而讓右腿向左前方支出，擔負平衡身體重心的職責。她覺得自己是在某個舞蹈中擺造型，為歌星陪襯的那類拙劣舞蹈。歌星當然是段凱文，你都不配看他一個正面。

「可是我聽說的不是這樣哦。」段的口氣帶些揭秘性，「我聽說賭廳在十天內必須從你們手裏收回借給賭客的所有錢款。」

下面的招。

「我們？」她知道他指的「你們」是誰。是疊碼仔們。是梅曉鷗、老貓、阿樂們。但她裝不明白，因為她需要多兩個回合的問答給自己買下些時間，來拆他下面的招。

「你們就是幹你們這行的人，在賭廳和賭客之間當掮客的唄。」

「哦。那我們怎麼了？」她笑笑。她在準備被戳穿。段把賭廳、掮客、賭客的三方面關係早就摸得門兒清。賭廳怎麼會派你這個女疊碼仔來催債？賭客和賭廳結了局之後的十天之內，疊碼仔可以聲稱自己是為賭廳討債，但十天一到，賭客如果還不上賭廳的錢，疊碼仔必須把賭客的欠款還上。用佣金還，還是用積蓄還，或者砸鍋賣鐵去還，隨便。賭廳只認一條：十天大限之內，欠款歸賬，否則作為疊碼仔的掮客在賭廳面前便失去了信用。段要戳穿的就是這點。別拿賭廳壓人，現在的官司只在他段凱文和她梅曉鷗之間。人人都清楚這筆官司，但誰也不會像段這樣不留情地戳穿。拿賭廳擋在中間，官司就變得間接了，雙方都可以給自己和對方留點面子，也多一點回旋餘地。段凱文偏不給自己和梅曉鷗留面子，也不需要回旋餘地。這又是段的人格讓曉鷗意外的一點。

「我打聽的沒錯吧？現在我欠的款，就是你梅曉鷗的錢。欠賭廳的，你早就替我還清了。」

曉鷗承認不是，不承認也不是，笑不對，不笑也不對。好像一切都是她的一場大陰謀，現在段凱文把它識破了，該難堪的是她梅曉鷗。

「所以，我就請你梅曉鷗女士放心，下面幾天的還款都會按時到賬。」他把轉椅更朝窗子轉了一點，給她二分之一的側面。曉鷗看着這個驕傲的男人，董事長，某女人的丈夫，某女人的情夫。居然輸那麼慘還能羞辱她。她站起來。下午茶該結束了。從來沒人讓曉鷗感到這麼低賤，感到她那職業的低賤。他似乎已經把她忘了，回到他對於大事的思考中。那是甚麼樣的大事啊！因為這些大事一件接一件地發生，中國在飛速改變，世界也在飛速改變，哪裏起了高樓群，哪裏的海邊成了陸地，哪裏爆發了戰爭，哪裏緩解了經濟危機。這二十多年，段凱文使多少中國人改變了生存空間。

就在曉鷗道別的時候，段叫住她。

「怎麼走了？我馬上就下班了，請你吃大董烤鴨。」

「不用了，我晚上要回家看我母親。」

她和母親是在父親去世後徹底和解的，兒子的誕生進一步改善了她們的關係，改善到連見到中文系主任她都能在臉上堆出笑容了。

「把你母親叫來一塊吃。」

「真不用了。天一冷我母親就不願意出門。」

段凱文按了一下鈴，小男秘來了。

「讓司機去梅女士家，接一下她母親。」然後他轉向曉鷗，「把你家地址告訴他，他會告訴司機的。」

「那算了吧，我跟你去吃飯。」她拉出母親，用老太太礙事，或說用她給自己省事，卻不成。段凱文時刻都是大丈夫，欠你多少錢還是做你的大丈夫。

到達大董烤鴨店天已經黑了。車在三環上蹭地面蹭了一個小時。路上段總指點着這一群、那一片的高層住宅，他蓋的或者他參與蓋的。一座座插入初冬陰霾的高層住宅樓亮起密密麻麻的燈，窗口摞窗口，人摞人，假如說曾經以四合院為典型建築的北京是平面的，那麼現在是立體幾何的，多重立體，樓中樓，馬路上架馬路，幾何的北京把若干北京摞在一起，設想把這若干北京再拆成平面，攤開來……實際上每天早晨，每棟高樓裏釋放出密密麻麻的人的時候，便是多重疊摞的北京被拆成平面的時候。每天傍晚你又一次看見攤開來的北京，堵塞的人和車成了攤不開的疙瘩。天黑之時，就像此刻，若干北京又疊摞起來，被段總這樣的人疊摞成立體的北京。深夜後北京將成為一堆複雜的幾何，樓摞樓，人摞人地睡去，除了夾角裏的流浪漢們，對於他們，複雜的幾何般的北京是像十八層天堂一樣的謎。

跟段凱文共進晚餐的時間裏誰也沒再提欠債還款的事。債主遠比負債人更加小心地繞過正題，保護晚餐氣氛。債主拿自己的過去做話題，坦白了跟盧晉桐和姓尚的兩段情史。她不知道自己為甚麼坦白，也不知道坦白是愚蠢還是聰明。總得有個話題下飯。段聽得入神，現在他明白一個女人為何鋌而走險幹起疊碼仔了。

曉鷗在說話時接到阿專一系列短信息，她也回了一系列短信息。阿專找到了史奇瀾這個老爛仔。老史下榻在工匠街一個本地佬家裏。本地佬做古玩生意，其實就是收破爛的。本來阿專是不可能找到他的，假如不是他主動給阿專發短信的話。老史發短信是要借五千塊錢。曉鷗回信斥責阿專：「當然不能借！難道這還用請示？自己沒有大腦判斷嗎？」

「沒想到你這麼苦，這麼堅強。讓一個像你這樣的女孩吃這麼多苦，世上還要我們這些男人幹甚麼?!」段凱文感慨道，同時為曉鷗捲了一個精緻的鴨卷，親自放到曉鷗盤子裏。

曉鷗剛道了謝，一條短信着陸。是史奇瀾發的。

「五千塊錢你不能不借，是救命的錢呀！」在三千公里外的老史逼着她，「可憐可憐老史吧！」

曉鷗這麼個九十來斤的單薄女人，被多少男人欺負過和將要欺負，被老史這種老爛仔逼成這樣，三千公里的距離都擋不住。她瞟一眼正在為她做下一塊鴨子肉荷葉餅的段總，眼淚啪嗒、啪嗒地滴落在桌子上。她側過臉，在自己肩膀上蹭掉淚水。這種時候都沒有一副男人肩膀讓她蹭一把淚。段凱文看她一眼，沒說甚麼。她特別希望他別說甚麼，就當沒看見她。她大大小小的不同的麻煩和委屈像裝在抽屜繁多的中草藥櫃子裏，打開一個抽屜面對一份麻煩、忍受一份委屈，最好別把幾十個抽屜的麻煩弄混，混了她命都沒了。

「求求你親愛的曉鷗！」老爛仔又來了一條信息，還加了一個悲哀的表情符號。

啞劇大師們快死絕了，人們現在藏在這些表情符號的後面演出悲喜劇，正確地說，是喜悲劇。她還是不理睬史奇瀾。假如陳小小下回再讓她去拖傢具抵債，她肯定不客氣，頭一個衝進庫房，選最貴的拖。

她的眼淚一個勁地流。盧晉桐、姓尚的、史奇瀾、段凱文同時拉開中草藥櫃子上的無數抽屜，歷史和現實的麻煩與委屈混成一味毒藥，真的向她來索命了。

「怎麼了？」

她一驚，發現段凱文拉住她沾滿眼淚的手。然後他塞了一張餐巾紙在她手上。她哭得周圍的客人都安靜了。今晚他們花這麼多錢，卻不能專注於口腹之欲，讓這個女人哭走了神。哪裏不能哭非到昂貴的大董烤鴨店來哭？她擦了擦臉，站起身，頭幾乎垂到胸口地往衛生間跑。手機忘在了桌上，假如老史再發哀求信息，段凱文會意識到曉鷗哭的緣由。

她在衛生間洗了把臉，從手袋裏拿出粉盒和唇膏隨便抹了抹。女人哭一場老一場，這樣一想她眼淚又出來了。

回到餐桌邊時，段總不見了。再一看，他在通向單間的走道上接電話。人們的生活也跟大都市結構一樣，成了幾何生活。曾經每個人在一個時段只過一份生活，現在是若干份生活摞在一塊過。三維空間加上遠程的時空，曉鷗和段總各有各的多重遠程時空，他們於是像眼下和未來的北京一樣，擠在複雜的幾何生活中，像夜晚的流浪漢一樣感慨上十八層天堂下十八層地獄的日子。

手機上果然又落了好幾條短信。每一條都是更悲切的乞憐。從一條條信息着落的時間分秒計算，它們也許被段凱文「一不小心」窺見過。最後一條信息是阿專發的。阿專發信息之前還給她打過兩通電話。阿專的短信是給老史幫腔的，五千塊必須借給老史，讓他去付黑擺渡的偷渡費，不然那黑擺渡會幹掉他。

曉鷗馬上忘掉自己各個小抽屜裏的麻煩和委屈。一個按鍵就撥通史奇瀾手機。

「怎麼回事？」

「曉鷗姑奶奶，哈哈，你可來搭救你史大哥了！」老史仍然一副沒正經的腔調。

「你不是去香港辦展銷會，順便到媽閣來看我的嗎？」

「就五千塊，老妹子就別老提那不開的壺了！阿專可是看見那傢伙了，為了五千塊能要人一條命的傢伙！」

「……史奇瀾你記着，這五千塊是我梅曉鷗送你的；你就當喪葬費收了吧，以後別讓我再看見你！」

「那哪兒能不看見我呢？我還欠你一千三呢！」

「一千三我不要了！反正你是還不出來的！」

「真不要了？」停了一拍之後，老史問道。

她沒說話。她反正可以去拖他的貴重木料製品和雕刻。

「你不會不要的！你不要我也得讓你要！要不這樣好不好？老史死了以後所有遺產辦個基金會。叫甚麼名字你知道嗎？」

她還是不吱聲。

「你不想知道基金會的名稱？」

「想知道。」

「那我告訴你……」

「你甚麼時候死？」

老史又是一個停拍，然後大笑起來。她從來沒聽過比這更自暴自棄的笑。

「我死之後，我所有的遺產所有的錢，養老婆孩子的刨出去，其他全部捐給梅曉鷗『戒賭基金會』。」

曉鷗不等他說完，就把手機掛了。然後她馬上給阿專發了短信：「給他五千，回去我還你。」正在發信息的時候段凱文回到了座位上，一臉的未盡事宜，暫時顧不上注意曉鷗。

段凱文開始給自己和曉鷗盛湯。曉鷗輕柔奪過湯碗。她是賤貨是沒錯的，對老史的可憐段總有份兒了。老史可憐到差點為五千塊被人殺了的地步。那隻被無數隻手搶蛋的母雞漫畫在曉鷗腦子裏動漫起來。無論他史奇瀾創造多少利潤都沒用，利潤在產生之前已經歸屬一幫受益人了。他這隻產蛋量奇高的母雞下輩子的產蛋額都算上，也滿足不了那些搶蛋的手。老史的淪落讓她動柔情，而柔情總要有施於人。段凱文佔了便宜，接過那碗如奶汁般純白的湯。

「你沒事吧？」

曉鷗搖搖頭。湯很鮮美，潤物細無聲地浸人她的臟腑。跟段凱文她有甚麼苦可訴？一訴苦就把藥櫃上多個小抽屜都打開並弄翻了。

「對不起啊，剛才你的手機來了好幾個短信息，十萬火急的，是不是出甚麼大事了？」段看着她，微微埋下臉，想找她的眼睛，好比大人硬把自己的臉擠進孩子的視野。整天想大事做大事的男人突然意識到別人也會有大事發生。女人也會有大事。

曉鷗「從何說起」地笑笑。最戰無不勝的就是她梅曉鷗這時的可憐楚楚。

「告訴我啊！」段總又成了「總」，有點煩了。

她把史奇瀾的賭博史簡單講述給段。害己害人的一個大才子，欠了她一大筆債，連五千塊偷渡費都拿不出，差點被黑幫殺掉。段總面無表情，但曉鷗知道他字字都聽進去了。他是當自己的下場聽的。他是當一個借鑒或啟迪聽的。

「哦，你就是為這種垃圾哭。」聽完後段說。

阿專的短信回來，問曉鷗是直接把五千偷渡費付給黑擺渡，還是給史奇瀾，讓他自己去付。阿專多了個心眼。這心眼該多。跟下三濫打了小半輩子交道的阿專，可以在心裏穿下三濫的鞋去走下三濫的心路，完全知道怎麼拐彎抹角。五千塊給老史，夠老史到哪個下三濫賭檔裏玩小牌玩上半夜一夜的。

曉鷗回覆說：「直接給擺渡。想得周到，謝了。」

既然段凱文已了解史奇瀾的歷史，不如讓他跟進正發生的章節。她把阿專和她的溝通說了一遍，她正眼平視他。但願您的下場不同，段董事長。

「說不定他是裝死給你看的。」段推理道，「說不定他不覺得欠你債。他覺得你掙夠了，是用他掙的。」

梅曉鷗當了十年疊碼仔，頭一次聽到這樣的奇論。她瞪大眼睛，梅大榕好奇納悶的目光從裏面發射出來。假如當年梅大榕領教段凱文的奇論，說不定用不着跳海。

「怎麼是用他掙的？」

段凱文沒有直接回答。喝了幾口湯，他開始拿他一個賭鬼朋友的話支撐他的奇論。疊碼仔掙的最牢靠的收人是碼佣，走多少碼子，無論賭客和賭廳誰贏，他們的收人是走碼量的百分之一。一個賭客跟賭廳一夜輸贏的終局可能只有十萬，但十來個小時贏了的輸回去，輸了的贏回來，進進出出的走碼量幾百萬都常見，那麼這個巨大的走碼量（Rolling）產生的百分之一碼佣便是何等巨大！鷸和蚌搏殺，最後誰殺死誰，得利的都是漁翁。所以段那位賭鬼朋友便理直氣壯地賴賬：疊碼仔用他賺那麼多碼佣，他憑甚麼還錢？讓疊碼仔還賭廳錢去，史奇瀾的賴賬很可能同出一轍。評估完曉鷗的形勢，段往椅背上一靠。

「你啊，不容易啊，面對甚麼樣的頑敵啊這都是！」

曉鷗躺到酒店床上才突然想到，段凱文是不是也把她曉鷗當了女漁翁？也用這怪論支撐他的賴賬？

八

史奇瀾跟阿專一塊去的江邊。有那麼幾家專門供黑擺渡和偷渡客接洽的館子，隔三差五地夾在正常小舖小店之間。阿專被帶到一個二十多歲已經落齒的年輕男子跟前。阿專當着老史和男子數了錢，又看着男子同樣數了一遍，再把老史保駕到他的古玩商朋友家門口，這才鬆心離去。

這是阿專在曉鷗進出機場時告訴她的。曉鷗頭天晚上跟段總宴別，夜裏統共睡了三小時，被滿耳底的有關鷸蚌漁翁的話吵鬧得不斷醒來。曉鷗惦記史奇瀾，因此乘最早一班澳航的班機回來了。

下午五點，沒有錢莊任何消息。曉鷗昨夜懷疑段凱文是用漁翁和鷸蚌的寓言替他自己做賴賬的理論準備，現在她對此沒有任何懷疑了。段凱文有預謀，有準備，有理論依據地開始賴賬了。她不動聲色，讓賴賬的人吃不準她。以後說起來，面子和時間都給足你段總了。她連老劉都不驚動，安靜得像顆定時炸彈。段凱文知道她遲早會發作，但甚麼時候在哪裏炸，他心裏完全無數。這心裏無數會讓段步步驚心。

三天過去了。回到媽閣的當天晚上，她聽阿專說老史又失蹤了。但到了第三天她又得到通知，老史用五千塊贏了十萬。她趕到金沙，見老史抓着兩大把籌碼滿場子地轉，在找路子清楚的賭台坐下去。賭徒把「路子」當信仰，苦苦朝拜它，吃它不知多少虧也無怨無悔；雖然時不時也懷疑此信仰和世上一切其他信仰一樣，都不靠譜，都無法證實或證偽，但他們寧可信其有，信則靈，他們都虔誠地把賭台上電子顯示屏出現的或紅或藍（紅莊藍閒）的連接當作路子。老史從一個台晃到另一個台，兩隻手掌不斷把玩倒騰十來萬的塑料籌碼，它們正燒着他的手心。曉鷗跟在他後面一張張賭台轉悠，他看出了一張台的路數，緊挨着兩個陌生人坐下去。這是一萬的台。老史把五萬推出去，押在「閒」上。電子顯示屏上出現了兩個相連的藍色圈圈，老史的信條顯靈了，是「閒」的長路。荷倌是個三十多歲的男人，看老史時目光夾帶一股力。老史是老來河邊走、老是走濕鞋的傢伙，在金沙的荷倌中已混出半熟臉來。荷倌用手勢最後一遍確定各方賭客是否還有更改主意的、變動下注額度的。老史改主意了，又放了兩萬在「對子」裏。現在他手裏還剩四萬多一點的碼子。

一局結束老史押的「閒」跟莊家和局，但他押的對子卻贏了，那個不可一世的史奇瀾又附體在三天沒更衣、一週沒換鞋的潦倒老史身上。曉鷗一把抓住他正要押注的手，老史擰過臉，看見右肩上方出現的這個女人。是這個女人抓着他的手，正和他掰腕子。曉鷗敢肯定他那雙散了神的眼睛剎那間沒認出她來。桌上所有的人都看着這對掰腕子的男女。缺吃缺睡的老史玩似的擺脱開曉鷗的掌控。現在她變成一條牛也別想把他牽出賭場。他的眼睛還有那麼一種無辜的委屈：叫花子好不容易得到一碗飯，還沒接到手被人把碗給打了。蒼天也沒有餓死他的權力啊！

老史再次下注，曉鷗轉身就走，轉身動作之烈，在污濁空氣中飆起一個漩渦。這個動作是二十歲的她跟盧晉桐做的，一次又一次地做過。被人當心肝的小女人的殺手鐧動作。拉不動你？我走！這一走是去哪兒是很讓人怕的，可能一走不復返，可能走進電梯按下最高一層的按鍵，直達頂樓之後奔向樓頂餐廳的露台，從那裏飛出去。可能走向某個品牌購物中心，把信用卡挨個刷到極限，也可能走向另一個男人懷抱。總之只要是被人在乎的女人，都會這麼「走」，走得豔驚四座。盧晉桐在最開始的那一年是很吃曉鷗這一「走」的。漸漸地，她的一次次決絕轉身成了自己做給自己看的姿態，於是她明白，她漸漸不被在乎了。

曉鷗在賭場門口被叫住。對於史奇瀾會在乎她的「走」，在乎她這個人，她毫無思想準備。老史眉眼倒掛，嘴巴完全是表情符號中的悲怒交加。

「你幹甚麼呀姑奶奶！」

曉鷗欲哭無淚，欲說還休。這個五十歲的男人何止眉眼倒掛？他中式褂子上全是倒掛的褶皺，褲子的兩個膝頭鬆泡泡蕩下來，一身衣服比他整個人要疲憊得多，這身衣服何止三天沒換？簡直被他穿得累垮了，簡直穿得筋疲力盡。似乎你把他人從衣服裏剝出來，那身衣服還會筋疲力盡坐在賭台邊。

「你看看你這副德行！」曉鷗說。她曾經認識的史奇瀾是個當今唐伯虎。

「我贏了！」

「贏了好啊，把錢還給我。」曉鷗把巴掌伸到老史的鼻尖下。

老史看看自己兩手的籌碼，飛快地將它們放進中式褂子的兩隻口袋。擁有糖果的兒童們對待同伴的動作。

「你這個騙子。」

他坦然無辜地看着曉鷗：騙子就騙子吧。不行騙怎麼能從看家狗似的阿專手裏弄到五千塊。你們這些女人，真不識逗，動不動就叫人「騙子」。

「你給那個冒充黑擺渡的人幾成?」曉鷗問。

「他要百分之三十,我還價還成二十。給了他一千。」

「你到底到媽閣來幹甚麼?」

「看你啊。」他覥着臉。

「少不要臉。」

「順便再跟你商量個計劃,怎麼樣分期還款。」

曉鷗用兩個眼白!回答了他。

「真的,這是個特棒的計劃,要不咱叫它計謀?」

你看,好事來了吧?曉鷗再次轉身往外走。這次的「走」是衰老的,灰暗的。

「唉,你怎麼又走啊?我真是跟你商量計劃來的!你老不見咱們,才去推幾把的!沒承想,無心栽柳柳成蔭,贏了小二十萬!」他咧開嘴笑了。

老史的臉在曉鷗見過的男人中是破例的清瘦。不是那種多肉浮腫的中年面孔。曉鷗原以為只有那種附着一層厚肉的臉才會笑出這種無恥的笑來,現在她意識到自己多麼缺見識,老史此刻的笑臉上每條紋路都能用去書寫無恥。這才是她見到過的最無恥的笑。

「甚麼還款計劃還非得偷渡到媽閣來談？」

「哎，這計劃還真不敢在電話上談。」他低下嗓音，探頭縮腦。

「找人冒充黑擺渡，騙我的錢去賭，也是計劃裏的？」

「不就五千塊嘛！」

他知道癥結不在多少錢，在於手段。還在於邏輯的不符。他肯定是已經偷渡到媽閣並把身上所有錢玩光了才拉出個少年落齒的人渣，和他串通騙走阿專五千塊的。他肯定是在人渣聚集的小賭檔贏了幾把，又來到金沙的。曉鷗把一個個推斷排列在老史面前。

「我跟阿專借錢那天你就該露面的，誰讓你不露面？你不露面我不賭幹嗎？」他激昂地說。正義在胸。

聽上去他賭錢是為了懲罰曉鷗。但願他哪天作為獎賞她曉鷗把賭戒了，她在晚飯桌上表達了這個心願。晚餐開在她家廚房裏。平時兒子坐的小椅子上坐着老史，曉鷗天天面對兒子，今天面對的是這個準人渣。她從不把客戶帶到家裏。也從不讓兒子見到在客戶中八面玲瓏的疊碼仔母親。她帶老史回到家是一念之差。因為老史今晚的談話對安靜和私密有嚴格要求。兒子剛吃完麥當勞的外賣炸雞塊，十個油乎乎的手指花瓣似的張開在空中，瞪着侵略者老史。

老史不知從哪裏已經摸出一袋紙巾，抽出一張，打開來放到男孩面前。他已經邋遢成這樣，還做出這麼個舉動，令曉鷗動心。他的頹敗還不徹底，不時出現一個精細的小節，陳小小會不會注意到這些小節？會不會像她梅曉鷗一樣為這些小節心動？

兒子乖覺地擦了手。曉鷗指桑罵槐地警告兒子，不管吃甚麼東西，先把餐紙備好，這條家規怎麼就這麼難執行？她背對着灶台，灶台前站着正在為老史和她炒菜的保姆，估計保姆聽見她的訓誡了。聽到也會不以為然。

一盤白蘑炒荷蘭豆擺上了小餐桌。兒子拿出手機，在上面玩遊戲，順便監視侵略者。進門就用一張面巾紙討好他的這位侵略者，更使他警惕。

門鈴響了。阿專拎着兩盒燒臘進來。決定帶老史回家來吃晚飯，曉鷗就差派阿專去買四樣燒臘。阿專放了餐盒就告辭了。保姆把第二盤熱炒放在桌上，也怯怯地道了聲「慢用」，離開了廚房。

曉鷗從餐廳酒櫃裏拿出一瓶茅台。忘了是哪個賭客送的，一喝就是贗品。兒子看母親舉起酒杯，跟這個被她從路邊撿回來的老伯碰杯，眼中的神色不止是警覺和錯愕，還有一種探索，如同被某個童話吸引了，或許是《灰姑娘》的倒錯版本，女王看上了個「灰老頭」。

史奇瀾吃得很盡興，喝得更盡興。曉鷗讓他快講他的計謀，他看一眼男孩，肉眼都能看出那童稚的臉龐兩側一對耳朵像小動物一樣支棱起來。曉鷗看兒子死守陣地，微笑起來，對老史說，沒關係，說吧，趁舌頭還沒喝大。

「這麼着，我認識一個人，也是幹你這行的，他哥兒們跳槽到越南新開的賭場去了，那賭場還沒熱火起來……」

「你背着我認識不少幹我這行的呢，是吧？」曉鷗搶白他一句，同時把飯碗往桌上一蹾。

兒子看母親一眼。母親聲調這麼不饒人令他更加狐疑。一個女人對一個男人厲害，一個男人讓一個女人對他厲害，她就不是他的一般女人，他也就不是她的一般男人。孩子當然不會有如此明確的認識，但他直覺到母親和這「灰老頭」關係不一般。

老史不在意曉鷗的態度。贏了十來萬的老史連假茅台都不在意，他簡短地把自己的計謀講述出來：越南賭場的總領班邀他史奇瀾去越南玩幾天，最好多帶些如他老史這一流的「成功人士」。老史的父親是浙江人，有些靠做小商品發家的遠親，遠親們在北京、上海、廣州、深圳炒房，小發財成了大發財，從他們中隨便挑個油水足的揩一揩，就夠還曉鷗的一千三百萬了。怎麼揩油？這就是計謀的精妙所在：總領班答應借老史一千萬籌碼，老史再把一千萬轉借史家遠親開賭，一旦輸光，遠親必須把一千萬還給轉借給他籌碼的老史，因而老史便可以把那一千萬截獲下來，用來償還曉鷗。

曉鷗聽得頭暈目眩。這是多麼複雜的迷津，老史點撥她兩遍，她才稍微明白一點。

「你出面借人家賭場一千，你怎麼還人家？」

「慢慢還唄。找我要債的人比七十年代北京人買芝麻醬排的隊伍還長，讓他上後邊兒慢慢排着去。」

「那你不是坑了借你一千籌碼的總領班？」

「我沒說不還錢啊，可是得按秩序來吧？輸多少還多少，連本帶利，一個子兒不會差他的，就是別問哪年才輪上還他的錢。」

曉鷗慢慢喝了一口酒。老史真成了老爛仔，這麼下三濫的計謀都想得出來。

「我不參與你的勾當。」曉鷗說。

「不用你參與！」老史激情地瞪着眼。創作一件好木雕和創作一個勾當，他煥發出同樣高的激情。後者也許更讓他激情些。

「你肯定還不上越南那個人。」

「肯定能還上！」

「既然你這麼大的信心，那我就等着，排到買芝麻醬的大長隊裏等唄，甭繞那麼大個圈，繞到越南去坑人家一筆錢。」

「我不想讓你等！我要把錢馬上還給你！」

「我不要！我已經說了我不要了！」

沉默到現在的兒子突然開口：「媽媽你為甚麼不要？那是我們的錢啊！」

兩個成年人嚇一跳：原來十二歲的男孩把自己囊括在這個討論中，沉默地聽了半天其他與會者商議爭執，現在終於發言了。

「你小孩，不懂！」母親冷冰冰地說。

「上次我借給王斌五塊錢，你還讓我給你要回來呢！」王斌是兒子的同班同學。「一千是那麼多錢！」他不知道那不是一千，是一千萬。

「不是一回事兒，啊！」

「怎麼不一回事兒？你說媽媽掙錢多辛苦啊！養活你容易嗎？你在外面充大方！」

「哎，你今晚洗澡了嗎？」

曉鷗的意圖是用這句話把兒子重新放回他未成年的位置上。這個連澡都不能自覺去洗的人，充當母親和家庭財產的衛士顯然是好笑的。兒子看着母親。母親扭過臉去叫保姆的名字。那個專管男孩日常生活的保姆應聲跑來。母親讓保姆馬上帶兒子上樓洗澡去，換上應季睡衣，天這麼涼了，不說都想不到給孩子換睡衣，還要靠她通知才知冷知暖嗎？曉鷗慢條斯理的權威，把每個人都擱回位置，只用一條最基本的家規，重新強調了她在這個空間領域中不可挑戰的一言堂。又當爹又當媽的媽必須比爹還要嚴厲，比媽還要慈愛。大部份單身母親養不出出息兒子。假如她梅曉鷗生活在父母雙全的家境裏，不會在三十七歲上還跟老史這老爛仔面對面討論曲折黑暗的計謀。兒子在樓上開始洗澡，淋浴一開廚房的水管就會微微呻吟。早就需要找水管工來修了。兩個人聽着水管哼唧，一面喝悶酒。她不知道水管子有甚麼聽頭，讓兩人入神地聽了上十分鐘。

「你家小小知道你的計謀嗎？」

「不用她知道。她知道幹嗎呀，不更恨你了嗎？」

曉鷗哼哼一笑。女酒鬼那種醜陋的、下頦鬆懈的笑，笑這世上怎麼還有這麼多在乎着甚麼的人。

「那你跟她說我不要你還錢了嗎？說了她還會不會恨我呀？」曉鷗問。

「我甚麼也沒跟她說。第一，我不會不還你錢。不可能不還」

曉鷗吃了一塊鹵水墨魚，喝到這種程度，鹵水塑料吃起來也會差不多滋味。

「那第二呢？」

「……甚麼第二？」

「你剛才說了第一，我等着第二呢。」

「第二我在前面說過了。她已經恨上你了。」

「我一千三百萬血本無歸，換了她恨上我？真——公——平。」曉鷗身體從椅背上往下滑，腿往桌下溜，幾乎半躺着。腳尖碰到了老史的腳，她馬上意識到腳趾是那麼的赤條條。她趕緊把腳縮回一點。老史的腳也沒穿襪子。她突然想到他這雙帶着他跑了各個下九流小賭檔的腳可能好幾天沒洗。曉鷗醉一半醒一半，醉了的那半聯想豐富，想到陳小小和史奇瀾火熱的性活動，醒了的一半把自己的腳收回來。別去觸碰屬於陳小小的男人的腳。屬於別的女人的男人同時誘惑着她和噁心着她。原來她梅曉鷗能同時着迷和噁心一個人。原來人的生理極致享受都不那麼高貴和衛生。

「要是小小知道你免除了我的債務，肯定會說：她憑甚麼不要你還債呀？你史奇瀾是不是跟梅曉鷗有一腿呀？那我們倆就是一身是嘴也說不清。假如小小在外面得到鑽石翡翠，是從某某男人那兒得到的，那男人免收費，我會怎麼想？我馬上就明白這男人圖小小甚麼，已經圖到了她甚麼。為了小小，也為了你，我也得把錢還上。」

為了小小，也為了她。把這兩個女人對稱起來，表露一種願望。這是一種甚麼願望，醉了的那一半曉鷗笑瞇瞇地看着老史的脖子。他喝了大半瓶，哪兒都好端端的，就脖子醉了，紅得發紫。

「也為了我？別為我呀！」實在不行，我曉鷗還可以去你廠裏的庫房拖傢具呢不是？她心裏說。

「怎麼能不為你？你和小小，是我心裏最有愧的兩個人。我只對你們這兩個女人心裏有愧。別看我欠那麼多人的債。我經歷的女人也不少。」

曉鷗看着他。她知道這幢別墅各房間裏的六隻耳朵都豎着在聽老史說話，雖然聽不清。曉鷗幾乎不帶人回家來。保姆們對她那個空公寓很熟，常常去吸塵擦土，都明白她們的女主人真要發生甚麼也會在那裏背着兒子和她們發生。她們深信女主人一定在暗暗發生甚麼，從不間斷，也從不妨礙這幢別墅裏單身母親和兒子的正常生活。她們從不認為女主人不該發生甚麼：有錢有權的女人和男人一樣，錢和權為他們贏得了和生活隨便怎麼來的特權。今晚的關注熱點是女主人居然把男人帶到家裏來了，而這又是個甚麼男人？比她老出一個父親來，還在媽閣的電視新聞裏當過一夜一天的小丑，跳樑不成反落網。

老史拿酒盅的手抵在額頭上，臉藏在手下面。他的手是不上歲數的，除了手背上幾顆極淡的斑點。二十年後它們才會有資格被稱為老人斑。

「真的，是為了你，曉鷗。」臉在手的陰影掩護下，撒謊也不窘，「你，還有小小，我欠你們倆太多了。」

「那就別進賭場啦。我們倆對你就這點小小的要求了。你不進賭場，甚麼也不欠我和你老婆了。」

「早知道我就不跟你商量了。其實你入不入夥我都能辦得到。」

老史喝了最後一口酒，嘴咧得像刀拉出的口子，一點嘴唇都沒剩在外面。假酒把他辣出一個鬼臉，好大工夫才恢復成老史。一個黑心鐵腕的老史誕生了，從椅子上站起來。

曉鷗給阿專打電話，讓他開車送老史到他的古玩商朋友家去。走到門口的老史在身後擺動巴掌，無言地「拜拜」，一面把兩腳塞進鞋子。曉鷗來不及掛電話就奔到門廳裏，看着老史在她家前院拖着一條長長的影子走出大門。這夜大概是陰曆的十五，或者十六，滿月在十一點鐘升上中天。

九

曉鷗持續的沉默讓段凱文從心驚肉跳到逐漸平息。他想梅曉鷗大概在聽完他朋友合理化賴賬的故事之後，放棄了向他追討債務的初衷。段凱文一開始就直覺到她的識大體，這件事證明她果然如此。

曉鷗在幾個月之後的大年初五突然出現在他面前時，他的樣子就像剛想起世上還有梅曉鷗這個人。

刺探他春節假期的行蹤分成許多小截，一截一截地刺探。段總一家出去度假的消息，他的公司裏沒一個人知道，但曉鷗派阿專刺探到了。阿專是從段總女兒的大學裏刺探到的。段雯迪在倫敦大學當助教，去年畢業的。這信息是老劉曾經無意中說了那麼一句。阿專給段雯迪系裏打電話，冒充段雯迪的中國同學，到倫敦出差，急於知道段雯迪在倫敦的手機號碼，好約她晚餐。系裏的秘書把段雯迪的手機號碼告訴了阿專。阿專打通了段千金的手機，自稱是派到倫敦的廣東學者，系裏推薦雯迪作為他的學術交流對象。雯迪馬上抱歉，她正和父母、弟弟在中國的三亞度假。假如他需要學術上的商討，可以打電話到她的中國手機，這樣她可以少花費國際漫遊通話費。阿專順口說三亞的酒店他最喜歡麗絲卡爾頓，段雯迪也順口回一句，她家住的就是卡爾頓。阿專又順口來了句恭維，當然啦，段雯迪有那樣偉大的父親，一定是住三亞最好的酒店。段千金得意了，問阿專怎麼知道她父親是誰。阿專說誰不知道她段雯迪的父親呢？好多次上過報刊的！他在通話結束前祝段雯迪和她父母共度一個幸福春節。

八小時後，三亞的麗絲卡爾頓酒店大堂裏出現了一個着裝不合時宜的瘦弱白皙女子。絕大部份的酒店客人把海灘擴展延伸到酒店大堂以及馬路上和街邊商店裏，因而把海灘服飾穿到那裏。梅曉鷗穿着春秋西裝，顏色和膚色都反諷着熱帶風情和風俗。清算段凱文的心太切，她衣服都沒換就上了去香港的輪渡，又從香港搭乘去三亞的飛機。

前台把電話接通到段凱文先生家包的套房。無人接聽。前台服務員問曉鷗是否有段先生手機號，有急事何不打他手機。曉鷗說段總度假時間從不接手機。大堂裏又新到達一家子人，從北京來的，男人是美國人，孩子們是中國大嗓門加美國大嗓門，把幾個前台服務員都佔用了。曉鷗被冷落得相當徹底。所有不住這家酒店的人都不值當前台浪費時間和笑容。曉鷗看了一下房間價錢的當天牌價，用手機打了個電話到訂房部。回答是房間早就訂滿。連應急的也沒有？有，豪華套房，旺季市價，沒折扣。

曉鷗毫不猶豫地接受了那個天價。訂下房，她給阿專打電話，讓他馬上請保姆把兒子帶到三亞。安排佈置完畢，她囑咐阿專好好服侍她的客戶們。春節賭客讓曉鷗和阿專繁忙得能和媽閣海關相比，她把客戶交給阿專一個人其實是會得罪客戶的。但她太想看段凱文被她奇襲的好戲了，她更想看那個敬畏段總的梅曉鷗向段發起總攻的好戲。在沉默中埋伏了若干個月，突然橫空出世，襲擊段凱文的時候該說甚麼？第一句話一定要經典，讓段和她自己銘記到他們生命的最後一刻。「段總，真太巧了，您怎麼也在這兒啊？」不好，奇襲的猛勁不足。那麼，「段總沒想到我會在這裏吧？」也不好，比較陰險，不夠正面人物氣派。「段總你好，找到您真不容易。」假如語調處理得好一些，這句台詞還算中肯。難道找他容易嗎？他公司的一切有關人員都為了對付她被培訓了：不准把外線電話接到他辦公室，您有甚麼急事嗎？我會讓段總給您回電話。當曉鷗決定打破沉默，卻無數次被前台小姐和男小秘擋在電話這一頭。不對，不能暴露她如何找過他。她幾個月的沉默是讓他自省的。所以，「段總，好久不見了。」這一句就夠了。其他都不必說，他會明白這幾個月的沉默曉鷗沒有一天不想飛到北京，找到他家，當着他妻子和孩子的面清算他。她延遲行動的每一天，都是他該用來自省而被他活活浪費的一天。她沉默的幾個月，是她靜觀他的一百多天，靜觀他欠着一個女人三千多萬，錯了，加上利息該是近四千萬，怎樣以為僥幸、以為捏到了一個最軟的軟柿子因而可以心安理得把它捏個稀爛。低調處理的好戲，更有看頭。「段總，好久不見了。」這句簡單的招呼可以蘊藏萬般情緒，從無奈到悲涼再到憤怒再到無奈，收中藏放，弛中有張，被動含着主動，太極般的心理運動，就在這個平淡的句子中。段凱文走完一生之後，瞑目或不瞑目之前，一定會想到梅曉鷗清算他的大行動是如何由一句簡單招呼開始的。

不過到了好戲上演的一刻，她甚麼都沒說出來。她忘了一個女疊碼仔的台詞，而作為一個普通女人把自己乾晾在台上。戲劇衝突完全被毀了。段總是依然如故的主動和從容，說了聲：「曉鷗你太讓人驚喜了吧？」同時向她伸出他做大事的手。她還能怎樣，木偶一樣把手伸給他，讓他像久別老友一樣緊握了良久。

在找到他之前她可是夠忙的，一面安排兒子過來度海灘假期的所有細節，一面就在她的豪華套房裏給段家試打電話。一直等到傍晚，段家的套房裏才有人接聽電話。段總離開三亞了，段太太告訴曉鷗。曉鷗自稱是酒店客人，也是跟一家老小來度假的，偶然聽北京的朋友説段總也在此酒店下榻，想順便跟段總做個簡短採訪，因為她投資的成功企業家電視專題節目正在進行前期人物選定工作。段夫人倒毫不掩飾她的自豪，説曉鷗的專題節目把老段選進去絕對正確。段太太膠東口音濃重。膠東出美人，美人卻出不了膠東，把膠東放在自己口音裏帶向全國各地。膠東美人歡迎曉鷗和全家到她的套房去做客，同時還不忘把曉鷗已經知曉的套房房號告訴她。曉鷗突然覺得這房號聽着耳熟，「2818」，她意識到自己正在做段家的鄰居。段太太跟曉鷗保證，她一定盡最大力量支持曉鷗的專題節目，許多事可以採訪她，因為她比老段更了解老段。

曉鷗此刻站在自己套房門口，聽着段太太一門之隔地許諾。膠東口音的許諾比一切方言的許諾都爽直誠懇。這份純樸讓曉鷗消除了遲疑，把手指捺在「2818」的門鈴上。

一門之隔的對話頓住一下，被「雯雯去開一下門兒！」的膠東口音呼喊替代，緊接着段太太忘了剛才話停在哪裏，再次邀請曉鷗做客。

戴眼鏡微胖的雯雯站在打開的門裏。曉鷗無法打斷段太太的邀請，一手拿着手機，應答着坐在落地窗前的段太太。

「請問您找誰？」段千金在為父親守大門。曉鷗這歲數的女人該算熟女，對她父親這歲數的男人仍然是好陷阱。

「找段太太。」

不美貌的段雯迪還是不鬆動把守。

「誰呀，雯雯？」

段太太從落地窗前走到門廳。果然高大豐腴，只不過是美人遲暮。段太太看着門口衝她微笑的梅曉鷗，拿手機的手停在離面頰半尺的方位。

「你找我有事嗎？」段太太戒備地走到女兒身後。

「是您請我來的！」曉鷗把嗓音和姿態弄得很咋呼。她似乎感覺到段太太是把咋呼混同於豪爽的那種女人。

「我請你來的？」

「對呀！」

段太太稀裏糊塗地看看稀裏糊塗的女兒。

「您把手機擱到耳朵上呀！」曉鷗比畫着手勢。

段太太照辦了。曉鷗也把手機拿起。手機仍在通話狀態。曉鷗笑着朝手機上招呼：「段太太，您請我來做客，這不？我來啦！」

段太太一揚英眉，大笑起來，對着手機說：「快進來！哪兒想到您這麼快就到了！」

曉鷗一指身後：「我也沒想到這麼快！從『2817』到『2818』，總共三秒鐘就到達了！」

「你看巧不巧雯雯？這位是投資專題節目的莫女士，想做你爸的專題，沒想到跟咱住門對門！」

「梅」字在曉鷗給出自己姓氏時改成了「莫」，媽閣語中的「梅」聽上去更接近「莫」。

「真不巧，我爸昨天去海口了。他十幾年前在那兒買了塊地皮，現在在建樓。」段千金說。她眼睛可沒有放棄守門人的審視。她直覺到事情不會那麼簡單，只是個巧合讓這位剛進入徐娘年華的女子住到她父親訂下的套房對門。

「那段董事長甚麼時候回三亞？」曉鷗問。

「沒準明天，沒準後天。」段太太把曉鷗邀入房內，拿了果盤上的大火龍果放在曉鷗面前的茶几上，好像客人可以像啃大饅頭一樣啃火龍果。「他回來之前，你可以採訪我，咱倆從他上大學就好上了！那時候我在我姑家幫她帶孩子，常常把孩子抱到校園裏玩，老段一聽我説話就上來跟我搭腔。他家不是膠東，不過都是山東人。後來他跟我説，娶山東老婆，一輩子不想家。」

細看段太太還是漂亮人一個，丹鳳朝陽式的濃豔，十九歲二十歲一定讓得了思鄉病的窮小子段凱文不再想家。不僅不想家，連整個人類和世界都不想。可以想像摟着高大豐美的年輕版段太太是怎樣一種「給皇上都不做」的豐足感。曉鷗覺得自己對段太太印象很好，好得有點危險：兩人要成了朋友，她預謀的對段凱文的突襲就增加了難度。因此她找了個藉口很快告辭出來。反正她已經得到段在海口那片工地的地址。她回到自己套房裏就給帶兒子來的保姆發信息，讓她把兒子安置到套房的小臥室，點兩份餐到房間吃。天黑之後一定不准去海灘。她也給兒子的手機發了信息，保證第二天一定把事辦完回來陪他下海。

去海口的車十五分鐘後就等在酒店門口了。司機白制服污漬斑斑，胸口上滴着醬汁，但一雙白手套纖塵不染。他為曉鷗開了門，白手套擋在門框上端。飛速開發使三亞的民俗粗陋和過度講究兼容並列，讓曉鷗間或處於受寵若驚和極度不滿之間。

到海口天已經傍晚。段凱文購置的地皮離海口還有四十多公里，地皮在荒蕪的芭蕉林裏；它的左邊和右邊都是兩片建成的小區，似乎建成已久，樓體上一道道灰黑的水漬大概是下水管堵塞或破裂後，樓頂的雨水失去流通的渠道而氾濫的流域。

小區保安告訴曉鷗，沒人知道兩個小區之間的大荒地屬於誰。有時荒地上熱鬧一陣，一幫北方人在上面爭爭吵吵，推推搡搡，不久就鳥獸散，荒地還是荒地。

曉鷗聽見空氣中的嗡嗡聲響。荒地中的蚊群嗅到新鮮的血腥朝曉鷗潮湧而來。曉鷗在逃離之前瞥見一塊倒在荒草中的木牌：「買地請電 13XXXXXXXXX」。她一面讓司機關嚴所有車門車窗，一面用筆把手機號記在手心上。回過頭一看，她剛才站過的地方浮動着一團黑霧。這麼多蚊蚋要靠多少人的血來餵養？它們等着未來的業主們。

見到段太太的第一秒鐘，就是曉鷗改變決定的剎那。她決定和段凱文私下清算，不驚動段的家人。為夫為父的段凱文是他家的太陽和空氣，這點曉鷗馬上感覺到了。段家因為段凱文而享福，享的福就在段太太和段雯迪言談舉止中。她們都是有男人在前線為她們激戰而她們在大後方不知前方戰事的那種女人，盡享大後方無憂無慮的福，豐衣足食的福。梅曉鷗這種前線衝殺的女人不忍把戰火燒到她們的後方。反正她已摸清了段總的後方，總是能晚一點攻擊後方的。

荒地上倒塌的木牌給了曉鷗線索，在車上她就撥通了木牌上的手機號。對方一口普通話，字正腔圓。曉鷗接下去的重大發現是她正聆聽着一段錄音。錄音請有意買地的來電者留下電話號碼，以便盡快得到回電。

曉鷗難住了。段凱文早就熟記了她的手機號，萬一他正坐在那個售地錄音旁邊，曉鷗的突襲就敗露了。她跟司機做了個小買賣，給司機一百塊錢，借用他的手機打幾通電話。闖海南的各地人都多一點詭詐缺一點道德，對此司機早就習慣，只要付錢，他可以為任何人的詭詐缺德幫忙。曉鷗把司機的手機號留在錄音機上。兩分鐘後，司機的手機響起來。

「喂，你好！」曉鷗接起手機，「聽説你們公司在賣地皮？甚麼價？」她的廣東普通話很流利。

字正腔圓的普通話告訴她甚麼甚麼價。反正她對海南地價無知，反正她不打算買，她只是為了把一個廣州買家扮得更好而打聽此價錢有沒有商量，能否見面商量。普通話告訴她商量餘地不大，因為買主已經有七、八個了。至於見面商量，他請曉鷗等通知。

普通話一定跟段凱文商量去了。兩分鐘的商討結束，曉鷗獲准面洽。

「你有決策權嗎？」

「……嗯？」

「因為我自己是公司決策人，談判成功了，當場可以簽合同付定金的。我不想這麼遠跑來，跟沒有決策權的人談判。」

「哦，那請你再等一等。」

這回曉鷗只等了不到一分鐘，對方回答她，公司老總將親自跟她談判。請問老總貴姓？見面不能只稱「老總」吧？老總姓段。

這就回到戲劇高潮的爆發點，段凱文看見突然出場的梅曉鷗的剎那間。在此之前是那個司機鋪墊的。司機先步入談判現場，抱歉通告，他的女老總會稍晚五分鐘，他作為法務部員工可以代表她先把合同看一看。段凱文打量着這個黑瘦男人，怎麼看都像個年輕漁民。他抬起手腕，看一眼錶，年輕漁民的目光在合同上移都沒移過一毫米。他正要問要不要他手下來為漁民朗讀和解釋合同，曉鷗走進來。她走到離段三步之遙的地方停住。段所坐的沙發是三座的，前面一張長形玻璃茶几，右邊是捧着合同識字的司機。段凱文的臉和身體扭向右邊，活脫一個不耐煩的掃盲教師。曉鷗的亮相非常輕微，輕到段凱文頭一眼不去看她人，而看的是她的腳。她穿的是一雙臨時買的乳膠涼鞋，輕便廉價。暮色沉暗後過街天橋和馬路邊上都是這類貨品的市場。段凱文心目中，穿這種涼鞋比赤腳還貧賤。他想看看這雙腳的主人怎麼膽敢踏入這家四星級酒店，踏入他借用的小會議室。全過程大概只有一秒鐘，從段扭頭到由下而上的打量。

這一秒鐘曉鷗能來得及做的就是倉皇一笑。

「曉鷗你太讓人驚喜了吧？」段總從三座沙發上一躍而起。

要不是那個大眾化到極點的玻璃茶几擋路，曉鷗覺得段會躍上來擁抱她。他用的是擁抱的幅度和力量握住她的手，把她拽回自己左邊的沙發，拽倒在沙發上。

「你這丫頭，跟我淘氣是吧？」

曉鷗發現被突襲的恰恰是她自己。甚麼是變被動為主動？段凱文永遠讓你被動。他四下裏掃一眼，仍然是這裏的王者，那一眼他手下人看懂了，頓時溜出門。

只有扮演法務部員工的司機還迷戀角色，坐在那裏吱吱作響地喝茶，把茶葉咂進嘴裏，再吐回杯中。

曉鷗對司機「不好意思」了一聲，把他請到外面喝茶去了。「你不用開口。我知道。」段對曉鷗還那麼寬諒大度。他賴了她三千多萬的債，你把他想成甚麼騙子無賴流氓他都知道，他原諒和理解你在腦子裏糟踐他。

「段總……」曉鷗眼圈又紅了。

段看見她充血的眼圈和鼻頭，馬上伸出一隻「暫停」的手。「你別。我都知道。我來海南急着處理那塊地皮，不就是為了你嗎？」

曉鷗又讓他給主動下去了。她只好安於被動，聽段講述他這塊地皮的一連串增值價位，某年增長多少，某年是幾倍的增長。哪怕是一片金礦，也掘不出那麼大堆的金子來。爭購這塊地皮的人太多，因此他決定拍賣。欠她梅曉鷗才幾個錢，不相信他段某的話，段某可以把梅曉鷗算成他地產的擁有者之一，擁有這地皮六分之一或七分之一。六分之一或七分之一的數目是如何得出的。這還不簡單？現在這塊地皮的最保守評估價數目之六分之一或七分之一就等值他段凱文欠梅曉鷗的三千萬啊！

「段總，您忘了賭廳的規定了：十天內還款不收利息，超過十天，就要算利息囉。」曉鷗溫馨提示。

曉鷗把一道道算式寫在便簽上，一筆一畫，白紙黑字，不怕你拿到普天下對證去。抬起頭，她嚇一跳，段的目光從眼鏡後面穿透過來，穿透了她：你這個吃人不吐骨頭的娘們；你的錢就是靠這種不光彩的方式賺的；你吃了賭廳又吃賭客，貪得無厭……

「利息夠高的，啊？」他笑了個不開心的笑。

「這是在您跟賭廳借籌碼的時候就跟您明說了。您是同意的哦。」曉鷗的話有警告的意思，不過仍然溫馨。

「利息太高了！」段凱文從沙發上站起。他早想跟曉鷗生氣了，現在利息成了他生氣的由頭。

「不是我規定的……」

「我知道不是你規定的！也不是賭場規定的，對不對？」他是在吵架了。

「對。是行規。媽閣賭業經營幾百年，行規健全，不靠行規早垮了。」曉鷗溫馨不減，感到主動從自己二十多分鐘的被動中派生出來，一直的「弛」，終於開始「張」了。

「甚麼狗屁行規！這叫敲詐！」他的咄咄逼人就是他的被動。

「您在跟賭廳借籌碼的時候，就該這樣抗議，您當時可以不承認這條行規的。」

段凱文背朝着女疊碼仔。他那山東大漢的背仍然方方正正，贅肉不多。健身房和他的年齡、飲食在他身上多年較量，爭奪着他。怎麼說段凱文都是個優秀男人，假如世界上沒有一座叫媽閣的城市的話。

「難怪你這幾個月不找我呢！日子拖得越長，你得到利息越多。」他背對着她揭露。

「這您是知道的呀，段總。」

「知道甚麼？」

「日子拖得越長，利息越多啊。」

「我可以說我不知道。我可以說你從來沒跟我解釋清楚。」段說。有點流氓腔露出來。

「阿專聽見我跟您解釋了。」

「誰指望阿專向着我呢？當然向着你！狗還不咬餵它的手呢！」

曉鷗的手機上來了一條短信。來自史奇瀾。「已到越南，很快可以把你的債還上！」老史不聽勸告，還是帶着他史家表親到越南賭場去了。那個陰曆十五或十六的月圓之夜，她心裏還對老史暗自濫情了一番。

「難怪你幾個月不找我。」段轉過身，大徹大悟。

曉鷗從沙發上站起來。老史是個沒救的爛仔。她不該對他另眼看待。她活該……

「給了您幾個月的寬限，您把我一片好心當成甚麼了？」曉鷗知道自己的控訴不實，幾個月的沉默是在跟段凱文打一場心理戰爭，「我以為給您幾個月，您可以安安靜靜地反思一下，您對我梅曉鷗編的那一幕幕的戲，好像真在安排匯款，真的有錢匯似的，您對我一個孤身帶孩子的女人那麼幹不臊得慌嗎？我給您幾個月，就是臊您的，讓您在我一個女人的寬限下害臊。」

段的臉上確實有了薄薄的臊意。但馬上就煙消雲散。

「我可以不要利息。」曉鷗說。

「用不着！那點利息算甚麼？我段某又不是在跟你斤斤計較！」

曉鷗不推讓了。推讓會被當成小瞧他。那就連本帶利償還。曉鷗從手袋裏拿出預先準備好的紙，打開，放到段凱文面前。「請段總簽一下字。」

是一份簡單的契約，欠債方段凱文承認五天之內還上債權人梅曉鷗的全部欠款。段眼睛盯着曉鷗，兇巴巴地將契約嘩啦一聲抓過去。他腰帶上的手機響起來。他一看手機號，立刻按接聽鍵。那個緊繃繃幹架的姿勢頓時鬆弛，成了個慈愛得稍許被子女欺負的老爸。

「怎麼啦？」老爸笑着抗議，「明天回不去後天一定回，好不好？姐姐說我壞話呢？……誰？……採訪？……哪個電視台的專題節目？……甚麼樣的女的？」

段不知為甚麼看了曉鷗一眼。

曉鷗雙臂在胸前緊抱，抵禦四星級空調的冷氣。用人工冷暖來造自然氣候的反，就是星級酒店的闊綽奢華。

現在在跟段說話的一定是從倫敦大學回來的段雯迪，段凱文不時看看曉鷗。曉鷗此刻在給老史發信息：「莫、莫、莫。」繼父雖然讓她對中文倒了一生的胃口，但硬灌輸的詩詞由不得她地長在她心裏。

老史馬上回了信息：「遠房表弟手氣不錯，贏了一百二十萬！他贏我能分成！」

曉鷗又回覆一條短信：「錯、錯、錯。」

她看見段凱文從小會議室出去了。跟他女兒的對話當着她曉鷗不方便。她給阿專發了一條短信，問他賭客們玩得怎樣。有無可培養成長期客戶的人選。

段凱文在她跟阿專通短信時回來。她手指熟練地操作短信，臉卻在對付段。

「好你個梅曉鷗，太厲害了！」段沒等她寫完短信就恐懼地感嘆。

曉鷗在手機上捺了一下「發送」，然後向段抬起臉。她當然知道他的「厲害」指甚麼：她居然先潛入段家的敵後了。

「看不出來呀，動不動就淚汪汪的，好一個弱女子……」段不斷地深呼吸，驚愕和懼怕以及憤懣似乎非常消耗氧氣。「你打算跟家英説甚麼？啊?!」

曉鷗不知道家英為何人。但她很快跟高頭大馬的段太太對上號。

「我就那麼訂了房，不巧在你家對門。」曉鷗老實巴交地説。段凱文看着她，如同看着漸漸顯形的女鬼。女鬼已經在作祟了，用中國人曾經的政治俗語是：要「整」他了。她整他的手段、步驟是怎樣的，他無法預知，不過從她剛使的幾招看，手段不會差。他建設起一個幸福家庭用了二十多年，比建立一個品牌實業公司還難，因為用不得一分假情假意，多少個小三兒被成功擺脱掉，被擊潰在他的幸福城堡之外。太不容易了。而這個女疊碼仔不知怎麼就打通了暗道，等你發現，她已在城堡中心了。

「你到底想幹甚麼？」段凱文用電視劇中的人物腔調問道。那種發現自己上了大當，已被挾持走上死路的人物。

「我沒告訴你太太任何話，也不會告訴她。」

「你扮演專題節目製作人圖甚麼？就圖跟余家英交個朋友？」

「不行嗎？」曉鷗聳聳肩。

「她把我的行蹤告訴了你，你就追到海口來了。」

「我可以不追到海口來，因為你兩三天之後肯定會回三亞。我完全可以在麗絲卡爾頓等你。那對我省事又省錢。你設想一下我在你家套房和我家套房門口碰上你會説甚麼？我完全可以把事做絕的。」

段的眼神在鏡片後面凝固。他在想像中能看見那個場面：女疊碼仔在他和全家開心到不需要這個世界添一份關愛和麻煩的時候出現了，並當着他的家英和千金、公子闡明出現的緣由。他看見遐想中的這個畫面，眨眨眼，把畫面關閉，然後換了種眼神來看女疊碼仔。

曉鷗的微笑似乎在說：我的確不是好東西，確實不好惹，惹急了不好對付。

然後，段凱文低下頭，悲憤屈辱地閱讀那份契約。老史的短信說：「遠房表弟又贏了一百萬！我開始加磅！」

曉鷗咬緊牙關，咬得眼珠都隱隱作痛。爛仔，人渣，不可救藥的史奇瀾。天生我才不中用……她心裏惡毒咒罵連成串，回覆已經打出來：「你用甚麼加磅，用陳小小和你兒子的買糧錢嗎？」

「用我表弟給我的抽水啊！忘了？他贏了我能抽水一成！」老史回覆道。

曉鷗抓緊時間回覆：「要不要我通知陳小小和你兒子趕過去陪你玩？」

老史不回覆了。大概賭台上吃緊，他顧不上理會曉鷗的尖酸。段凱文把契約往玻璃茶几上一拍。

「好吧，我簽。」他從西裝口袋拿出筆。

曉鷗看見他用的是普通簽字筆。段從來不用奢侈品或過大的品牌。他的優秀之處不少，不是個俗物濁物。他的心情像是在簽南京條約或天津或馬關條約。同一個簽名該到宏大浩遠的項目合約上去着落。同樣的簽名一旦着落該啟動多少入雲的吊車，如海的混凝漿，如潮的農民工……是的，這個簽名着落到紙上，多少年輕農夫們從苞谷地、從麥田稻田裏走出來，爬上進城的火車。這個簽名和其他同類簽名一樣，要對中國農村每天消失的村莊負責。

簽了名的段總是戰敗國，話也不說就低着頭急促地向門口走去。太屈辱了，沒給他剩一點尊嚴。沒尊嚴的人是沒有禮節、沒有風度可談的，因此他不必告辭。曉鷗聽見小會議室外段的某個隨從叫喊：「段總！段總您去哪兒啊？」

段總急急如風地從會議室出去，誰都不認識似的。曉鷗拿起那張着落了兩個人簽名的契約。契約上説，如果欠款方在五個工作日之內不還清欠款，債權人可向當地法院起訴。這次的當地，是北京朝陽區，宏凱實業公司所在地。起訴將引起首都大大小小的媒體熱議，四通八達天網恢恢的信息網絡可以讓段董事長一夜間降低多少誠信度？人格會打幾折？為他開發項目貸款的銀行會重新評估他，即將和正在僱傭他公司的大項目客戶會重新審視他。不是沒人對他好言相勸，勸他別玩「拖」，有的呀，比如她梅曉鷗。

曉鷗坐在回三亞的車上給史奇瀾寫短信。連夜回三亞的決定是談判結束後做的。她請司機喝了兩杯咖啡，晚上八點鐘啟程，直趨三亞。寫給老史的短信大致是強調她的提議，老史徹底戒賭，她梅曉鷗完全銷債。假如老史和小小於心不忍，硬要抵償幾件紫檀或者黃花梨物事，她曉鷗會留做永遠珍藏。

老史在越南玩興正酣，半小時之後才回覆她。他跟隨表弟的加磅贏了，他手裏現在有三十萬了。曉鷗馬上回覆他，這都是新賭場的伎倆，以贏錢誘惑遠房表弟這樣的新客上鈎，但離慘輸已距離不遠。老史在接下去的短信裏告訴曉鷗，借她小姐的吉言，表弟又贏了，贏數已經高達三百四十萬。

贏了錢的遠房表弟就不「遠房」了，老史親熱得一口一個「表弟」。老史是徹底廢了。曉鷗的頭靠在車座靠背上，看着高速路外浮動的海面。月光忽明忽暗時的海便是一片不安起伏的黑色。夜裏的大自然有些可怖，讓人突然想到人跟它作對太久可不是甚麼好事。征服、利用、奴化的自然鋪天蓋地，就在他們小小的車外。她的懼怕類似種族間的：一個自認為強勢的、更具攻擊力的種族對一個原始而逆來順受的種族幹了太多壞事，而此刻曉鷗作為強勢種族的個體被放在無垠無限的弱勢種族中，她有太多理由懼怕……儘管高速路上走着不少車，曉鷗還是莫名地怕。大海在醞釀海嘯時，也是這樣不動聲色？

她把臉轉向車內的黑暗。這略帶司機頭油味和汗酸味的黑暗人性多了，人情味十足，安撫着受了驚嚇的她。

回到麗絲卡爾頓的套房，頭一眼看見的是兒子的鞋，一隻側着身一隻底朝天。不知母親底細的兒子一進入這樣豪華的套房就被震懾了，然後是爆發的狂喜。這是兩隻狂喜欲癲的鞋。她站在不開燈的門廳，房裏很冷也很靜。麗絲卡爾頓級別的靜和冷。靜得能聽見保姆和兒子的熟睡。處身安全時人聽海，海是友善的，親柔的，催眠的。

在早餐廳碰見段家一家人時，叫余家英的段夫人老遠就大着嗓門招呼。曉鷗和兒子以及保姆在餐廳門口等着領位員分派餐桌，她笑着揮了揮手。段凱文也是連夜趕回三亞的，簽完契約後直接趕回的。必須趕在她梅曉鷗前面。她梅曉鷗的口頭保密協議能信賴嗎？當然不能。段凱文要親自保衛他的幸福家庭城堡。段太太招呼了曉鷗之後，又跟丈夫解說甚麼，目光不斷指向曉鷗，喏，她就是專題製作人。

段家旁邊一桌客人吃完了，三三兩兩離桌。段太太又開始向曉鷗一家呼喊，讓他們坐過去。她的兩隻粗膀子上的脂肪老厚老厚，在T恤袖筒裏晃盪抖動。曉鷗指指兒子，又指指靠海的門口，表示她只能遵照兒子的意願坐到那裏去。兒子是她多好的掩體和假託。她不坐到段家鄰桌去也是為段凱文好，為了他不緊張以致胃口收縮。坐下之後，她扭頭看了一眼段家那一桌。段凱文也正向她看來。他和她成了兩個敵對的狙擊手，一個露頭就有被另一個擊中的危險。她那一眼雖然短促，還是看見了段家的幸福：段雯迪在跟十五、六歲的弟弟玩笑，妻子正將剝了殼的大蝦放到丈夫小盤裏。段家的兒子長得酷似母親，一副撒歡的眉眼，一張自然紅潤的臉蛋。把他父親嗜賭如癖、慘輸賴賬的劣跡告訴他，曉鷗也感到天理不容。不過去打招呼說不過去，反而容易穿幫。而過去打招呼戲又太難演。

「段太太您好！」曉鷗理着剛做過的長髮鬈，歡聲問候並穿梭過一個個餐桌。

「好好好！老段，這就是莫女士，我剛才跟你說的！」

段凱文臉色發暗，為眼下這一瞬間焦慮了一夜。手掌握在曉鷗的手上，一股冷濕沁透她。曉鷗隨口胡謅追星的語言，但一句都進不到段的知覺中。他的笑容像個頭次坐在相館的照相機前面的鄉巴佬，被攝影師吼出來的傻笑。他迷蒙的眼睛中只看着一個長袖善舞的女子，女子可是為了他把最難演的一場戲演下來的。

段雯迪目光在父親臉上一閃，又在曉鷗臉上一閃，然後再回到父親臉上。女兒是父親所有情人的情敵。來到父親身邊的任何女人（不管甚麼身份）都可能藏着一個情人或未來情人。成功和財富像不好的氣味一樣，招來蒼蠅般的年輕女子。這個藏在製片人身份裏的女子在父親眼裏還算年輕貌美，作為父親所有情人的情敵，段雯迪覺出這「初次見面」當中多出點甚麼。曉鷗從段家那桌往兒子身邊走去，深感自己在段千金眼中缺乏說服力。她剛才當着段家所有成員跟段約採訪，同時邀請段太太做嘉賓，補充細節，增加女人的感性敘事。段凱文泛泛地答應下來，說下面幾天抽空吧。

段的手機短信在曉鷗吃下第一口燕麥粥時到達。

「請你自愛，不要再出現在我家人面前。」

剛吃下去的燕麥粥突然不順着正常管道下行了，結成坨停在食道底端。這絕對是個傲慢之極的輸家。兒子提醒曉鷗，母親瞪了他半天了，他做錯了甚麼嗎？曉鷗是在等那一坨燕麥粥化解，別像一團垃圾一樣堵在下水道口。

「段總，請你明白，給我發這種信息本身就欠缺自愛。」

「不管怎樣，你不許再出現在我家人面前。」

「別操心我，操心匯款的事吧。中國銀行已經開門辦業務了。五天限期並不長，別忘了契約的限定。」

春節長假臨近結尾。不少銀行的營業部開門了。曉鷗專門把這些銀行的地址搜尋到，一一發送到段凱文手機上。在她寫短信的同時，幾條短信又發至她的手機。其中兩條是史奇瀾發的。一條來自段凱文。

「你在恫嚇威脅我。」段的短信說。

「我認為我在溫馨提示。」曉鷗回覆。

她撇下段凱文，打開老史的信息。第一條告訴她太好了，他一夜睡醒，表弟把贏來的錢全輸回去了。第二條要她立刻去越南。表弟輸的錢，就是他史奇瀾償還曉鷗的錢。表弟輸一千萬才好，他老史就得逞了，把他欠曉鷗的債務轉嫁給越南賭場的老闆了。

曉鷗一身無力。老史是拉不動的。不如就順着他，讓他把她曉鷗當西牆來補，拆越南賭場那堵東牆的磚石。她梅曉鷗對他仁義、慈悲，婉謝他來補她這堵牆，說不定他拿拆下的磚石到別處補去。老史欠補的牆太多。說不定拆了越南賭場的牆補他自己呢！怎麼不可能？當總領班的中國人不是答應借老史一千萬籌碼嗎？老史轉借給表弟的這一千萬一旦輸光，表弟會償還老史一千萬，而老史難道不會用這一千萬重回媽閣豪賭嗎？太可能了！……段凱文的一條新短信來到。

「能不能請你單獨談話？」段的短信說。

「我要陪兒子到海灘上玩。」

「那好，半小時後海灘上見。」

「你們家的人不去海灘嗎？」

「他們上午約了朋友打麻將。」

原來段太太也是有賭興的。

半小時後，曉鷗和兒子都換上了泳裝，保姆換了背心短褲，一塊向海灘走去。曉鷗沒想到兒子會這麼熱情地來度這個假期。假期一共兩天，兒子在享受它的每一秒鐘，把這短短的海灘假期變成一塊美味糖果，吮吸它的甜美又擔心它融化得太快；他的每個表情都是滿足和不捨，每過的一秒一分，他已經開始不捨，那必將來臨的終結，他已經在提前緬懷。曉鷗心裏酸酸的。她沒有很好地愛過兒子，至少沒有把愛放在行動和形式中。沒有形式和行動的愛，就是沒有容器盛裝的水，哪怕它是甘霖瓊漿，也涓涓流散，兒子對這甘霖的乾渴，永遠不得緩解。

之所以把全家帶到此地，大概段凱文出於類似的歉疚的愛。他如此憎恨曉鷗，她深深理解。

段凱文已經等在陽光超飽和的海灘上。他沒穿海灘的時尚服飾，只是戴一副墨鏡一頂草帽，意思一下海灘風尚。他比這些度假客少見陽光，膚色發陰，是一種陰黑；她呢，是一種陰白，如同不見天日的所在培植出的白蘆韮黃筍或者金針菇之類。在這個陽光人群中，他和曉鷗是兩小塊陰天。保姆帶着兒子撲進海水，海面紅紅綠綠的浮游玩具中又添了兩塊鮮豔色彩。

段凱文點着一根煙，眼睛看向海，海裏熱火朝天地翻騰着他的心事。

「對不起，我知道我不該在這個時候來打攪你。不過……」

段的手猛一抬，在曉鷗的「不過」上打了個頓號。動作很小，但氣勢足以靜止一個交響樂團。他不用她「不過」；他完全知道她的「不過」後面的句子。

「我確實在資金上有困難。」他說。

曉鷗聽出這句話百分之百的誠懇。她也誠懇地點點頭。

「同時做那麼多大項目，在全國各地鋪開做，資金鏈難免給繃得很緊。」他把抽了兩三口的煙扔在沙子上，用腳仔細埋葬了煙蒂。

曉鷗發覺自己給他拖進了說情交談。他為自己在說情。中國做事，許多情形下理管不住，要靠情。理是死的，情是活的，理把事辦死了，情往往可以把事救活。段凱文在欠債的事上已經被理打死，他現在要靠激發曉鷗的情來救活自己。

「我可以再寬限一點。」曉鷗說。

「多少天？」

「合同上規定五天。我再給您五天。」

「五天不行。」

「那您需要幾天？」

「幾天夠幹嗎的？無濟於事。」

曉鷗蒙了。這個人還不懂得他現在的位置嗎？昨晚的簽約不是已經把他放到他該待的位置上了嗎？五天內還清債務，否則法庭上見。很可能跟媒體一塊見。這可是個不容置疑的位置，他得穩穩當當待在那裏。他看出曉鷗的懵懂，又開口了。

「現在我在預售樓盤，估計三、四個月之後資金能回籠一部份。那時候我肯定有足夠的現金還給你。」

「段總，您可是有好幾個『三、四個月』了呀。」

「我知道。可我不是跟你說了嗎？我的現金流出了點問題。」

曉鷗接下去是冷冰冰的一大段沉默。她的沉默他也是懂的：你來賭廳借籌碼玩「拖三拖四」的時候，沒想到現金流會出問題嗎？現金流問題不就像所有開發商的傷風感冒一樣時不時發生嗎？那時怎麼都勸不住攔不住，非要玩大，非要「拖四」，（要不硬攔着就玩上「拖五」了！）現在把你一家子都快拖進去了吧？

「段總，合同都簽了。我在外面工作了十多年，合同對於我是神聖的。」曉鷗平心靜氣地說。

「就算你曉鷗幫我一個忙！」

這是段凱文能說出的最軟的一句話了。

「我是幫你了啊！段總，」曉鷗苦苦地說道，「我勸你不要玩拖三拖四，本來你還要拖五呢！我不幫你你現在欠的債更了不得了。」

段不言語了。光天化日之下，他不敢連這個事實都賴掉。昨天晚上他在四星級酒店小會議室有過流氓一閃念，並把一閃念說出來了：他可以誣賴曉鷗沒有告誡他到期不還款的利息。曉鷗知道賭徒們很可能把流氓一閃念變成流氓作為，達到流氓目的。

「那你說吧，你幫我這個忙到底能幫多大？」

「我只能再寬限五天。不然我們昨晚費那麼大勁兒簽的契約有甚麼意思？」

「好吧。」

他的「動之以情」的打法顯然在曉鷗這個鐵血疊碼囡面前不奏效。他都那麼沒出息地求她幫忙了，她還不動情。曉鷗不多說甚麼了。不跟他說：「我碰到段總您這樣賴賬的太多了。我個個忙都幫，最後餓死的就是我梅曉鷗和兒子。我堅信那時不會有任何人幫我的忙。」也不跟他說：「你一個大男人，擁有那麼大的公司和實業，開發着那麼多大項目，倒要我這個小女人幫忙，也沒看你讓你的家人受半點委屈，擔半點驚嚇；你的資金鏈出問題，沒見你勒索他們啊！照樣住大套房，該怎麼豪華就怎麼豪華，倒要非親非故的我來幫你鬆活資金鏈？」

曉鷗感覺到他掉頭走了。又是個連「拜拜」也沒有的離別。人的風度各異，成了賭徒就只是統一的賭徒風度。

晚上和兒子、保姆吃了晚飯之後，曉鷗囑咐保姆回房裏點兩個少年兒童的電影看。她自己拿着手機看史奇瀾那邊的戰報。老史的表弟在輸和贏之間拉鋸，贏得越來越吃力，輸得越來越爽快。現在輸到五百五十萬了。老史跟着表弟，勢如破竹地輸，傷筋動骨地贏，把之前加磅贏的幾十萬又都輸光了。表弟想休戰一夜，好好修訂一下戰略戰術，檢討一下急於求贏的心態，爭取再上台時更智慧更冷靜。曉鷗冷笑，上了賭台的人難道還有智慧？

她猶豫着要不要去一趟越南。越南賭場的中國總領班承諾借給老史的一千萬籌碼，老史說不定自己會用去賭，這對老史和曉鷗都是最糟的前景。總領班是被老史的個人魅力征服了，才用一千萬的籌碼拉老史去他的賭廳。他不知道老史的公司已經是個空殼子，空殼子的價值是一億幾千萬的赤字。沒人能像老史那樣漫不經意地魅惑一個人，那種自我貶低、愛信不信的態度能征服女人的心，同樣能征服男人的心。曉鷗曾經親眼看見他把商店門口等候主人的狗都魅惑得醉了一樣，跟他跑了好幾條馬路。但越南賭場的總領班只會被老史魅惑一次，因為他很快就會知道，他借給老史的一千萬籌碼不過在老史公司的赤字上增添了個小零頭。假如史奇瀾這老爛仔再把那一千萬魅惑到手的籌碼玩光，何不讓他把一千萬歸還她曉鷗？在她家廚房便飯時他被假茅台醉出了真心話：他此生痛感虧欠的就是陳小小和梅曉鷗，曉鷗何不給他一次機會，讓他稱心一下，把他對曉鷗的虧欠感緩釋一點，做點補償？

好吧，讓她來成全他史奇瀾的厚愛吧。可以讓保姆繼續帶兒子在這裏度假，她隻身出發去越南。她知道兒子愛的不是三亞；兒子是愛有母親同在的三亞。他會愛任何一個母親和他同在的地方，遠也好，近也好。曉鷗想到即將要被母親辜負的十二歲兒子，眼睛一熱。

有一條手臂從她身後伸過來，狠狠拉了她一把。這樣粗魯的一拉是為了把她身體調轉過去，使曉鷗面對她：面對被甜美地稱為家英的段太太。余家英的寬眉大眼此刻被擠窄了。

「你想怎麼着?!」段太太說，「我家老段都跟我說了，不就貪玩輸了幾個錢嗎？多大個事兒?!好嘛，還化裝成甚麼節目製作人盯梢咱家了！我可以馬上報警，讓警察把你抓起來！就憑你隱姓埋名，在我家套房對面開房間搞特務監視，憑你跟蹤老段，敲詐勒索他，就能把你關起來！你以為我們這兒跟你們那種烏七八糟的地方一樣？……」

曉鷗從來不是口訥之人，但段太太的驚人語速讓她一個字也插不進。余家英的臉湊近看是微微生了一圈鬍鬚的，紅潤的嘴唇被淡黑的唇鬚襯得越發紅潤。她的相貌和生命都那麼濃墨重彩，跟她相比小了十多歲的曉鷗無論形象還是健康，都比段夫人顯得久經風雨褪色顯舊了。

「你以為共產黨的天下容許你這種賭場來的女人搞恐怖？」余家英說話時把自己豐厚的胸都甩動起來。膠東口音並不妨礙她表達都市人的政治自覺性。「你以為我們的地盤上讓你搞媽閣黑社會？」

段凱文之類到媽閣就是專門幹他們地盤上不讓幹的事。曉鷗從受驚失語到存心失語，看余家英還怎麼往下罵。

「告訴你，老段別說才玩掉那點兒錢，就是玩掉一個樓盤，兩個樓盤，咱都玩得起！你至於嗎？背着老段到我這兒來打聽他，打算跟我告他刁狀，順帶挑撥我們夫妻關係是不是？卑鄙玩意兒！」

曉鷗明白自己對付段凱文的手段沒甚麼檔次。她對此坦蕩得很。賭場不是個培養高貴品質的地方。等余家英紅潤的嘴角漸漸漕出白沫，白沫漸漸濃釅好比牛奶發酵成奶酪，她冷靜地承認賭場確無好人，只有稍好的人，賭徒和賭場老闆都包括在內。等余家英的第一輪膠東腔指控掃射過去，曉鷗向她解釋了賭場的法規和行規。

「我家老段到底欠賭場多少錢？」余家英似乎要打開錢包，拿出錢拍到曉鷗臉上。

曉鷗幾乎脫口說出數目，但忍了回去。她還想做人做得稍微漂亮點，讓段凱文更無地自容。段總欠的不是賭場的錢，是私人的錢，曉鷗這樣不着痕跡地把段太太的提問轉移了方向。段凱文除了錢數，其他都向老婆主動交代了。段本來就幾倍地強勢於余家英，這點誰都看得出來，因此強勢者主動向弱勢者袒露一次劣跡，給弱勢者一次仲裁自己的權力，弱勢者只有感動得心碎。段凱文明白他所有弱點都能得到妻子的原諒（幾乎所有弱點），因為妻子一直自知不太夠格做段太太，因為她一直在隱隱心虛地做着段太太，她不可能改變自己過低的起點，不可能吃學文化的苦頭——這種苦頭比老家扛重活的粗重苦頭難吃多了。所以段凱文每暴露一項弱點就使她感到做段太太更夠格一點，他們在婚姻裏的地位也更平等一點。這兩年，段凱文被網絡、報紙、電視變得越來越公眾化，在余家英這樣實誠的女人眼裏越來越虛幻；因此他每犯一次錯誤，每重複一次舊弱點或生發一個新弱點，余家英感到的卻是他人性回歸，感到他終歸跳不出血肉之軀的局限，是有懈可擊的。段凱文似乎也懂得自己的弱點在妻子眼裏是弱，這弱刺激了她的強，她強悍地對丈夫護短，就是她在對丈夫示愛。段凱文在她梅曉鷗把余家英拉入她的戰壕之前，就把妻子拉成自己的壯丁，替他擋子彈，替他衝鋒。何況她梅曉鷗根本拉不動余家英。何況她梅曉鷗連拉的妄想都沒有。

「告訴你，你再糾纏我家老段，我饒不了你！」

余家英在酒店大堂裏拉出個場子來。本來是私下的對質和洩憤漸漸往公眾批鬥轉化。

「跟我說行規！甚麼行當啊我問你？背着人家老婆勾引人家男人去賭博，你是幹這行的吧？騙了多少人到那個叫甚麼媽閣的鬼地方，教他們賭，讓他們輸錢，他們不輸錢你掙甚麼錢啊?!是不是?!」余家英此刻很少面對曉鷗，大部份時間是面對四周看客，因此她在人群中的空地上遊走。演街頭活報劇的演員一般也很少面對跟她演對手戲的角色，而是像余家英這樣打轉，確保自己的演出能送達每個觀眾。

「你還來跟我們要債？我們沒跟你算賬就是我們仁義！你教壞了多少男人?!我孩子爹苦出身吶，哪兒知這世上有個叫甚麼媽閣的地方？哪兒知道有你們這種行當的女人專教人不學好，學賭，學瞞着老婆孩子扔錢！要不是我男人自己跟我坦白，你還不定怎麼坑他呢！說不定你蒙得他傾家盪產！」

在三、四十個人的活報劇場子裏，人們看着這個公敵。誘發人劣根性的人就是所有人的公敵。曉鷗不記得在哪本外國小說裏讀到個情節：一個男人去買巧克力，在路上碰見個妓女，從這妓女身上染了梅毒，他恨的不是妓女和自己；他恨巧克力。

不知從誰的口中飛出一口唾沫，吐在曉鷗赤裸的背上，溫乎乎的一團，定在她兩個肩胛骨之間。大堂的空調足夠讓候鳥南飛，假如此地有候鳥的話。冰冷的空氣使唾沫尤其熱乎，並且濃厚，因為它定了好大一會才開始慢慢往下流，流到吊帶裙上；被裙子慢慢嚥下。不知從誰的身上伸出一隻手，又一隻手，推搡曉鷗。人之所以為人，當然而自然地有着劣根性，本來劣根安份守己，誰讓你誘發它們？用媽閣這座城市的千萬張賭台，用這個看上去文雅秀氣的女子……人本來是有犯罪潛能的，這不能怪人，怪只怪誘發他們犯罪的機會，余家英揭露的，就是提供給人犯罪犯錯誤機會的女人。

曉鷗不想與余家英和眾人擺公共論壇，她只想馬上走開。兒子萬一此刻看厭了少兒電影，來到這裏當觀眾，以後她怎麼做媽？但人已經築成牆，拆不爛的牆，酒店保安都無法拆。

大堂經理走進人牆，拉起曉鷗吆喝着往外走。走到電梯門口，人們的噓聲起哄聲還跟着。曉鷗被解圍的時候看見了段凱文。他站在人群外三、四米的地方。對人群沉着臉。大堂經理把曉鷗送進電梯時告訴她，自己是受段先生之託來解她於重圍的。段先生一家是好人，是酒店的老主顧。他的言下之意曉鷗是這麼聽的：段家若不是好人你梅小姐早就被黑打了。或者可以這麼聽：儘管你是幹這行的，拉了段總下水，段家還是沒把你如何，段總還親自組織營救你。還可以這麼聽：段總多好啊，你把他製造成賭博的犧牲品，並當楊白勞追蹤逼債，他還是以德報怨，他要是不管你，你説不定已經非死即傷在亂眾之中了。現在中國民眾的莫名仇恨和怒氣多大呀？隨時能找個人當靶子打一打，哪怕打兩拳佔佔便宜也好。民眾總覺得甚麼人甚麼地方總在讓他們上當吃虧，上的是悶當吃的是悶虧，奶粉假的肉裏注水蔬菜含毒物價房價飛漲貪腐官員輪不着他們清算出拳，一切誤差的事物只能越來越糾結地誤差下去，他們不明不白地總在被甚麼佔着便宜，因此碰到可以罵幾句打幾拳的對象他們就或罵或打，以此不明不白把便宜佔回來一點。網絡上罵這個罵那個也不過是跟此刻一樣，是小小地佔點便宜，因為一種或多種無形而巨大的存在始終在佔他們的便宜。

從電梯裏出來，曉鷗突發奇想：也許剛才那齣活報劇是段凱文一手編導的。她在電梯門外愣住了。賭博真能把人變得這樣無恥嗎？真能把段凱文變成盧晉桐、史奇瀾嗎？段應該是意志堅強的人，少年吃苦、青年奮發的段凱文沒有盧晉桐和史奇瀾那樣優越的家境培養他們的脆弱，培養他們的自我縱容。

盧晉桐在曉鷗決定離開三亞那天發了條短信，他已不久人世，他對人世間最後的索取是兒子的陪伴。從短信息的哪一個字曉鷗都能品嘗出情感敲詐的滋味。

電話鈴響起，她認不出那個手機號。來電者頭一句話就問她是不是梅曉鷗。答曰是的。對方說晉桐動了大手術，很想見他的兒子。對方聽不見曉鷗的任何聲音，又加一句，她只是傳話的，主意該她梅曉鷗拿。傳話的還是聽不到任何聲音，喂了幾聲，判斷出電話沒被掛斷，聲音嘶啞地再添上幾句，人都快死了，還記那麼大仇幹嗎，況且晉桐待她梅曉鷗不薄。

曉鷗掛了電話，推開兒子臥室的門。盧晉桐的老婆是個大度的女人，曉鷗有些妒忌她的大度。兒子從毯子裏跳出來，一股浴液香味。他沒有玩電子遊戲，也沒有上網。有母親同在的三亞讓他充實滿足。他跳出毯子是要母親看他腿上一道礁石擦出的傷。這傷不疼，只不過三亞的母子關係讓他想撒嬌了。

十

九指盧晉桐在梅曉鷗離開他之後狠狠相思過她。相思了好幾年。這幾年中他不受任何女人引誘，也不引誘任何女人，只跟嘮叨沒完的老婆過，他用這麼一種「生不如死」的過法悼念與曉鷗愛情的死亡。之後他開始壯麗的浪子回頭大舉措。他用九根手指幹十根手指都幹不完的工作，親自幹廣告公司的攝影、電腦動漫、電腦平面設計。因為他只能指望自己九個手指頭，其他十指健全的僱員都走光了。他的回頭晚了一點，公司利潤恢復到最盛期百分之二十的時候，他得了癌症。是那種許許多多男人都為之受化療、光療之苦的癌。用他的話說，從今後就算東山再起也泡不上像樣的妞兒了。他打電話這樣告訴曉鷗。他打電話的目的是要曉鷗帶兒子去看看他。他要死了，必須看見自己的生命是甚麼樣的男孩替他活下去。

曉鷗把兒子送到北京，託了個朋友把兒子和兩斤蟲草送到盧晉桐家。盧晉桐倚病賣病，把他和梅曉鷗兒子的秘史告訴了老婆。老婆看在他癌症的份兒上，沒有和他大規模幹架。盧晉桐是混蛋，但老婆知道，盧以後死了她連混蛋都沒了。幾十年夫妻，混蛋也焐得滾熱。因此在盧晉桐見到兒子之後，提出把兒子留在北京上學，盧的老婆居然同意。盧晉桐留下兒子的理由是要讓兒子學一口正宗北京話，還要讓兒子跟爺爺學書法（盧晉桐的父親五十歲學吹打居然修煉成了全國有名的書法家），再學點爺們氣，現在的兒子在盧晉桐眼裏是個剃了頭的小娘兒們。

「對了，跟你學的還多着呢，比如賭博。」曉鷗淡淡地回他。

不過盧晉桐說的有句話讓曉鷗傷痛半天，他說他還能跟兒子相守幾天啊？讓兒子記住父親的模樣吧。曉鷗最後答應了盧晉桐，元宵節讓兒子北上陪父親，然後再向兒子學校告兩星期假，在父親家裏住到三月初。盧晉桐也答應為兒子請家教，爭取不落到學校教程後面。

安排這一切的時候，曉鷗已到達越南。這是史奇瀾帶那個遠房表弟來賭博的第六天。第一天贏了三百多萬，第二天輸了五百五十萬。第三天又贏了一百來萬。第四天打算就以這贏到的一百多萬告終，在賭場周遭遊山玩水兩天就乘機回國。但表弟在遊山玩水時決定跟賭場再決一戰。贏一百多萬的那天，讓他感到全身走動一股氣，氣流從頭頂、手心、腳掌往外冒，是溫乎乎的一股氣，那氣冒得順溜時，他明白該押甚麼。表弟從正遊玩的山水裏回到賭廳，挑了張賭台入座。老史問他氣呢？他答說正上來呢。

這第一把表弟就押了五十萬。果然贏了。

老史在表弟押第一把時跟了兩萬。表弟贏了後他跺腳捶胸：他老史一向大手筆，怎麼才押兩萬？應該把手裏七萬籌碼全押上去。他跟曉鷗複述時解釋，那時他只剩那麼七萬。

表弟再押，老史把全部家當都拿出來加磅。全部家當不過九萬。

結果呢？

輸了。

曉鷗毫無表情地聽老史講述，心裏更是靜如止水。這種情形在她認識的賭徒身上重複太多次了，重複得她覺得單調乏味透了。無非贏了幾手，便自認為找到了感覺，看出了路數，接下去把偶然的贏當成必然，把必然的輸當成偶然。想想吧，一個顛倒了偶然和必然的人會有甚麼結局？就是必然的犧牲品。聰明的，接受犧牲；愚蠢的（或把愚蠢當倔強的，比如此刻的表弟），不接受犧牲從而繼續對抗，直到最後一滴血最後一口氣。老史指指賭台上的表弟，跟曉鷗使了個眼色：他的陰謀正在得逞。表弟已經借了六百八十萬。表弟借的籌碼當然是賭場借給老史的。這六百八十萬籌碼，曉鷗可以看做是他老史歸還她的。

快入夜了。曉鷗輕輕走到表弟背後。表弟做小生意起家，步步艱難地掙下幾千萬，掙下一截粗粗的紅脖子和兩個紫紅耳朵。要喝多少酒才能讓後脖頸和耳朵紅成那樣？一個農村的鄉鎮企業老闆，只能拿自己的酒量闖各種關卡：鄉、縣直到省，還要闖都市裏的批發商的關。他委屈自己的肝臟，一瓶瓶地喝下或真或偽的洋河大麯、古井貢酒、五糧液、茅台，再把一個個都市極小的局部買下來，成了許多小區從不出現的業主（或表弟買的房中就有段總蓋的）。表弟的領土版圖持續擴大，直接干擾着上海、北京、廣州等大都市的房價，他走到今天有多艱辛他的後脖頸和耳朵能見證。他的資本還會擴大，雖艱辛但穩定地擴大，直到他的遠房表哥為他設下一個圈套。表弟已經落入圈套中，正在成為他表哥的獵獲……

而梅曉鷗也將參與分享這份獵獲。

表弟又輸了四十萬，現在這份獵獲價值為七百二十萬。老史再次向曉鷗投來一個請功的眼色。

「幾點了？」表弟回過頭，大概是問他表兄。當他看見表兄身邊出現了一個陌生女子時，窘了一下，讓一個秀麗女子看他走麥城，因此而窘。或許他受不住了，輸不起了，而他不願女人看見他輸不起。他那樣瞬間的窘迫讓曉鷗更加感覺到他心裏最後的一點點田園風光。

史奇瀾把表弟介紹給曉鷗。表弟馬上擺闊，邀請曉鷗吃魚翅。輸那點錢算甚麼？冰山一角而已。表弟這樣艱辛發財的人最想讓外人、女人相信他的經濟實力，甚至用慘痛的金錢消耗來證實那實力。因為他的實力遠比他顯示的要小。曉鷗痛快地接受他的晚餐邀請，配合他驗證他的實力。曉鷗感覺表弟心裏最後的田園漸漸在消失。

老史不安好心地他促表弟再玩幾把。梅小姐玉駕光臨，該借她的吉祥。不等表弟和曉鷗答覆，他已去拿籌碼。曉鷗小跑着跟在他身後，都叫不住他。

在兌換籌碼的櫃台外面，她攔住老史。

「行了！夠了！都七百二十萬了，你還想讓他輸？」

「怎麼夠了呢？」老史憋着壞地瞪起眼，「他還要再輸五百八十萬才夠呢！」

「你這人怎麼這樣?!你是人嗎?!他是你表弟啊！」

「遠房的。」

「遠房的也不能坑他呀！誰你也不能坑啊！」

「是我硬拉他來賭的？他可以不來呀！他可以贏啊！他要是贏了，那我帶他來就帶對了，是不是？哦，他輸錢就是我坑他了？他輸的錢，是以我史奇瀾的名字從賭場借的，海枯石爛都得我姓史的還。」

曉鷗覺得他的胡攪蠻纏裏有一丁點道理。

「他贏了好啊！我頭一個高興！記得他上手贏的那幾把，我多高興啊！給你發了那麼多短信報喜！」

「別讓他再玩了，我求求你！」

「他不玩我怎麼還你錢？」

「這麼還我錢，你還不如搶銀行呢！至少銀行的錢是大夥的，也不知道他們都是誰，坑了就坑了。這樣看你搶你表弟的錢，我成甚麼人了？」

「搶錢給你，意味着甚麼？」

曉鷗看他憋着壞的笑眼：他的壞和多情是一回事。

「一個男人為一個女人去搶，意味甚麼你自個兒去想吧。」

意味着他喜歡她。一個強盜的愛情自白。堂吉訶德瘋瘋癲癲地征戰，都是為心裏模擬的淑媛。老史一邊跟櫃台裏的人交涉拿籌碼，一邊蜷起右腿，半倚下身子，把右邊褲腿撩起來撓一個蚊子叮的疙瘩。曉鷗簡直不忍目睹這個動作中的史奇瀾，賭徒加逃債者的淪落相，全在這姿態裏。她伸出手拉了他一把，他剛落在紙上準備簽名的筆劃了個斜道道。

「不准簽。」

「名字是我的，不讓我簽？」

曉鷗借着拉他的慣性把他拉到櫃台右邊。

「你聽着史奇瀾，我不要你還我錢了。假如你不信，我現在就給你立字據。」

「為甚麼？」

「廢話。你在字據上要簽名的，保證這輩子不再進賭場。你不進賭場，我就不要你還錢。」

「你要我還別的我沒法還啊。那些貴重木頭原材料加成品都已經抵給債主了。小小不知道，還讓你去搬。」

情形比曉鷗看見的和計算的還糟。她本想得到老史幾件作品，不管怎樣那是靈魂和精神的老史。

「我不要你還。」曉鷗一字一字地說，「只要你不進賭場。」

「你憑甚麼不要我還？」

曉鷗回答不上來。不好意思回答。她是愛才還是愛人？愛他這個人因為他是人才？似乎都是，似乎都不是。曉鷗的婦人之仁不夠普度眾生，但願夠拉巴一個史奇瀾。老史被拉起來了，所有輸者也似乎得到一絲彌補：經過她梅曉鷗而輸的輸者。十年來，她對輸者們漸漸滋生一絲虧欠，隱隱的。

櫃台後面的掌櫃用廣東話大聲問老史還拿不拿籌碼了。老史大聲回答當然拿。他要轉身，曉鷗抱住他。這個帶汗酸味的老史。這個眼球充血的老史。表弟輸了贏了他的腎上腺素跟着拚命分泌，脈搏跳動之快等於一個在長跑的人，或說等於一個發三十八度燒的人。曉鷗把臉埋進發燒的人渣懷裏。她只配為這種人渣發情。

老史感覺到曉鷗身體內部的變動，他也有了些變動。一隻雕刻精品的手伸出來，摸了摸那細柔的脖子，脖子上面三十七歲的臉頰。他和她從來不承認彼此是怎麼回事，也許承認不了，因為他們不知道彼此多年來到底是怎麼了。他們的身體卻承認是那麼回事。按身體承認的辦，一切就大白了。

恰好這一刻沒人來兑換籌碼。櫃台在窗內，人在裏面看不見兩邊。曉鷗願意遵循身體的意願，哪怕就這一回，只要能拉住這個人渣。用一種人性的低級活動阻礙另一種低級活動，就讓她的身體去辦吧。

史奇瀾不受她身體的終極誘惑，輕輕地從她臂膀裏解套。他說情話那樣輕柔，說她的到來說不定讓表弟時來運轉，把已經輸了的贏回來，你曉鷗沒權力不讓人家返本吧？

曉鷗感覺是一切就緒而被赤條條地晾在床上。老史在最關鍵時刻棄她而去，而她棄自己身體而去。每一個毛孔都在怒放，又突然被迫收縮，那種難以啟齒的不適……原來情欲也會受到創傷。

在曉鷗安撫自己受傷的情欲時，史奇瀾在借籌碼的表格上簽了名。表弟不知甚麼時候已經站在老史身邊了。也許他看見了剛才那一對狗男女的苟且。說破大天也不可能讓他懂得他們不是狗男女。他倆在不愛中的愛比很多人給予和收受的愛要多得多。

總之表弟下面再看曉鷗的眼神是不一樣的，輕佻了一點，明戲了一點，接近無名分阿嫂了一點。好在她梅曉鷗習慣人們不拿她當正經人看。好在她樂意人們誤會她是老史的豔情對象。

老史的胳膊搭在表弟肩上，回到賭廳。夜深了，正是賭的好時候。表弟坐在賭台上的樣子像要跟荷倌相撲。荷倌是個瘦小黑黃的越南姑娘，略微凹陷的眼睛瞪着前方，簡直是一個抗美女戰士在伏擊坦克。

表弟推出去五十萬籌碼，押在「閒」上。他的兩個賭伴一個押「閒」，一個押「莊」。從電子顯示屏上看，三個藍色的「閒」！連了起來。曉鷗不禁冷笑，如果它就是這對遠房表兄弟看出的路數，天下人不必種田做工坐辦公室做生意了，錢在這張台上就能生蛋。表弟的臉定格在一個傻笑上。他手上的牌一張是三，一張是二。莊家的牌也不出色，一張J，一張四。表弟向荷倌做了個瀟灑的要牌手勢。曉鷗發現這手勢表弟做得相當洋氣，可見他不是賭台上的雛兒。

現在是決定他押的五十萬去留或下崽的時刻了。表弟粗相的雙手開始摳紙牌的一個角，然後把紙牌掉過頭，再摳另一個角。伏擊中的越南女游擊隊員一動不動，宣傳畫似的。表弟五短的手指撚開牌的豎邊，一小條空白漸漸擴展、拓寬……五短手指頭在接生紙牌下不出的崽子，難產的崽子，這崽子很可能死於母腹，母子雙亡……崽子和母體終於相脱離：一張紅桃二。荷倌翻出的是個黑桃九。

表弟贏了。

曉鷗似乎真是他的運星。老史抱了她一下。

荷倌把表弟贏得的五十萬數給他。表弟欣喜若狂，手忙腳亂，把贏來的和推出去的老本一塊往回刨，籌碼響得嘩啦啦，聽上去贏的遠比現實多，多得多，差點讓表弟忘了付出的本錢，以為自己贏了一百萬。

接下去的一局表弟竟然真贏了一百萬。老史對不知怎樣下第三注的表弟熱烈鼓勵，看來是「長閒」的路，一定能闖過三關。這意味着贏來的一百五十萬全部要推上去。表弟可憐巴巴地朝他表兄笑着，似乎被他表兄推着去跳崖。曉鷗插話說何必闖三關，慢慢玩不挺好？老史卻說贏的時候不敢押是大毛病，所以你生意也做不大，炒炒房而已。表兄開始激將表弟。表弟太陽穴上凸出一根紫色的筋，並扭動着；腦子在霹靂閃電。表弟向荷倌做了個飛牌手勢。老史使勁頓了一下足，走開了，圍着另外兩張台子打了個轉，再回到原地。兩個賭陣卻都下了注，都押的是「閒」。「閒」一個牽一個，連成一串藍色珠子。賭台的詭異就詭異在此：它偶爾讓你在絕對的不可捉摸中相對地捉摸到一點甚麼。

閒家和莊家都要足了牌。無論輸贏都沒表弟的份兒了。最後一翻，又是閒家贏了。假如剛才表弟聽了表兄的，押上一百五十萬，現在可了得，台面上堆着的是屬於他的三百萬了。

老史跌足痛罵：沒出息，小鼻子小眼兒，一輩子成不了大事兒，乾脆還回去做你的牛仔褲、旅遊鞋吧！

曉鷗於是知道表弟是做牛仔褲旅遊鞋起家的鄉鎮老闆。表弟給表兄越罵越舒服，那都是他想罵卻捨不得罵自己的話。既然錯過了大好機會，那就回房睡覺。老史悻悻地帶頭往客房電梯走去。

第二天早晨，睡了六小時整覺的曉鷗被客房的電話鈴吵醒。老史告訴她，表弟昨夜回房間後怎麼想怎麼後悔，到手邊的一百五十萬給他放跑了，因此他在凌晨一點鐘叫醒老史，兩人一塊回到賭廳。上來三把連着贏，接下去是勢如破竹地輸。輸到早晨七點，整整輸了八百萬。

「成功了！夥計！」老史說。

曉鷗不做聲。

「是不是在暗自竊喜啊？」老史又說，「你這趟越南沒白來，把債終於追回來了。對不對？」

「你是個混蛋！我從來沒見過比你更大的混蛋！」

「我也沒見過。」

「那不才八百萬嗎？你還差我五百萬呢。要還全還來。」
「是要還啊！表弟還在台子邊上努力玩呢！」
「你還讓他玩?!你想讓他玩破產?!」
「不玩怎麼還你剩下的五百萬？」
十分鐘的洗漱時間裏，曉鷗心裏就兩個字：「混蛋」。她趕到賭廳，看見表弟表兄的臉膛都油光光的，頭髮都給頭油膩成一綹綹的，她記憶中所有輸傻了的賭徒都是這副形容，幾乎個個一模一樣。此刻是不能靠近表弟和老史的，因為一旦他們變成這副形容就會臭不可聞。體臭、口臭、腦油，失常的消化功能和內分泌以及體液循環，同時蒸發起來，讓你聞到的氣味是壞死的生命。她停在離他們五、六米的地方，把心裏一直念叨的「混蛋」吐了出來。
「史奇瀾，你這個混蛋！」
老史回過頭，臉上一點錯愕也沒有。有人這樣對他公開宣稱，他毫不意外。他唯一的反應是厭煩地擺擺下巴，指指他身邊的表弟，意思是不要影響表弟辦國家大事、生死大事的專心。表弟看見曉鷗，就像沒看見一樣。他的神志已經在融化，理性早已隨尿液出去了。眼前的表弟是昨夜那個表弟的殘骸，做着機械動作的殘骸：押注，接牌，翻牌。或許這就對了，形在神不在地賭，閉着眼睛賭，更宿命，更體現賭博的本質。

這一局表弟贏了二十萬。每一次的贏都支撐他長長的一段輸。贏局是橋墩、輸局是橋身，漫長的橋樑勉強延伸，不過橋墩越來越細，所需支撐的橋身卻越來越長，越來越重，一個贏局要支撐十個二十個輸局，比例失衡了，一段段橋體塌方了……表弟在贏了二十萬的支撐下，下了一大注，五十萬，輸了。再押，再輸。輸了七、八局，他不敢押大了，押了五萬，卻贏了。五萬的贏局又支撐他押十萬，十萬全軍覆沒……

現在曉鷗站在表弟對面。表弟已經失去了他的特點、個性，被提純成一個純粹的賭徒，在他們賭徒的最高境界中，和活着的史奇瀾、盧晉桐、段凱文，也和死了的梅大榕靈魂相會。任何人類的活動都可以被昇華到這種空靈境界，活動本身已不重要，重要的是這活動抹殺一切雜念和功利心的獨立存在。戰場上殺紅了眼的士兵，教堂裏忘我的教民，進入瑜伽終極狀態的人，都是這種昇華的結果。表弟現在被提純到一個信念，就是「博」。

梅家阿祖穿越一百多年，和表弟、史奇瀾正在靈魂相會。他們單純得像單細胞動物一樣，做着最單調的動作，那動作是他們的本能，是維繫他們生存所需的最單純的本能。這裏不需要智商，智商太凡俗了。

梅吳娘貢獻的耶一支血脈流淌在梅曉鷗身上，哪怕是支流的支流的支流，讓她心裏湧起一股黑暗的激情：把表弟以及他身邊的表兄擊倒，用椅子或用牆邊那個庸俗不堪的偽仿文藝復興雕塑。精神病和中邪者以及進入瑜伽魔境出不來的人有這一擊就能到正常人類族群中重新入籍。

離還清曉鷗的債務還差五百多萬。這是曉鷗到越南的第二天下午。表弟和表兄在創造不吃不睡的人體生理奇蹟。表弟此刻在跟另一個越南女游擊隊員白刃戰。這位女子四十多歲，牙齒微齙，合不攏唇，給人錯覺她一直在獰笑。表弟這一手下注五萬，輸了。再下三萬，又輸了。輸了十幾手，他輸得不耐煩了，一把推上去二十萬，莊家是七點，他是六點。七點都贏了他，贏得那麼險。

表弟早就忘了他對曉鷗發出的魚翅宴邀請。再輸下去他連魚翅都買不起單了。終於贏了一把，五萬。表弟屁股在椅子上扭動一下，肩膀往上聳了聳。這就是他在活動身體、舒通筋絡了。往下，他又贏了十萬。不僅表弟活絡了，連表兄也跟着活絡。不約而同地，兩人抬起頭，看了一眼曉鷗。表弟此刻認出她來了，但剩下的神志還不夠他表示甚麼，問安就免了。又該押注了，表弟把十五萬都推上去；刨回三十萬來。連贏三手，表弟看了一眼廳裏的大鐘：六點。他肯定不知道這是傍晚六點還是清晨六點。外面四季，賭廳只有一季，外面分晝夜，賭廳就是一個時辰。廳裏方一時，世上已千年。表弟的臉上出現了表情，一種跟賭博文不對題的表情：他想起了自己的家鄉和老婆、孩子，想起了他們現在何方。

曉鷗看着慢慢站起的表弟，看着他臉上文不對題的懷念。表兄替他收拾了剩在台面上的籌碼，上去扶了一把表弟。表兄弟倆的背影在曉鷗眼中成了一對殘兵，走出死絕了人的戰地。

算都不用算，她知道表弟輸得只剩最後那四十來萬籌碼了。史奇瀾在這個賭場的一千萬貸款額度基本用完。再追老史還債的就不是她梅曉鷗了，而是這家埋伏着無數抗美女游擊戰士的賭場。老爛仔的計謀得逞了，成功地轉嫁了債務。表弟將在十天之內把表兄轉借他的籌碼錢（九百五十萬左右）匯到曉鷗指定的賬戶。表老爛仔用他極爛的方式向曉鷗捧出一顆赤誠的愛心，搶了表弟的錢來彌補他對她的虧欠。

表弟非常守信用，正如段凱文毫無信用可言。曉鷗在第七天收到老季錢莊的電話，從國內匯來的幾筆款數陸續到賬，總數為九百五十三萬。老史欠曉鷗一千三百萬，餘下的零頭算曉鷗給他的優惠。老史在短信中說：「欠你這麼多年，我心裏像爛了個洞，時間越長洞越大，現在總算填平了。你可以忘掉我了。」信息結尾，一個哀傷的表情符號。

他希望曉鷗就把他當個哀傷符號記住。他已超越了救藥，超越了希望和失望，超越了浪子回頭的所有回頭點。所以也超越了哀傷，曉鷗不該為他哀傷。

十一

自從三亞那場活報劇，曉鷗對段凱文的債務認真起來。超過契約規定的還款期限十天之後，她每日發一條同樣短信：「段凱文先生，本人尚未收到您拖欠的三千九百萬港幣的還款，根據你我雙方海口簽訂的契約所限定的還款日期，您已逾期ＸＸ天。致禮！梅曉鷗。」除了款數和天數需要每每變更，其他詞句都不變。款數根據本金每天積累的利息變更。一條條信息都是一個個投入水裏的泥團，沉底即化，水面無痕無跡。不過它們是曉鷗的律師將會在法庭上使用的證據。

上法庭之前，曉鷗的律師找了段凱文幾次。段總去新疆出差了，這是律師得到的回答。飛到新疆只需三、四個小時，飛過去跟段總一塊出差，曉鷗這樣指示律師。律師飛到烏魯木齊，段總的樓盤上根本沒有段總。準確地說，段總的樓盤甚麼也沒有，有的就是幾個深深的大洞和一間售樓處。大洞是地基，支出一些鋼筋，鏽很厚了。售樓處的一對男女見律師過來就從門裏奔出，比大巴莎裏賣杏乾賣葡萄乾的維吾爾族生意人還要急於兜生意。售樓處的中心就是一塊沙盤，矗立着二十來幢模型公寓。已經被賣出一大半了，朝向好的都售出了，他們告訴律師，他們恨不得把連胚芽還沒有的樓當成大白杏成堆批發，向律師推介團購，團購價如何優惠。律師發現他們連段總是誰都不知道，更不要說段的去向。

律師的新疆之旅證明段凱文資金已經斷了鏈。曉鷗問律師下一步該怎麼辦。馬上起訴，律師把考慮成熟的方案告訴她。

起訴開始積極地準備起來。曉鷗在和律師以及他的兩個女助手在北京開第二次會議的時候，一條發自段凱文的短信到了。

「對不起，剛離開烏魯木齊就聽說你的律師到了。在新疆得了一場重病，目前在治療。能否再寬限一週，等我病好了一定還款。」

梅曉鷗的客戶裏，段凱文大概是第五十個使用同樣耍賴招數的了。忙、開會、出差、生病，個別還病到危急，人事不省，再大的債務總不能逼人事不省的人還。趁段凱文還沒病到人事不省，曉鷗回覆信息說：「段總安心養病。你我之間不好解決的問題，留給法庭去解決吧。」

半個小時之後，段回覆說：「願意奉陪。」

曉鷗看着來自段的這四個字。甚麼耽擱了它們那麼久，要半小時才飛到她手機裏？她想不明白，回到起訴準備會議中去。五分鐘之後，段的另一條信息來了。

曉鷗的不理睬催來了這條信息。

「很遺憾，那就法庭見吧。不過別忘了，你自己也不乾淨，在法律面前你以為你就能挺直腰桿子？季老闆我們已經做了調查。」段的短信說。

她突然明白，第三條信息是先寫的，寫完之後段感到風度差了些，上來就是調查甚麼的欠缺涵養。於是把它保存到草稿中，重寫了四個字「願意奉陪」。是曉鷗的沉默讓他心虛，着急下把存入草稿的那條信息發了出來。曉鷗仍是以沉默回覆。讓他更加心虛，進一步揭她的短。他抓住的短處同樣令他自己直不起腰桿。假如段非要捅她梅曉鷗這根軟肋，他將陪她受傷。因為他曾往老季的錢莊匯過好幾筆款。既然知道那是黑錢莊，段作為一個中國內地的成功人士，知法犯法，只能證明他是她梅曉鷗的同犯。

「我們已經做了調查」這行字卻令曉鷗玩味。段當然跟她一樣忙，像她調查他一樣調查她，像她跟蹤他一樣……等等，難道他也會跟蹤她？她心裏豁然一亮：段派人跟蹤了律師，所以段知道律師是哪一天、哪一時到達的烏魯木齊，在稱病短信中，段說曉鷗的律師剛到他正好離開。那麼律師在北京所有的活動都在段的視野中。

梅曉鷗的所有活動也都在那雙戴眼鏡的、極具洞察力的視野中。

撕去情面，曉鷗和段凱文都醜得驚人。曉鷗不能顧及美、醜，她做的這行風險太大，她要送兒子上最好的大學，她要給母親養老，也要給自己養老。她是個孤寡的女人，孤寡女子和孤獨雌獸一樣，難免齜牙咧嘴，不然她的崽子和她怎樣闖過不可預期的一道道兇險？當然，這都是她在自我正義化。她明白兇手都會在殺人的一刻自我正義化。就是一切都算託詞，她也會把債追到底。不是為兒子、老母和她自己追，就為錢而追；追到底就贏了。男人賭博，就是圖個贏。她梅曉鷗也圖贏。她的輸包含男人對她的欺負，包含家庭完滿的人們對她孤兒寡母的淩駕或憐憫。她追定了段凱文。

從三亞鬧劇之後，段就在跟蹤她。也許段的人監視到曉鷗怎樣把兒子送到她前情人的家裏。也許段比曉鷗更了解盧晉桐的病況。段一定也知道她去了越南，知道她跟史奇瀾多年的灰色關係中終於派生出一個產品，那個誘陷表弟的圈套。段在搞清這個曲折而下作的轉債圈套之後，對梅曉鷗其人的最後一點幻想終於破滅。

曉鷗的持續不理睬催出段凱文又一條短信。

「知道上法庭對你沒好處了吧？」

曉鷗正在考慮如何回覆，阿專發了一條短信過來，說老貓剛才給他打了電話，老貓手下的馬仔看見一個很像段總的人，進了金龍娛樂場的賭廳。曉鷗回信讓阿專馬上去找，弄清他是段凱文還是僅僅像段凱文。

律師和助手們把宏凱實業公司在全國各地的開發項目和合作夥伴都列出來了，放在曉鷗面前。曉鷗被阿專的新發現激發出一種惡毒快樂，觀看懸念電視劇的心跳來了。突然她想到段凱文的幾條信息她都沒有回覆，便投了條短信過去。

「我剛到北京，能否面談？」

假如段在北京，八成是會同意面談的。他最後一條短信警告她上法庭對她沒好處，那麼曉鷗請求面談會被他解讀為服軟求饒。面談請求發出了十分鐘，回答說等病好了可考慮面談。

「能否探病？」

曉鷗進一步地誘他相信，她又服軟了一點，居然操心他的健康了。段回覆說自己的病有傳染性，醫生不讓見客。

「能否送些補品？」

他一定認為自己的威脅警告讓梅曉鷗這賤骨頭在幾十分鐘裏來了個一百八十

度的大轉變。回覆驚人地快，謝謝了，補品他不缺。就缺一樣，梅小姐的寬限。他的病跟精神壓力密切相關。

「考慮寬限。」曉鷗的短信說。

他一定認為威脅警告全面收效，梅曉鷗徹底露出了賤骨頭本色。

曉鷗心不在焉地聽着律師分析法官可能的判決：基於段現金流已斷，幾處項目擱置，欠了包工隊農民工半年工資，很可能會由法庭拍賣段已購置的地皮。只是目前不知道段在公司董事會擁有多少地皮，也弄不清段除了曉鷗之外還有多少等着拿他的地皮抵債的債主。肯定有更大的債主緊叮在段凱文的屁股上……

曉鷗這一會幾乎是快活的：老貓的馬仔看見的人要真是段凱文就絕妙了。現在她似乎不希望段馬上還債，千萬別現在還債，最好讓他把事做得更糟，把他品格中的渣子攤露得更充份，他品格中到底沉睡着怎樣一個人渣，對曉鷗來說仍然是懸念。從認識他到現在的兩年多時間裏，老的懸念不斷被破解，新的懸念又不斷產生。

阿專的短信在她焦渴的等待中到來：那個像段總的人就是段總。

曉鷗心裏一陣惡毒的狂喜。段的表現糟到這個程度讓她喜出望外，幾乎喝彩。

她馬上打發掉律師和助手們，迅速給阿專回了信，問他是否驚動了段總。沒敢驚動。好樣的，聰明！段總在玩嗎？在玩，是老貓一個疊碼仔朋友借給他的錢。曉鷗簡直快活瘋了。十二歲的曉鷗因為盲腸炎手術住院，麻醉醒來後，護士長告訴她：她父母都因為工作忙，會晚一點來看她。手術觀察室裏躺着另一個女孩，祖孫幾代在她床邊遞水擦汗。曉鷗等到天黑，父母也沒有來。她開始希望他們來得更晚些，或者乾脆不來。她不吃不喝，對餵她流食的護士長說等父母來了她才吃喝。她的飢餓乾渴讓她稱心，父母每遲到的一分一秒都使這份稱心上漲：看你們還有多少藉口？看你們還能把你們的女兒辜負和傷害到甚麼程度？看你們能不能做到極致而成為最不像樣的父母！十二歲時的稱心現在讓三十七歲的曉鷗不能自已，在酒店套房的客廳裏坐立不安。假如段凱文此刻還她錢，她會非常失落。她會失去行動方向和目的。就像在一個精彩的大懸念解密過程中，影片卻突然結束，她會非常不爽……

她和老貓也連了線。老貓告訴她，段凱文從他朋友的廳裏借了五百萬，並且玩的又是「拖三」。眼下段贏了不少，大概台面上有九百萬。台面下贏的就是兩千七百萬左右。

段要曉鷗再寬限他一週，就是打算用這樣得來的錢還債。她擔心段凱文此刻收手。已經差不多夠還她的債了，他完全可以收手。假如他收了，曉鷗看懸念片的興奮和快感、緊張和驚悚就會被釜底抽薪。那她就沒機會看段凱文墮落到底，把人渣做到極致了。假如他馬上就還曉鷗的錢，連本帶利，就可以找回他一向的傲慢莊嚴。喏，拿去，不就這點錢嗎?!那筆還款會像他甩給曉鷗的一個嘴巴子，甩給她剛進入的法律程序，以及她先前的跟蹤、監視、海口簽約一個個大嘴巴子。那她就再也沒機會看他這個強勢者在她的弱勢面前徹底繳出強勢。

她打電話給訂票熱線，買了下午一點飛香港的機票。從香港搭輪渡到媽閣港，正好是傍晚七點。媽閣一片華燈，和風習習，多好的夜晚用來享受媽閣，一個大懸念等在前面供她娛樂。除了乘飛機的三小時，她一直和老貓、阿專保持聯繫。阿專向曉鷗報告段凱文每一局輸贏，曉鷗在輪渡上的時候，段贏到了一千一百萬，加台面下的三千三百萬，夠償還欠曉鷗和其他賭廳大部份債務了。現在他每分鐘都可以收手。應該收手。運氣是不能抻的……

阿專在碼頭上接到曉鷗時，她一句話也不讓他說，只催他快開車。路上阿專若干次開口，描述這種千載難逢的大贏，感嘆段今天「拖三」拖的不是他女老闆，否則曉鷗現在已經給他拖垮了。但曉鷗請阿專閉嘴，讓她歇歇。看懸念片最不能讓人打攪。她專注於內向的娛樂，看看段凱文往下會抖摟出甚麼意外包袱來。她心裏只有一個念頭，就是「段總你可千萬別收手」！

一進賭廳就看見幾十個人圍着一張台子。其中一半多的人都在邊觀局邊發手機短信。疊碼仔僱用的嘍囉們把賭局的每個回合用短信發送出去，而在台面下以三倍代價和段鏖戰的疊碼仔們此刻在家裏收看戰況。台面下有五個疊碼仔在分吃段這份「貨」，老貓告訴曉鷗。

錯了，不止幾十個人，至少有一百來人圍着段那張台子。一攤糖稀招來一片黑麻麻的螞蟻，不久被黏成微微蠕動的一片黑色。這聯想激得曉鷗兩臂汗毛直豎起來。人群中有十幾個人跟隨段凱文押注，沾他鴻運的光，幫他抻着他的運氣，又過了幾分鐘，曉鷗發現五個疊碼仔大佬都親自來了，站在最靠裏的圈，臉色鐵青。台子上假如不是賭局，而是一個臨終病人，他們的臉色和神情會更適用一些。

曉鷗找了張稍遠的椅子坐下來，人群哄的一聲：段凱文一把推上去一百五十萬。一個被段拖到台面下角逐的疊碼仔受不了了，從人群裏擠出來。段這一手若贏，眨眼間就富有了五千萬。五個疊加在一起，便會窮三千七百五十萬。所以這位疊碼仔受不了親眼目睹的刺激。

又是一聲「哄」！段凱文翻出一張九，又翻出一張九，注押在「莊」上。荷倌翻出一個八，第二張卻是個十。一百來顆心臟都經歷了一趟過山車，「哄！」是這樣不由自主出來的。和局了。段表示要歇口氣。一百多個人陪着他歇氣，都累壞了。

半小時過去，另一個跟段同台玩的老頭拄着龍頭拐杖站起來，前後左右四個跟包擺着攙扶的架勢，並不觸碰老頭，向廳外走去。第五個人從賭台下撿起一雙精良皮鞋，一手一隻地跟上四個護駕的和他們當中的老頭。曉鷗發現老頭把襪子當鞋踏着出去了。不知何方神仙的老頭輸得香港腳都犯了。

人們慢慢散開。賭台邊獨坐着一個沉思者：段似乎在沉思他面前如山的籌碼是否有個謎底，謎底是甚麼。

一個疊碼仔問他還玩不玩。他又說：「歇口氣。」

他站起來，朝兩個保安打個手勢，意思是要他們看護台子上他的那堆金山。然後走進洗手間。剛才問他話的疊碼仔無意中碰到段的椅子，被蜇了一樣抽手。

椅背濕透了，椅座也濕透了。冷汗交匯着熱汗。

曉鷗都聽見了，看見了。乘興而來，現在興味闌珊。大懸念並沒有娛樂她，只多了一份無聊。

段凱文卻又回來了。頭髮上沾着水，臉膛也濕漉漉的。他直着眼走回賭台，沒看見坐在邊遠處的曉鷗。繼續抻你的運氣吧，段總，但願你命不該亡，能把這份運氣抻得夠還清所有賭債。還清欠下的農民工工錢，接上斷裂的資金鏈，讓余家英和一雙兒女永遠待在幸福城堡的高牆裏。

新的一局開始了。段先前押了一百五十萬，野心收縮不回去了。四散歇息的觀眾又聚上來。幾個疊碼仔用眼神激烈交談。這老小子瘋了吧？今天碰上甚麼狗屎運了？不跟他「拖」就好了！還不是聽說他是「常輸將軍」?!……

五個疊碼仔一聲不吭地議論紛紛。他們的年齡都在三十歲左右，剛進這行不久。假如他們在老媽閣混事超過五年，曉鷗一定會認識他們，因此他們還沒有建立完整的信息網絡。而曉鷗在賭廳坐着可不是閒坐，網絡四通八達地運行，把段凱文在媽閣欠的所有賭債都清查出來：九千萬。段今天使命重大，必須大贏，一贏扳回所有的輸，把他在媽閣各賭場的記錄翻過來。他剛贏了一半多，還有四千萬需要他一局局地博。

他贏贏輸輸地入了夜，離開賭廳時是個美麗的黎明，進來是多少身價的段凱文，出去的還是那個段凱文。累死累活一天一夜，輸去了所有贏來的，輸最終還是抵銷了贏。

曉鷗是在他的好運終於被抻斷時離開的，那是子夜。她始終狠不下心來走到段凱文面前：「哇，先生，您長得跟我一個姓段的客戶一模一樣哎！」曉鷗以為自己對段凱文已經儲備了足夠的憎恨，足夠她對他如此殘忍，可最後她一聲不響地走了，把阿專也招走了。段凱文在黎明前的業績是別人轉告她的。梅曉鷗還缺耳目？耳目透露說段凱文是有種的，在輸完最後一個籌碼之後，站了起來。能在這一刻站起來的人不多。他站起來，泛泛地道了謝，掉頭向門口走去。這一回他成功了，一個子也沒輸，除了輸掉他百忙中的一天一夜。他欠所有人的債包括幾家大銀行的貸款也就一動未動地堆積在那裏。所謂的樓盤依然是幾個大洞，或者大荒地一片。

曉鷗在上午十點給段凱文發了條短信：「身體好些沒有？」

沒有回覆。

二十分鐘後，曉鷗揭下面膜，又發出一條信息：「假如近期您能康復出院，我就在北京等着您的召見。」

回覆快得驚人：「捉甚麼迷藏？你昨晚不就在我旁邊嗎？」

曉鷗深信昨晚他沒看見她。原來有人一直跟着她。段凱文的人。被捉個正着，她沒甚麼説的了。段從來沒讓她主動過。她一面換衣服一面思考回覆的內容和措詞。兒子卻來了條短信。

「媽媽，我能再多待一週嗎？」

一個被她拉扯到十三歲的兒子，吃了盧晉桐甚麼迷魂藥，居然捨不下他了。負責的人花費十三年的辛苦餵養教育孩子，不負責的把積累了十三年的遷就、寵愛、縱容在十幾天裏都拿出來給孩子，這就是孩子為甚麼對他不捨的原因。曉鷗不僅妒忌而且尷尬，在兒子面前自己落選了，哪怕只是落選一週。她憤憤地回覆了兩個字：「不行。」

「為甚麼？」

「學校請不了那麼多天的假。」

「爸爸已經跟學校打了電話了，學校同意。」

居然越過她給學校打電話。她耗費了十三年的心血換得兒子一聲「媽媽」的呼喚，盧晉桐白白地就成了爸爸！他在洛杉磯她家的小院第二次剁下自己手指的時候，兒子你在哪兒？你被關在兒童房，嗓子都哭出血來。可兒子現在認賊作父！

「你必須按時回來。」

那邊靜默了一陣。兒子膽子小，母親動一點脾氣他就不知所措。十三年中他沒有父親，強硬時的曉鷗就是父親，而溫婉時的曉鷗便是母親。兒子明白想得到做母親的溫婉曉鷗，必須先服從做父親的強硬曉鷗。

「那好吧。」兒子服從了。

看着兒子這三個字的回覆，曉鷗的心頓時軟下來。兒子長長的手指如何委屈而緩慢地打出這三個字，她完全能想像。她馬上發了條信息過去，說兒子可以在北京再多待三天。兒子沒有回答她，連個「謝」字都沒有。盧晉桐跟兒子玩象棋，玩迷你高爾夫，用九個手指教他如何端相機取景，一個差勁的父親，但對於兒子來說他時時在場；曉鷗嘔心瀝血地做母親，但時時缺席。對於孩童，長輩的陪伴是最最豪華昂貴的，把巨宅華廈、名牌轎車都比得太便宜了。

曉鷗獨自吃早餐時，眼睛呆呆地看着小桌對面兒子的位置。現在她需要兒子的陪伴比兒子需要她要強烈得多。換位體驗使她敏感到兒子十三年來如何寬恕了她的不在場。難道她不是個賭徒？假如她輸，輸掉的將是兒子健全的心理成長，輸掉一個感情健全的兒子。她為段凱文、史奇瀾之流付出的代價太大了。

她給兒子發了條短信，問他是否看到她之前發的信息。看到了。在北京多待三天，高興了吧？還行。那麼能告訴媽媽為甚麼想多待一週，假如媽媽被說服，也許會同意兒子多待一週的。

剛按下「發出」鍵，她就後悔莫及。多麼矯情的母親，兒子會這樣看她。恩准就恩准了，卻讓受恩准的一方不得安寧，把獲准的心情毀了；他寧願不獲准。

「因為爸爸擴散了。」兒子的短信回答，似乎忽略了或原諒了她的矯情。

又過了幾分鐘，兒子的短信問：「甚麼叫擴散？」

「擴散就是病很重。」曉鷗答道。

「就是快死了對嗎？」兒子終於把砂鍋打破問到了底。

這太為難他的母親了。向一個連死的概念都不太清楚的孩子承認將發生在他父親身上的「死」，是安全的還是危險的？

「你聽誰說你爸擴散了？」曉鷗的短信問。

「爸爸跟我說的。」

盧晉桐對兒子也演出了一場類似斷指的苦肉計。他在用或許會或許不會發生的死亡企圖留住兒子。正在發生的癌症擴散和即將發生的死亡還會對兒子顯出一種悲劇美，因為父親的陪伴時光是倒計時的，每一天都會戛然而止，所以他活過的每一天都是一場虛驚，每一天也都是一份額外恩賜，父親多一天的倖存就是兒子一天的賺得，更別說這是以象棋和迷你高爾夫的陪伴，以教學攝影的陪伴，充滿父與子的共同語言，延續一天就增長幾倍或幾十倍的難捨難分。迫在眉睫的死亡把兒子推向一張無形的賭台：他在和父親的病賭，新的一天到來，就是翻開的一張新牌，看看贏得了父親的是誰，是他這個兒子，還是死神。

兒子畢竟是盧晉桐的兒子。正如曉鷗是梅大榕的灰孫女。

曉鷗養育了兒子，卻從來沒有好好地陪伴過兒子。上百個史奇瀾、段凱文讓她不暇自顧，也把她推到賭台前：一個新客戶是她的福星還是剋星，將以誠信還是以失信回報她，向她翻出他們人品的底牌時，是增分的點數還是減分的點數。難道她不為每一張人品底牌的最後一翻而興奮嗎？難道她的興奮程度遜色於那一個個人渣賭徒嗎？

傍晚時分，段凱文回到賭廳。這次沒人再敢跟他玩「拖」了。老小子昨天那二十個小時把為他貸款的疊碼仔折磨壞了。段拿着兩百萬籌碼在擺有六張台子的貴賓廳遊走了半個多小時，天完全黑盡時，挑了張背朝門的位置坐下來。

這都是阿專向曉鷗報告的。阿專的報告驚人地及時，在手機上書寫神速，假如他不迷戀賭場的環境和氣氛，完全能做個優秀速記員。

段頭一手押了五萬，小試手氣。五萬輸了，他押了三萬，三萬又輸了。他停下來，付錢讓荷倌飛牌。此刻來了兩個福建口音的男人，坐在了段的左邊。兩人上來就贏了四十萬。段突然推出五十萬，兩分鐘不到，贏了。接下去他又歇了手，看兩個福建男人時輸時贏，突然又押了一大注，一百萬，再一次得手，把一堆籌碼往回扒的時候，段的眼鏡從鼻樑滑到鼻尖，多少汗做了潤滑劑。

段在晚上九點多離開賭廳，成績不壞，贏了三百多萬。

早上十點，段凱文從早餐桌直奔賭台。他的大勢到了，一把接一把地贏，中午時分，賭廳陸續出現其他賭客時，段贏到了一千九百萬。他再次離開賭廳，回到客房去了。下午段在健身房跑步、練器械，花去一個半小時，天將黑回到賭廳。

開始是小輸小贏，漸漸地變成大輸小贏。一次他連贏三局，每局一百萬，到第四局他推上去一百五十萬，卻一口氣地輸下來。這是他到此刻為止看到的運勢起伏線：贏不過三，輸不過四。一個多小時，八百萬輸盡。

再下注五十萬，贏了。二十萬，贏了，一百五十萬，輸了。二十二小時，被段凱文戰下去三個荷倌。最後一把，段押下十五萬，那是他不斷借貸的籌碼最後的殘餘。十五萬被押在「對子」上，他靠回椅背，兩手抱在胸前，自己要看自己怎麼輸個精光似的。結果是他贏了。他無奈地笑笑。曉鷗對他這一笑的詮釋是，怎麼都是個死，非不讓他好好地死，還吊着一口氣不嚥。他決然地站起來，為他貸款的疊碼仔把他剩在台子上的籌碼林林總總收拾起來，在他身後「段總，段總」地追隨上去。他此刻還把段總當闊主子追，十天後就明白他排在了段凱文債主的大隊最後，進人梅曉鷗正經歷的追與逃的遊戲。

段凱文新欠下的賭債為三千三百萬。加上老債九千萬，段一躍成為媽閣過億的負債人。

段在離開媽閣之前，發信息約曉鷗面談。一見面他便拿出準備好的地契。海口那塊地皮的地契。這是你梅小姐的保障，對他段凱文的制約，一旦他不能如期還債，地皮永遠在那裏，年年升值。

地契堵了你梅曉鷗的嘴。你那些刻薄尖酸的俏皮話也給堵住了。甚麼：段總康復得好快呀！或者：段總帶病堅持賭博哪？都用一張地契給堵了回去。這塊地皮的價值比你梅曉鷗一生見過的錢的總和還多。

「押在你這裏吧。省得你不放心。」段說。

曉鷗看他拉出旅行箱的拖拉杆。她還有甚麼話可說？山東好漢從來不讓對手主動。他們面談的西餐館在購物區裏，橫流的物欲裏挾着人們歡天喜地地湧動。段凱文穿行其中，人們不由自主地為他讓道。這個欠了老媽閣一億多的男人，仍是霸主氣勢。

律師的 e-mail 是段凱文離開媽閣的第三天到達的：「段凱文突然失蹤！」他家裏人和公司的人都不知道他的去向。從時間上判斷，他離開媽閣後沒有回北京，直接飛到某個藏身之地去了。在幾個董事會成員主持下，財務科開始徹底清查賬目，發現段用各種名義從公司挪用錢款已有三年。目前公司的虧欠遠大於公司的總價值。所以段董事長剩給董事們的就只有債務。

余家英發現自己的家也被抵押出去，借了一筆款子。沒人知道段凱文抵押貸款的用途是甚麼，只有梅曉鷗清清楚楚。從貸款的時間上判斷，那筆錢被用去還他頭一次欠曉鷗的賭債。那筆準時到賬的還款打開了他之後向她借籌碼的大門，通向現在的持續欠債，通向他的去向不明。余家英帶着兒子搬進了一套兩居室公寓。公寓是三個月之前段以余家英弟弟的名字買下的。那是他在為失蹤之旅鋪路。到底是個負責任的丈夫，讓老婆孩子最終還是頭上有瓦，腳下有地。

他給予曉鷗的厚待是天大的例外。已經是個輸光的輸者，在訣別家庭和社會之前把那麼一大片土地留在身後，給她曉鷗。她想起他們最後一次面談時他的每一句話，他說的不多，因此她都記住了。他問起她的兒子，還問起她的母親。說了一句話現在她才聽出底蘊：「你從來沒把你的故事講完。不知哪天再聽你接着講。」

她回憶他拉着旅行箱穿過沒頭蒼蠅一樣忙亂而快樂的人群，那麼目的明確，那麼莊重穩健，果真是個走向不歸途的身影。

新年前來了個賭客團。一共七個人，燕郊某鄉的各種領導。聽說那一帶的田野荒蕪好幾年，最近出租給了北京某文化公司建影視基地，他們手中便有了賭資。

曉鷗把他們託給阿專，向他們道了「玩痛快」的祝願，搭飛機飛到海口。

這是熱帶雨季，屬於段的荒地上出現許多水窪，兩三個月之後的蚊蚋產房。雨季使這塊荒地更荒了。曉鷗剛向荒地進發十幾米，一個讓雨衣捂得嚴嚴實實的身影出現在她左前方，問她跑進他們公司的地界要幹甚麼。曉鷗這才發現左邊搭起了一個塑料棚，這人來自棚內。曉鷗問他們公司是哪家公司。法院僱的保安公司。人已經來到她面前，揮着手裏一根兩尺長的粗木棒把她往外趕。雷把電線杆劈倒了，斷電線都在草叢裏，讓電打死誰負責？原來是為了她好。這麼兇惡地替他人着想的年輕保安一嘴四川口音。十幾年前海南省漸漸成了個小中國，集聚了五湖四海的中國人。

「法院僱保安公司來保護這塊地皮？」

「啊。」

「這塊地皮跟法院有甚麼關係？」

「我咋曉得！快走吧，一會兒還要下暴雨！」

「原來這裏插了塊牌子，是賣地皮的廣告……」

「你是買地的？」

「我買不起地，就是想找那廣告上的電話。」

「不曉得甚麼廣告牌牌兒。法院叫我們來的時候就沒看見甚麼廣告。」

「法院為甚麼叫你們來？」

曉鷗想，她換個方式提問，也許他能動點腦筋，給個沾點邊的回答。

「十七、八個人來過，對着它（他用拇指指指身後的荒地）指手畫腳，都說它上面有一塊是他的。」

這個回答乍聽還是不沾邊，但曉鷗在幾秒鐘的思考之後便全明白了。保安小夥子答覆完了，一片冰冷的巨大雨點就砸了下來。每個雨滴都給曉鷗的頭頂冰冷的一擊。西邊的天開始滾雷，那種又低又悶的雷，更接近巨獸在猛撲之前喉管裏冒出的低嘯，呼嚕嚕嚕，曉鷗的徹悟是跟着低嘯的雷來的。

那張地契已沒甚麼用處。段凱文到處借貸，他最大的債主已經動用法律把這塊荒地保了權。十七、八個債主將瓜分這塊地皮。媽閣的疊碼仔對這種情形不陌生：法院出面拍賣欠債人的不動產，以償還巨額賭債。曉鷗找到了即將主持拍賣的法官。可惜太遲了，小姐，那十八位債主十個月前就登記過了。

十個月前，正是段凱文帶全家到三亞度假的那個春節。他妻子和兒女都以為他去視察即將竣工的樓盤，他卻來了海口讓債主們收繳那塊地皮。段家人不知道他已經拆了他們幸福城堡的每一面牆，去補那些已經超越了補救可能的斷壁殘垣。

況且這份地契也是複製的，複製得很精良，但仍不是真品，法官對驚愕的曉鷗指出。在使她驚愕這點上，段從來沒有失敗過。他打回的每個球都那麼迅猛，而當你看見球的着落點在左邊而向左邊招架時，已經太晚了，球早已在右邊你的防衛空虛處着地。他這一消失，落得完全徹底的主動，讓你們所有人都被動地去自相殘殺，爭搶他拋在身後那點兒狗剩兒吧。

段凱文消失後的一年，誰都沒有得到過半點他的消息。航空公司的記錄查出了他當時隱去的蹤跡：從媽閣飛到新加坡，在新加坡逗留了兩天，又飛去了加拿大。也許他從加拿大偷越美國國境了。他沒忘了把公司賬戶上最後的四百多萬劃拉乾淨。

四百多萬，對他這樣貧苦出身的人，足夠餵自己，足夠給他自己養老送終。只要他不再進賭場。

十二

二零一一年初春，距段凱文消失已有兩年。所有欠債人也已經使曉鷗賣出了別墅，在兒子高中附近買了一套公寓。老貓一談到曉鷗在行內走的下坡路就齜牙搖頭：女人畢竟幹不了這行。

盧晉桐卻沒有從人間消失。但他以即將離別人世的父親的垂死情感，漸漸征服了兒子的心。兒子常常北上去探望他，所有長假短假都用來陪伴他。反過來倒是兒子常常對母親心虛，對她的愛中一多半是討好。哪怕只是跟父親在電話上長談一通，兒子也會跟母親低眉順眼，沒話找話說。母親對此的不適掩藏不住，面孔便越發垮塌，口頭上託詞是太累了。兒子一聽反而覺得找到了討好的機會，磨蹭到母親身邊，不着要點地替母親推拿。母親只能讓自己愉悅起來，掩飾心裏更複雜的傷感。在兒子眼裏，她絕不能做個不近情理的女人，跟他隨時會永訣的父親爭寵。做梅曉鷗和盧晉桐的兒子有多難，曉鷗很清楚，在母腹內就很難了。他還是三個月的胎兒時就聽到刀刃砍在指骨上的鈍響，聽到母親被這聲鈍響驚嚇出的瘋人的喊叫，感受到母體在受到巨大刺激時險些將他當異物擠壓出溫暖安全的子宮……三個月的生命就聽不到、沒感覺嗎？

做盧晉桐和梅曉鷗的兒子是不可能情感健全的。曉鷗多年來操碎心也是白搭，兒子從孕育到分娩，一直到他十五歲，基因和環境沒一樣健全，一切都保障了他情感的異常成長。該幼稚的地方，他是異常的老成；該複雜的時候，他卻一片渾然天真。他的心眼多在了一個孩子不該多的地方，而對外部世界他又單純到無能的地步。十三歲前，他從沒問過有關父親的任何事，十三歲後，他更不問了，他自認為他對父親的了解遠比母親深得多。有次曉鷗問他，盧晉桐還賭博嗎？兒子深被得罪地看了母親一眼。她又問他是否知道為甚麼他父親少一根手指，一根很有用場的手指。兒子悲憤地低聲回答父親早就告訴他了。

只要他懺悔了，犯的罪過就被兒子赦免；只要他將死，兒子可以忽略不計他怎樣荒唐地活過。連他對兒子不管不問的十三年都被赦免，忽略不計。因此只要他垂而不死，兒子和父親就會親密來往，曉鷗知道父子倆暗中的來往更要密切得多。

她只能怨怪自己，把所有時間奉獻給了賭徒們，使兒子對她日漸背離。曉鷗絲毫不覺屈得慌。從祖國大陸來的賭客們越來越多，讓曉鷗忙於迎來送往、借錢追賬；猛一抬頭，看到的海面又窄了好些，在她繁忙時，陸地又腫脹了一大塊。不過一百年時間媽閣地區被填出兩個半的媽閣地區來。多少魚和海鳥滅絕了或遠遷了，填出的陸地上矗立起一幢比一幢高的酒店、賭場，用來容納上萬、上百萬的賭客。但無論讓多少魚死絕也無法擴大人們腳下的土地，媽閣半島上仍是人均十九平方米的方圓。填海的面積在和賭徒人口的增長競賽，勝負對前者不太樂觀。

二零一一年十月，在填海的陸地上，在海洋生命的屍骨上矗立起高聳龐大的「銀河娛樂度假城」。人工的海灘代替了有生命的海，以及海裏相克相生的萬千種生命。潮汐是馬達推動的，不再跟隨地球心臟的節奏，而像臨終關懷醫院裏被機器起搏的生命假相那樣敷衍了事。

據説一個精壯漢子在這偽造沙灘上一閃，躍入偽造的海水。那是天剛亮的時候，假沙灘上還沒有戲水的孩子們。老貓的耳目偶然到沙灘上幫一個賭客取他落下的夾克，一晃眼看見了這個漢子的側影。耳目之所以為耳目，都是憑着過人的辨別能力。早上九點多，曉鷗接到老貓的電話。

「喂，起來了嗎？」老貓對她有賊膽無賊心的腔調始終如一。

「沒呢……」她送走上學的兒子，剛進入熟睡。

「告訴你個事，肯定讓你馬上跳起來。」
「那你別告訴我了。」
「好吧，不告訴你了。」
曉鷗翻了個身。老貓一般不會這麼早起來。你要他起早，他會說：「幹嗎？我又不賣魚！」
「掛了啊？」老貓在她奇癢的好奇心周圍騷動。
「快說甚麼事！」
「你不是叫我別說了嗎？等你起來穿上衣服再告訴你。」
老貓的調情都是通過這類話進行的。話頗清素，調調特葷。
「快說啊！」
「你看，我和你老急不到一個地方，急不到一個時間。」他色迷迷地笑了。
曉鷗掛上手機，眼睛卻盯着它小小的顯示屏。她已經全醒了。手機鈴響，小顯示屏上亮起老貓的「貓」字。曉鷗等鈴響到第四遍才接聽。
「把我當誰了，不接電話？」老貓問。
「正穿衣服呢！」曉鷗用他的語言調戲他。

「哎喲！……」對方出來一聲爛醉的聲音。近四十歲的女人身體真裸到他面前，可能會讓他醒酒。

「快說甚麼事，我穿完了。」

「穿完了還有甚麼事？直接回家。」

「老流氓，你還沒完了！」

「老流氓是不錯。就跟一個人沒流氓過，對嗎？」

「煩不煩啊你？」小四十了還讓老貓惦記，不易。她也就只有老貓這種人惦記了。連史奇瀾都不惦記她了。兩年多一點音訊都沒有。

「你一直惦記的那個人浮出水面了。」老貓說。

「誰?!」她的直覺已知道是誰了。

「姓段的。人間蒸發有兩年多了吧？」

「他在哪裏？」

「我小兄弟在大倉看見他了。還挺會嘗鮮，剛開業他就來了。」

曉鷗想過多少種面對段凱文的畫面？多少種責問和討伐？現在她甚麼也想不出，完全不知道該怎樣面對他。

「現在他回房間去了。昨天一夜肯定玩得很爽，一早有力氣游泳！」老貓說。

午飯時間老貓替曉鷗把消息完整化了。段凱文經一個朋友介紹，找到了一個剛剛在銀河貴賓廳上班的疊碼仔。一個十幾年前偷渡到媽閣的廣西仔。他從廣西仔手裏借了二十萬籌碼，玩了十幾個鐘頭，贏了七、八萬。

一下午時間都不夠曉鷗來想怎麼辦。一個人失信失到這程度，反而無懈可擊。消失兩年多還冒出來？別人都羞得活不了，他反而無事，照樣在天黑之後來到賭廳。

老貓買通了中控室的頭頭，允許他和曉鷗從監視鏡頭中觀察段凱文。段除了人添了層膘和膚色加深一點之外，毫無變化。兩年大隱，又是一條好漢。他穿着一件深色運動夾克，淺色高爾夫褲，阿迪達斯運動鞋，好像他拋下所有債務所有人只是去度了兩年的假，打了兩年的網球或高爾夫。

荷倌開始發牌，段跟他的三個賭伴都押了莊。翻開兩張牌，莊家贏。曉鷗從不大的監視儀屏幕上細看段凱文往回刨籌碼的動作，比當年更具活力和貪婪。他不是貪婪贏來的錢，而是貪婪贏的本身，或者賭博本身。

老貓在屏幕前為段當啦啦隊，同時當教練：「押得對，押太小了，媽的，蛋給嚇軟了……好！好！……再出個三點、兩點也行……好，三點！小子贏了！……」

曉鷗回頭看一眼老貓，幹這麼多年了，興頭還這麼大。老貓的頭髮幾乎全白，雖然才四十五歲。他從不承認為拖債的賭徒着急生氣，但他的頭髮承認。還有他的腸胃承認。老貓碰到頑劣的客戶欠債躲債，他會出現一種滑稽的生理反應：不斷打嗝，平均兩秒鐘打一個響嗝。現在他為段凱文的贏開始打嗝。

「走，到廳裏去！」老貓拉曉鷗。

「等一會兒。」

「等甚麼呀？再等連這點錢都要不回來！有幾十是幾十。」曉鷗還是盯着監視器上的段凱文，似乎怕對峙的時候對錯了人。

「你不會是怕這傢伙吧？」

曉鷗給了老貓一個「少小看人」的厲害臉色。但她似乎是怕那傢伙。他的無法無天、敢作敢為讓她常常感到理屈詞窮。還讓她錯覺他如此行為是否會有某種凡人看不透的依據，某種使他有恃無恐的根底。沒這根底他到哪裏養得心寬體胖，一臉潤澤？沒這根底他敢再回老媽閣來？那摸不透的根底讓他大大方方回到賭台邊，繼續不認輸。從抽象意義上看，不認輸沒甚麼不正確，不認輸應該算男人的美德，或許這就是段凱文無法無天的依據？誰說我段某輸給了媽閣各個賭場一億幾千萬？我這不還沒死嗎？到嚥氣之前，我都不能算最終的輸者。

段凱文今晚是贏家，是整個貴賓廳的明星。十一點鐘，他面前堆着四百四十萬的籌碼。

老貓跟曉鷗急了，「四百萬你不要別人可要了啊！段生到媽閣來的消息現在還沒有走漏，一走漏就輪不上你梅小姐要債了，那五、六個債主會全圍上他，贏了還好，輸了明早他就不知讓誰扔到海裏去了！」他看着曉鷗。曉鷗一直看着監視屏幕。另一個監視屏幕上顯示的是段凱文的背影，面前三把茶壺，壺嘴全衝着荷倌。這就是他不認輸的依據？曉鷗差點笑出來。

曉鷗和老貓帶着元旦——老貓的新馬仔跨進貴賓廳，段正巧從台子前面起身，一隻手鬆鬆地握拳捶打腰部，消失的兩年多還是加在了他的歲數上，捶腰是歲數給他新添的動作。那個廣西仔收拾了他贏的四百多萬籌碼，姿態卑恭地伸着一隻手，像是邀請他去兑換現金。段卻擺擺手。

「快上去！」老貓推推曉鷗。

曉鷗不動，也不准老貓動，雖然老貓的警告她聽進去了：錢在段這種大賭徒手裏待不長，四百多萬要麼讓他再輸給賭場，要麼讓其他債主分搶，好歹四百多萬能把段欠她的債務減去一小截，尤其對走入經濟低迷的曉鷗來說，要盡快求得這四百多萬落袋為安。但曉鷗硬按住老貓，把四百多萬連同段凱文放了過去。

段拿出四百多萬的一小部份兑成現金，付了廣西仔和端茶倒水的小姐豐厚小費，之後走到另一間貴賓廳，繞個圈子，東張西望，似乎風水不及格，他又走出去。對面小廳的風水被他看出了甚麼名堂，他走進去，一番高深莫測的打量後，選中個位子坐下來。坐下後他小聲對跟包一般的廣西疊碼仔指示幾句，廣西人到餐櫃上取了一盤雜錦水果，放在他左手邊。還是有人把他當爺伺候的。

曉鷗和老貓找了個角落站定。現在曉鷗能把段凱文的右耳朵和鬢邊花白髮看得很清楚。對於段凱文，他仍然是在過失蹤人的日子，哪裏藏人也不比藏在人海裏隱蔽，按媽閣的人口密度算，這裏是一片最深的人海，因此為人海之一粟的他顯得極其自在，一點都感覺不到他的右耳朵和鬢角被曉鷗兩束目光盯得要起火。落座後段用一個小銀叉挑起一片片水果送進嘴裏，一面看台子上原有的兩個賭徒過招。兩個賭徒都是東北人，當年闖關東，如今闖關內，一副不是橫財不稀罕的匪勁。跟他們相比，消失到西方文明中兩年多的段凱文像個爵爺一樣貴氣持重。吃完水果，段凱文擦乾手，讓廣西人把他剛才贏的碼子拿出一半來，放在台子上。頭一注他押的是五十萬。

老貓又急了，使勁推推曉鷗：「該上去了！這五十萬可是你的錢，讓他輸還不如你自己輸呢！」

曉鷗又是一個厲害眼神，讓他小點聲。段凱文懸念迭生的人格讓她着迷，可不能現在斷片。五十萬贏了，她的心跟着狂跳。又押三十萬，但段突然反悔，把三十萬拿回，再一猶豫，又在三十萬上加了三十萬……又贏了，她心跳得半口氣半口氣地喘，段卻若無其事，至少在她看來是若無其事。下一注是一百萬，段輸了。她看得從椅子上欠起屁股，看得太入戲、太上癮。桌上的牌比起這個不動聲色的玩家，太單調了。這個玩家勾起曉鷗從未有過的求知欲，對一個窮孩子演變成富翁再演變成賭棍的謎一般的人格的求知欲。

老貓從外面抽煙回來，段凱文贏到了六百九十萬！

這意味着曉鷗可以馬上奪回這六百九十萬來，用來買回原先的別墅或者換一輛新車，她的車已經太年邁了。或者把阿專僱回來。越來越多的客戶讓她做債主，她讓阿專賺的抽份太少，工資也一直不漲，阿專悲哀地辭退了她這個女老闆，到一個不比阿專年長多少的男老闆手下當差去了。是的，段凱文面前的六百九十萬是她梅曉鷗的。是她十多年的辛苦、缺覺、風險掙來的，是她用移情的兒子為代價掙來的。這六百九十萬到手，她可以金盆洗手，安於小康生活，把兒子移走的情感再牽回來。曾經六千萬身家都不滿足的曉鷗，現在六百萬足矣。

可她動不了，連走十幾步，走到段凱文對面跟他來一番荒誕的見面禮都辦不到。她讓老貓不要催她，或許段今天暗操了甚麼殺手鐗，或者兩年做居士琢磨出了甚麼道行，一夜贏回他欠曉鷗的三千萬也難說。這個倒霉了幾年的好漢，也該回來當好漢了，曉鷗是這樣說服老貓。這不是她心裏的真情，她其實看不清自己心裏的真情是甚麼。她是段凱文大懸疑故事中的重要角色，但台本對她完全保密。她像所有看懸疑片中邪上癮的人一樣，只有一驚一乍地跟着故事往下走，更別說掌握台本的主宰有着隨時更改情節的全權。

老貓笑笑。你曉鷗上了賭癮，這是他的判斷，她在暗暗跟着段凱文輸贏，借段的好運勢玩個心跳。他又出去抽煙了，回到廳裏，段的贏數上漲到八百二十萬。對段這個天生的冒險家，每個贏局又成了他心理上的遊戲積木：積木搭起大廈，一塊塊不規則形狀搖晃上升，維持着危險的平衡，上升，上到……偶然墜落的一兩塊方形或圓柱體可能會引起連鎖反應，帶着整個大廈崩塌，但在它沒崩塌前，段只有一個信念，就是讓它繼續上升……

曉鷗給老劉發了一條短信。對於段的失蹤老劉一直感到對不住曉鷗，為曉鷗拉過幾個賭客團到媽閣，讓曉鷗至少能從賭廳賺到仨瓜倆棗的佣金。曉鷗暗示他，自己從來沒有怪罪過他老劉，連她自己對段都看走了眼。但老劉自責的疼痛一直沒得到緩解。直到上個月他兒子結婚，曉鷗送了十萬禮金，才使老劉相信梅小姐跟他還能把朋友做下去。

「最近是否有段的消息？」曉鷗的短信問。

「毫無消息。」老劉的短信回答。幾秒鐘之後又跟來一則語音短信：「他老婆中風了，第二次中風，很危險！」

余家英第一次中風是她的老段失蹤的第三週，她和兒子被迫搬出不再是段家的豪宅，搬進東四環上的兩居室。

賭徒的愛情或婚姻時不時會以婚姻一方的失蹤而結束。有趣。十幾年前，曉鷗的失蹤結束了盧晉桐對她常常高喊的愛情，據說她的消失對於盧晉桐比斷指還痛十倍，因為盧的痛不欲生，姓尚的才下決心誓死攻下曉鷗。令一個男人害相思病的女人，令一個男人便覺得該拼死一嘗。

「難道一點辦法都沒有？」曉鷗在一條短信中問老劉。老劉當然知道她指的「辦法」是甚麼。

「警方和法院都沒辦法。」過一會老劉又跟了條微信：「你是不是聽到甚麼了？」

曉鷗聽着老劉的微信，眼睛仍然看着八米之外的段凱文。老劉甚麼都落伍，辦公室還用七十年代的保溫杯，外套和褲子的式樣直接以八十年代風貌跨入新世紀；更新和使用信息革命新產品卻勇做先驅，可以跟曉鷗的兒子成同代人。微信剛發明，老劉就成了它的第一批使用者。

「聽到一點傳聞。」曉鷗看着脫下運動夾克的段凱文給老劉發出信息。

「甚麼傳聞？」老劉問道。

「說段在媽閣冒出來了。」

「你看見他了？」

「沒有。」曉鷗盯着穿短袖高爾夫衫的段下了一大注。她看不清那一注是多少萬。被段推上去的一堆籌碼如同一部攻佔敵城的坦克。段這個坦克手不想活了，要壯烈了。曉鷗暫時擱下跟老劉的通信，氣都不出地看着八米之外的段凱文，準確說是看着他的大半個後腦勺。段凱文的後腦勺非常飽滿，不像許多北方農家子弟那樣扁平還有童年生癤生瘡落下的疤痕。後腦勺裏滿當當地儲存着五十多年的記憶，最多的一定是有關那個此刻正中風的膠東姑娘的。膠東姑娘當時看着他清華大學的校徽，就像看着皇族的爵徽。她看了那麼久，似乎校徽比他的臉更有表情。她以為這枚校徽就是她一生衣食無憂的保障。飽滿的後腦勺微微一仰，荷倌翻開一張決定性的牌。廣西疊碼仔嘴裏蹦出個親熱的髒字。

段總又贏了。

為了膠東姑娘贏的。為了她託付給他的一生，他不能輸。夜裏十一點半，他贏了賭廳一千二百萬。廣西疊碼仔過來扶他，他沒有拒絕。腿坐麻了，還是腿比他人先老，曉鷗判斷不出。

曉鷗拖着老貓再次進入中控室。從監視屏幕上看到廣西人扶着段走進休息室，為他拿了一塊三明治。段坐下來，頭仰靠在椅背上，大口暢飲礦泉水。似乎是處在死戰間歇的休憩中，看上去不僅悲壯而且浪漫。

一瓶礦泉水喝完，又是一瓶。兩瓶冰鎮礦泉才把段救過來。又是五分鐘過去，段恢復了常態，開始向廣西人佈置甚麼，廣西人為難地微笑，頻頻搖頭。但不久廣西人似乎從命了，開始急促地打短信，發短信，段走出休息室，在走廊上不耐煩地等待着。過了一會兒，廣西人發出去的短信收到了回覆，他回到段的身邊，兩人更加投入地交談起來。

老貓把元旦留在貴賓廳，刺探廣西人和段凱文的行動和談話內容。此刻從監視屏幕上看到元旦站在離段和廣西人不遠的地方，手裏拿着一大盤水果，吃得很貪。很快元旦的信息發過來，抱怨說廣西人和段總說話聲音太輕，害得他一個字都聽不見。老貓立刻撥了個電話過去：「笨蛋！還吃楊桃、菠蘿呢?!嚼起來聲音多大！那麼多水份，連吃帶喝，你現在放個響屁自己都聽不見！笨！」

監視屏中的元旦趕緊把水果放下，又往段身邊湊近一點。段和廣西人的二人會議卻圓滿結束了，擦着元旦走過去，似乎一個重大決議已經產生。另一個監視屏幕是迎着二人的，能看出廣西人有些神不守舍，而段的樣子是橫下了心。甚麼決策讓他橫下了心？曉鷗被越來越曲折的懸疑劇吸引得忘我了，緊盯着屏幕，唯一的念頭就是它可別斷片。

走廊裏走了十多米，段停下來，回過頭看了一眼身後。失蹤日子過多了，本能地反跟蹤。這一回頭絕對必要，因為他馬上判斷出自己身後有尾巴：元旦跟他對視了半秒鐘，小特務一般轉身往回走，裝着忘了甚麼東西。但無論如何，元旦的一閃即逝讓段改變了二人會議剛產生的決策，因為他和廣西人走到最大的貴賓廳門口，廣西人往裏跨了一步，發現段總徑直向走廊盡頭的電梯間走去，愣了一陣，叫喊着追上去。從監視屏幕看廣西人的口型，他大概是叫：「段總！段總您去哪裏啊？」

有一幅屏幕上出現了段凱文，在對廣西人解釋着甚麼，廣西人似乎沒有被説服，但打算在執行命令中加強理解。

段和廣西人剛進電梯，屏幕上出現了用短跑速度追過來的元旦，被電梯徐徐關上的門阻截了，眼巴巴地看着顯示燈顯示着電梯載着暫時脱險的追擊目標穩健上行。

老貓從監視屏前面站起，同時給出他的判斷：段凱文回房間睡覺去了。

曉鷗覺得未必。元旦的特務行動讓段凱文加強了防範，擔心自己逍遙的失蹤日子過到頭，臨時回房間避一避。

「趁他沒把碼子兑換，再把贏的錢轉移，你必須現在到他房間裏去堵住他。我跟你一塊去。」老貓說，毫無商量。

曉鷗知道老貓在理。這個討回債務的時機千載難逢。段凱文是個有本事的男人，天生的創業者。是否在他消失的兩年中又創了一份產業都難說。一個不備讓他把錢匯走，曉鷗暗淡的經濟前景會持續暗淡。

「段凱文是不會收手的。」她說。

「你怎麼知道？」

「我怎麼會不知道？這幾年我對他很了解。」

段在休息室與廣西人談了甚麼她大致清楚：他要榨取這場好運勢的每一點利益，趁着欲墜而不墜的積木大廈未倒之前再攀幾個新高，因此他向廣西人提出玩「拖」的建議。廣西人千般猶豫之後同意了他。廣西人猶豫不是因為賭性不夠，而是因為他看見這一晚段老闆如何得手，鬼使神差地總是押對地方，似有神助地大把贏錢，他不敢和這樣運勢過旺的人拚。不過段最後說服了他。段知道業內有「分吃」的玩法，「多叫幾個熟人，分吃我這份貨唄。」段一定是這樣給這個經驗不足的廣西佬支招的。這就是為甚麼廣西人花了十幾分鐘發手機短信：他在找分吃段總的同行。

段凱文怎麼可能不玩「拖」呢？他玩賭不玩「拖」等於蓋房不蓋摩天大廈。這就是曉鷗對他的了解。她是憑這深層了解反向地結構段的懸疑故事的。一道疑難算式，反方向破解，也許會有突破。因此她沒有跟老貓一塊離開銀河。她現在回家反正也錯過了兒子的上床時間。她反向結構的段的行為很快會給她線索。她又進入中控室，跟值夜班的兩個小夥子閒扯，扯熟了，她請他們看見這個人——她出示手機上段的一張中景相片——就叫醒她。然後她蜷身躺在一張三人沙發上。暫時的停戰，大家都要抓緊時間宿營。

段凱文在淩晨三點出來了。廣西人剛從午夜的短暫午睡中醒來，比不睡更迷糊。段卻不然，鏡片後面的兩隻眼睛比任何時候都更有瞄準性。他擺脫了小特務，可以幹一番大舉措了。貴賓廳的人比午夜前少了一些，正是拉開膀子一博的好時候。他端坐到一個秀氣文弱的年輕男荷倌面前，拿出幾個碎籌碼，讓他飛牌。他盯着一張張翻開的牌，盯了十幾副。在椅子上挪了挪，把自己進一步擱穩、擱舒服，輕輕將兩個袖口往後抖一抖。一個正式的開始。不成功，便成仁，他向荷倌做了個要牌手勢。

三把牌打下來，段和賭廳兩贏一輸。現在作為段的對手的廣西疊碼仔也不卑恭伺候了，你段老闆是爺我也是爺，被你給「拖」成爺了。

曉鷗比兩個中控員盯監視屏還盯得緊。段的每一個小動作都不會錯過她的注意。輸了的那一把段丟掉一百萬，加台面下丟的，就是三百萬，或四百萬。也有可能五百萬。因為賭台附近出現了五、六個年輕人，不時用手機收發短信，曉鷗懷疑他們是廣西人的朋友派來的嘍囉。廣西人到底讓幾個同行和他分吃：段老闆，從嘍囉的數目上看不出來。

賭台上開始拉鋸，段的輸局略多於贏局。但還不至於傷筋動骨。破曉了，所有嘍囉們都四仰八叉癱在椅子上，賭台邊仍是段凱文巍然的坐姿。加拿大（或者美國）營養好，養出他這麼好的體力和耐力。

天色大亮，段起身收拾台面上的籌碼。他的疊碼仔現在是他的敵人，因此數碼子是靠不住的，他要親自數。他粗略地數一下碼子，又把碼子用夾克包起來，兩隻袖子繫成結，抱在懷裏。曉鷗跟進他或贏或輸的每一局，算了一下那一兜子沉甸甸的籌碼總價值應該在八、九百萬左右，台面上下都算上，輸得這麼輕，對段凱文來說，就是大贏了。

曉鷗錯過了昨晚和兒子睡前的母子會晤，早餐無論如何不能錯過。她跟盧晉桐這個自稱垂危的人在拔河，兒子的心是他倆之間的那條繩索。每一次睡前閒談和每一次同進早餐都是她把繩子往她這一邊拉近一點，有時覺得拉得頗吃力。有一次兒子談甚麼談得興起，要放一段電腦上下載的視頻給母親看，回過頭，發現母親在看錶：母親早衰的視力使她不得不湊到床頭燈下對那過於袖珍的仕女錶擠眉弄眼。兒子便說視頻找不到了。他的臉在說另一句話：爸爸在這種時候不會看錶的。隨便曉鷗怎樣偽裝熱情，表明自己想看兒子的視頻，兒子都說找不到。拔河的繩索飛快地往盧晉桐那邊移去，把曉鷗拽得跌跌撞撞。

等她回到家，兒子已經上學去了。保姆說兒子沒有吃早餐，拿了自己的錢到街口吃麥當勞去了。曉鷗扭身便要去追，保姆叫住她，別追了，他快活得很，說總算上帝賞賜他吃早飯的自由，不必和母親共進早餐了。保姆還笑哈哈呢，十五歲的少年無非是跟母親搗蛋一次。能像農家出身的保姆這樣多好。農家人對天倫的力量有種不可顛覆的信念，不必動這麼多心眼，天倫注定的，都是應當應份；是你的，都跑不了。都市父母多少人為工夫、親子活動、生日派對、節日禮物，跟天倫給予的原始紐帶相比，多麼造作矯情又吃力不討好。

就像挨了兒子一記窩心拳，曉鷗站在門廳裏半天不動。她不是農家人，她對天倫不敢那麼信賴。她像都市許多父母一樣，做小媳婦一樣做母親，尤其做十五歲的男孩的母親。

她多少個月苦心經營的親子項目，被一個段凱文毀了。淋浴的水溫偏高，她需要那一股股熱流。恨不得讓熱流更換她一身冰涼的血液：在空調過剩的賭場貴賓廳裏涼透的血。

下午一點多鐘醒來，她第一個動作是打開手機短信。老劉來了七、八則微信。她顧不上聽老劉囉唆，直接打開十五分鐘之前來自老貓的信息。

「我已經找人跟段的疊碼仔談了話，從側面了解到段的新動向：段今天凌晨三點到七點多玩的是拖三，昨天贏的一千二百萬又輸掉四、五百萬。」這條信息是持續的，三分鐘之後，又一條信息接上來：「假如你昨夜聽貓哥一句，至少能讓段償還你一千萬的債務。我已派元旦去銀河守候，一旦段出現，馬上通知你。」

昨天的懸疑都被一一解密，接下來是一陣無趣：又能如何？曉鷗這個四十歲的女人心裏最常盤桓的就是四個字：「又能如何？」多贏幾百萬，又能如何？少幾百萬，又能如何？……她帶着「又能如何」的微笑，坐在梳妝枱前梳她比三年前稀疏的頭髮。化妝和髮式讓她豔光四射，可又能如何？世上還有一個人需要她的豔嗎？世上可還有任何人值得她為之豔麗嗎？兒子已經有兩天一夜沒看見她了。兒子只有在學校開家長會的時候注意到一個事實，他有個比別人美得多的母親。那時她花工夫修飾出的美才有了主題。她已經兩年沒參加兒子的家長會了。在他的學校，公認的家長是保姆。

吱吱吱的震顫使手機在梳妝枱上奇怪地爬動。瞬間她忘了它是個機器，感覺它是一種異體，這十多年來離間了人間與生俱來的橫向縱向關係的異體。她看到使之發出吱吱鳴叫的是老貓。從天而降的老貓干涉着她正常動作的連續性：她必須放下那支遮蓋黃褐斑的粉底毛筆，讓老貓打斷一下。她和兒子生活的連續性，被吱吱叫的異體打斷得破碎不堪。她想起史奇瀾：他總是拒絕被打斷。手機是他用來打斷別人的，他甚麼時候想通話想發信由他決定，就是說，只能是他用手機，而不能讓手機用他。對老史的一絲遐想、一絲渴懷讓她心生一種痛楚的甜。她決定不理此刻成了異體的老貓，不讓他離間她和她遐想中的老史。

老貓不甘心，在她化好妝之後又開始吱吱叫喚。這回是電話。

「喂？」

「怎麼不回短信?!」老貓帶一種劈頭蓋臉的動勢。

「甚麼短信？」她還在想史奇瀾那老爛仔可還好好地活着，現在何方……

老貓拿她沒辦法地咂巴嘴：「嘖！我告訴你，元旦已經把段老闆扣住了，正等你出場呢！」

「扣他幹嗎?!」曉鷗對老史的相思暗動立刻被離間了。

「不扣住他，他把錢都輸光了！」

曉鷗到達銀河酒店大堂時，老貓正在手機上跟人激動地通話，一頭茂密的白毛起了狂飆。看見曉鷗，他匆匆跟通話者道別，掛上手機，告訴曉鷗那邊也是個賴賬的，還是甚麼省級市的計量局長呢。

「段凱文呢？」曉鷗顧不得表達她對老貓的同病相憐。

老貓指指樓上，叫曉鷗跟他去。途中曉鷗弄清了扣押段的全過程：今天上午十點，段和廣西人到了賭場，一個小時就輸掉三百多萬，而且是玩「拖」。元旦向老貓打了報告後，老貓讓元旦立刻把段騙出賭廳。

「怎麼騙他的？」曉鷗問。

老貓替元旦編撰出最具效力的詐騙語言：「先生，有個姓段的小夥子從北京過來，專門來見您。」段一聽就詐屍般從椅子上站起來。元旦馬上問要不要把小夥子帶來見他，段把腦袋搖成了個撥浪鼓。元旦表示可以帶段老闆去見小夥子，段眼睛紅了，鼻頭更紅，這回搖腦袋搖得很慢，有氣無力。元旦安慰他別分心，好好玩，反正姓段的小夥子已進了他的房間，正休息呢。段問誰他媽的讓他進房間的？他一大聲把老淚震出了眼眶，從眼鏡後面直瀉下巴。元旦告訴段總，酒店前台聽說孩子是段老闆的兒子，還未成年，就放他進房了。新開的酒店，希望大家開心，周到得過點頭，是可以理解的。何況小夥子確實姓段，他護照給他做了證。段再也不猶豫，獨自向貴賓廳外面走，把剩在台面上不多的籌碼都忘乾淨了。廣西人收羅起段的籌碼，追出賭廳，段接過籌碼卻揮手拒絕了疊碼仔的隨行。

段一出電梯就知道真相了。元旦很坦蕩地告訴他，段老闆受騙了。其實想見他的人不姓段，姓梅。

梅曉鷗就這樣被推到對台戲的位置上。段凱文聽見門鈴抬起臉，對業餘看守元旦說：「開門去。」老闆架子一點沒塌。

門在老貓的臉龐前面打開，老貓個頭不高，段凱文越過老貓的白髮把曉鷗精心吹蓬的黑髮看得很清。老貓率先走進段的房間。一個商務套房，廣西人待他不薄。曉鷗在門口擺了一系列面部表情，沒一個合適拿出來見自以為成了隱身人的段凱文。因此段看見的她基本上是粉底和化妝筆勾畫的臉譜，臉譜下她的臉部肌肉已經累極了。

「曉鷗，這就不夠意思了，是不是？你知道我拋家棄子，還用我兒子做釣餌把我騙出來。」段從茶几上拿起一根煙，打着打火機，因此後半句話是用沒叼着煙的那半張嘴說的。

兩年的失蹤，似乎瀟灑走一回。曉鷗被他的主動弄得像個鄉下丫頭，急於為自己辯護。

「我還在家梳洗呢……收到貓哥的短信……」

「你自己要見我，我能不見嗎？你梅小姐恐怕不是今天才知道我到媽閣的吧？恐怕你前天就暗地盯梢我了吧？」

原來他前天就到了。老貓抱着兩條曬色的手臂，跟元旦各坐一張椅子，完全一張空白臉。撲克臉。老貓的左胳膊上文了一朵夏威夷蘭花。這隻孤貓早年大概愛過夏威夷蘭花所象徵的那個女子。現在夏威夷蘭正怒放，老貓身上運氣，大臂肌肉使它怒放成了一道猙獰的符。老貓的表情全跑那兒去了。越聽曉鷗自我辯解，段凱文越是步步緊逼，揭露指控，那朵夏威夷蘭便越怒放得可怖。

「我承認那張地契是我臨時拉的擋箭牌，你當時逼得太緊了。」段凱文用他永遠不緊不慢的山東漢子口氣說道，「你們媽閣的疊碼仔做事風格嘛，當然不能強求……」

只看見一個身影撲向段，同時響起嘩啦啦的聲響。身影是老貓的，聲響是砸碎的茶杯。老貓如同人形野貓那樣朝段發起攻擊，一爪子打在段的臉頰上。剛才他來不及放下茶杯就攻擊了。一下不夠，又來一下，貓爪子一左一右地抽打在段凱文五十多歲的保養良好的面頰上。曉鷗反應過來，段已經挨了四、五個耳光。

「別打了！」

她聽見自己刺耳的尖叫。她從不知道自己尖叫起來是左嗓子。等她從身後抱住老貓，才發現這是隻鐵打的貓，渾身沒一塊人肉。可想這種鐵耳光打在人肉上的感覺。段凱文的眼鏡早不見了，頭一擊就飛到床上去了。曉鷗抱着老貓往後拖，一面左着嗓子尖叫，讓元旦上來跟她一塊拖老貓。元旦司空見慣地閒坐在椅子上。他打人遠不如他老闆，不然早就不閒着了。

再來看看段凱文，左上唇飛快地在血腫。被老貓的鐵爪子擊中，唇和略突出的牙相撞，牙把內唇咬出個洞。曉鷗判斷着，其他地方沒留下任何受打擊的痕跡，連神色中都沒有痕跡。經過天涯亡命的段總，驚濤駭浪慣了，一個媽閣老貓能把他如何？

「你幹甚麼?!」曉鷗對老貓呵斥，尖叫過的嗓音怎麼都有些不着調。

這一場打倒把老貓氣瘋了，朝段凱文罵得不歇氣。越罵他自己越被煽動起情緒來，把他自己的賭客也順帶罵上了。他要不罵曉鷗永遠不會知道老貓是個比她還大的債主，欠他債的人從省級幹部到鄉級幹部，從電影導演、製片人、明星到國家級運動員，七十二行，三教九流在老貓手下能組成個龐大的欠債團。

段凱文在老貓歷數他客戶的種種劣跡時側臥到床上，撿回眼鏡，用衣角擦了擦，端正地架回他挺直的鼻樑上。人家甚麼心理素質？

老貓罵完了，言歸正傳，問段凱文還剩多少錢。不知道，差不多四、五十萬。

老貓一點預兆都沒給就又跟段撕扯上了。他揪住段高爾夫衫的胸口，把他從床上提起。曉鷗跺着高跟，求老貓別再打了。「你昨天夜裏還有一千二百多萬，這半天你就玩成四、五十萬了?!你他媽的經輸不經贏的蠢貨！誰讓你把還她的錢輸了?」他指着曉鷗，「人家一個女人，養家養孩子都憑她自己，你他媽的有點良心沒有？你他媽的是個男人不是?!……」

若不是曉鷗擠到段凱文前面，老貓的拳出得不痛快，段今天大概會肋骨瘀血的。

「貓哥你打着我了！」曉鷗叫道。她嗓音又扁又尖，五音不全，她絕不敢認這嗓音，但老貓被這嗓音叫住了，鬆開段凱文，問打得重不重，問曉鷗疼不疼。

段又回到床邊坐下。死豬不怕開水燙。或者，你們演甚麼周瑜打黃蓋呀？快謝幕吧。

「就憑他這麼對你，可以讓人把他扔海裏去。反正他已經失蹤兩年，接着失蹤去吧。對他家人，對誰都沒甚麼區別。」老貓又讓自己氣烏了臉，白髮抖得像貓科動物之王：雄獅。「剩了四、五十萬？他媽的笨蛋，敗家子！他媽的你知道你是用誰的錢賭嗎？梅曉鷗和兒子的活命錢！」最後一句話字字都像是從老貓嘴裏被踢出來的。

挨了這幾拳的段凱文減了幾分盛氣。尤其老貓那句把他扔海裏去的威脅，讓聯想豐富的他頓時看到了活生生的畫面。「你說你打算怎麼還梅小姐錢？」

「我會還的。」

「我他媽問你怎麼還！」老貓收緊嘴唇說。

「昨天我是用二十萬贏了一千二百多萬，四十萬足夠我贏兩千萬。」段總在搞計劃經濟呢，或者是在種地瓜，一棵瓜秧收穫多少大致有數。他換了副口氣，話來了個轉折，「不過假如梅小姐願意要這四十萬，現在就可以把錢拿走。」他臉轉向曉鷗，不卑不亢。嘴唇的血腫已經使他的整個口形變了，明顯歪向右邊，跟誰使鬼臉似的。

「曉鷗，你先把他所有的錢都拿進。他願意接着做贏錢的夢，讓他從他那個廣西仔手裏借。」

「完全可以。」沒等曉鷗開口，段痛快地答應了。

「不過要跟這傢伙簽個合同，他在銀河贏的錢全部還你曉鷗。」老貓根本不理段凱文，只跟曉鷗說話。

「沒有問題。」段凱文滿口應允。

曉鷗悲哀地看他一眼。合同她跟他簽過不止一份，從來沒制約過他。只有他這樣難受制約的人在當今世界才能創出曾經那一爿家業。他臉色是坦然的；他會積極配合她曉鷗簽一份甭想制約他的合同。廢紙。曉鷗有氣無力地央求老貓和元旦離開，她想跟段凱文單獨談談。

「別讓他出門，萬一碰到他另外幾個債主，你連這四十萬都沒了。」老貓說着站起身。

而曉鷗恰恰帶段凱文出了門。她開車把他帶到南灣海邊。他們曾經有過一次海邊漫步，他為她買了昂貴的櫻桃。假如還是櫻桃時節，她會為他買的，不管多昂貴。他們開始得多好？跟她哪一個新客戶都沒有那樣好的起點。一次美好曖昧的漫步，因為飛機誤點。才四年，情誼早已不在，不能全怪他。也不能怪她該詛咒的行當。

車停在海邊，兩人都不想來一次舊地重遊。就把車當個咖啡座吧。段凱文這個謎團在曉鷗心裏越滾越大，是解開謎團的時候了。

「段總假如你不覺得我冒昧，我想問……」

「問吧。」

她扭過臉，看看他。他看着前面，海在他的窗外，落日在水面上撒了幾百萬片金子。這都跟他沒關係，晚期賭徒不需要美景。

「我能問你，這兩年都在幹甚麼嗎？如果你不想回答……」

「當了兩年寓公。甚麼也沒幹。」

「那你怎麼又想到回來，回媽閣，我是說……」

「我一個朋友邀我來的。」

「我沒看見你的朋友……」

「他在散座賭小錢。他從來沒賭過，對媽閣特別好奇，非讓我陪他來。」

「你聽說你太太又中風了嗎？」

他沒話了，眼睛越眨越快，企圖把眼淚眨回去，或者這麼眨眼至少給淚囊打個岔。

「這是她第二次中風，據說第二次中風是很危險的。老劉才告訴我……」

「我們不談這個好嗎？」段打斷她。

曉鷗也突然意識到自己多嘴。

「老劉真夠煩人的。我叫他不要跟任何人說。尤其不要跟你們這些所謂的債權人說。我姓段的死也不會乞憐。人固有一死。」他拿死給他自己和所有債主，包括曉鷗墊底。

原來老劉跟段始終保持着聯繫。老劉對曉鷗表白的歉意原來不止於他所表白的。她該怨老劉的，可她卻對老劉多出一層敬意來。老劉對段這個朋友是無條件接受的，對他的勝負都全盤接受，他給予段的友情是盲目的，忠誠也是盲目的。

此刻老劉知道段漂洋過海回到了東半球，回到了老媽閣。也許段太太因為老劉的照料沒有陷人徹底絕境。

「那段總這次回來，有甚麼長遠打算嗎？」

「有啊。我還是回去幹老本行唄。大部份債務都還清了，幸虧海南那塊地拍賣得不錯。現在就剩下幾筆賭債沒還。」他接下去的話大概是：沒甚麼大不了，或者，可還可不還。他曾經跟曉鷗暗示過：疊碼仔靠賭徒們從賭廳掙錢，因此他欠了疊碼仔的錢也白欠。

這就是他有恃無恐的依據。這就是他的根底。一切只能從頭來，律師，立案，起訴……一切令曉鷗不做就累死的事，都要從頭來……兩隻海鷗落到車窗前，都抬頭向車裏的人類張望，都是先用左眼看看他倆，又用右眼看看他倆，頸子靈活得可笑。兩隻鳥類叫花子，等着車上的人賞它們一點甚麼，渴盼都寫在它們鳥類的臉上。曉鷗後悔沒帶任何食物來。

段凱文卻打開車門，扔了幾塊揉碎的餅乾賞給海鷗。那是飛機上發的餅乾。

吃晾乾的煎餅讀完大學的段總保持着好傳統。可以在賭台上一夜扔掉上千萬，糧食對於他卻永遠值得吝惜。

「在美國學了不少東西。」段突然說。

曉鷗等着聽他學到了甚麼，他卻深奧地沉默了。她已經放棄等待了，他卻又開了口。

「認識了一個姓尚的先生。他認識你。」

「哦。」

她心裏沉一下。沉甚麼呢？她從來沒在段凱文面前裝聖女。

「他也說你不容易。」

到現在曉鷗都琢磨不出，「不容易」是誇人呢，還是損人。段又變成他倆之間主動的那個。

「姓尚的是個老賭棍。我兒子的父親要是沒碰上他，不至於徹底廢掉。看來賭徒到最後是會物以類聚的。太平洋都擋不住。」她恨透那個怕段凱文的梅曉鷗了，因此變出個唇槍舌劍的梅曉鷗來。

「那我倒納悶了，曉鷗你跟愛賭的人這麼不共戴天，自己為甚麼要幹這行？

記得我第一次見你就勸你改行吧？憑你的能力才幹，到我公司當個副總都富富有餘……」

「您現在是甚麼公司啊？」

梅曉鷗可以是刻毒的。

「我是說，等我回去重新開張一個新公司的話。」

他不會讓她拿他那三千多萬入股吧？那樣他欠她的債務，肉就爛在他那一鍋肉醬裏了？

「您打算開甚麼新公司？」您的股東們對您還沒撤訴呢，他們每人都因為你挪用公款，拋下若干爛尾項目賠了大筆錢財。

「憑我資深建築師的資質，願意做我合夥人的太不難找了。瘦死的駱駝比馬大，爛船還有三千釘。我這張資質證書北京所有開發商都擱在一塊兒，也沒幾個人有。當年從零創業我都不怕，現在我怕甚麼？家英一再跟我這麼說。」

過去您是零，當然不怕；現在您連零都不如，要苦幹多少年才能達到零，區別就在這兒，段總。這些話曉鷗用一個「您就這麼一說，我就這麼一聽」的笑容回答了。

「美國和加拿大是讓人反思的好地方。那種寂寞，讓你把上輩子的事都回想一遍。我常常想到你，曉鷗，你愛信不信。」

她非常想信。

「我想你一個女人家、對賭博深仇大恨，聽說你的祖父就是賭輸了自殺的。可你為甚麼非幹這麼個行當……」

「這行當不挺好的？掙錢快，不用看老闆臉色……」我不幹這行，怎麼報復盧晉桐，史奇瀾，姓尚的和您呢？祖奶奶梅吳娘就該幹這行，在哪裏失去，就在哪裏找補回來，甚麼奪走了她丈夫，她就報復甚麼。甚麼奪走了那個頭髮微黃，一笑就沒了眼睛但憋着大志向的盧晉桐，她梅曉鷗就報復甚麼。她可是親眼見證盧晉桐怎麼被一點點奪走的，先是一根手指，然後又是一根手指，奪走得那麼血淋淋。十九歲的曉鷗初見他時春筍一般，直到二十四歲的豆蔻芳華都沒把他從他的父母老婆身邊奪走，可賭台辦到了，把他徹底奪走了。她站在賭徒們的背後，她的身姿等於那塊刻有「回頭是岸」的崖石，可他們沒有一個回頭的。她眼看他們離岸越來越遠，於是她便生出一種惡毒的快感：別回頭吧，沉溺吧，沉淪成人渣吧……她就這樣完成了一場場報復。當然被報復的不止人渣們，還有她自己。

她精心打造優良富足的生活環境卻養出一個孤兒般的兒子。十多年中她心裏有句奮鬥口號：「為兒子的幸福」。現在她越來越懷疑它是她對自己撒的一場彌天大謊。可悲的是兒子早就懷疑這是謊言；他從三、四歲開始就懷疑，只是到了十四、五歲才將懷疑訴諸表情：媽你別老拿我說事兒。

「只要你給我一點時間，我一定會把錢還給你。」段凱文說，「其他人的錢不還，曉鷗你的錢我怎麼都會還的。」他又掏出一包揉碎的餅乾。窗外現在有七、八隻海鷗了。碎餅乾引起一場鳥類暴亂。

曉鷗不想看着海鷗們自相殘殺，踩了一腳油門。此地的海鷗膽大皮厚，引擎轟不走它們。只好是人類讓開了。她本來想跟段來一場人和人的交談。有了手機、MSN、短信、微信等等幫助交談的裝備，人和人其實早就停止了真正的交談。真正的交談到底該怎樣，她不清楚，但當它發生的時候她自會有感覺。和段凱文初識的那幾天，她覺得它發生過。此刻，哪怕段談談逃亡中怎樣跟余家英續上了聯繫，老劉怎樣當他們的秘密聯絡官；哪怕他形容一點他當時的心情，他的無望和無助。在陌生國土處於異族人群，多麼無望無助曉鷗完全能有同感。真正的談話會讓她和他的關係人性起來，哪怕是債主和欠債人的關係，哪怕是敵人和敵人的關係。充滿非人性的愛和恨以及性的世紀來了，在通俗歌裏，在網絡上……歌裏叫喊的愛和微博、博客上的恨一樣，都那麼人云亦云，都那麼不假思索，都那麼光打雷不下雨，給她的感覺是這些愛和恨都是無機的，一個模子可壓無數份的。這是她突然想帶段凱文出來，聽聽他真正的傾訴的原因。她不會免除他的債務，但他真情投入的交談會讓她給他很大的、巨大的寬限。

她的企圖失敗了。

把段凱文送回銀河之後，曉鷗想到老劉發過來的幾條微信。按時間順序，她將它們一一收聽。它們的內容大致相同。

「梅小姐，方便時請回電，我有急事要跟你談。」

十幾分鐘後，一條文字信息追過來：「可能你不方便回電。我只想告訴你，有件事我瞞了你兩年，心裏一直很過意不去。等你空下來，一定給我打個電話。」

老劉是仔細人，不願用白紙黑字給日後留下證據。手機書寫的迷你「白紙黑字」也不能留。微信和短信都是催促曉鷗給他回電的，同時也是暗示他良心不安的。曉鷗在銀河大堂給老劉回了電話。自從曉鷗告訴他段凱文在媽閣浮出水面，老劉心裏就嘈雜開了。兩年裏他和曉鷗見過幾面，和她一塊嘆息過人傑如段凱文居然也參加到跑路富翁的群落，沒有露出半點知情人面目，為此他良心感到不妥。他是損害梅曉鷗利益的同謀，這是他對自己的審判。

「段夫人怎麼樣？沒有危險吧？」聽完老劉的坦白之後，曉鷗問道。一個長期被人們輕視的老劉，竟有着罕見的忠誠和自我批判精神。也許正是忠誠和自我批判招來人們對老劉的輕視。

段夫人余家英的臉容肯定是沒有端正可言了。動作也永遠失去了平衡。甚麼都變了，只剩了對丈夫的袒護和疼愛。她讓老劉把她再度中風的消息瞞下來，不要讓她老段受驚嚇，再嚇出中風來。老劉不敢全瞞，瞞了多半，因此段凱文得知的是老婆又經歷一次有驚無險的小中風。

「你看見段總了嗎？」老劉聽上去是膽怯的。

「嗯。」

「他沒去賭吧？」

「那你說他來媽閣幹甚麼？」曉鷗的回答帶有衝撞。讓對方看看他忠誠的結果是甚麼，他忠誠的對象是甚麼人。

老劉明白了，難過得說不出話來，好比聽到了一個人的死訊。似乎一切過錯都是他的，帶段到媽閣來，介紹他做曉鷗的客戶，隱瞞他出逃的消息，甚至他四方活動，動用人情關係安排段回國。段的痼疾重發使老劉的一切努力都錯了。他的忠誠也錯了。錯的還有他對段的信念、保護、兩年來充當段家的秘密電纜，給太平洋兩岸的段家人疏通消息。

「他又賭輸了？」老劉幾乎戰戰兢兢。

「贏了不少，又都輸回去了。」

「……那你打算怎麼辦？」他的意思是，段欠你梅小姐的債務將會怎麼個了斷。

「還沒想好。」

老劉對段凱文的那份愚忠不知怎麼讓曉鷗心酸，讓她不忍告訴他自己會不手軟地採取法律手段。

「有甚麼需要幫忙的地方，招呼老劉就是了！」老劉宣誓似的揚起嗓門。

曉鷗明白，此刻要讓老劉為她効勞一下，老劉才會稍微舒坦，還掉一點他欠曉鷗的心理債務似的。但實在沒有讓他効勞的事務，於是她便讓老劉去打聽一下史奇瀾的近況。

當晚老貓在銀河賭場的散座找到了段凱文，段把那四十多萬的籌碼已經全部輸光。老貓讓元旦把段解回他的套房，一直看押到段的飛機起飛之前。段回到北京之後，老劉的短信說：「段總見到判若兩人的余家英時，拿起廚刀就把自己的手指尖剁下一截。」

天啊，賭徒的規定動作也就那麼幾個。

十三

到北京辦理起訴手續時，曉鷗碰見也似乎消失了兩年的史奇瀾。那是春節前，民工和打工妹們穿梭在渾濁的寒冷中，集聚到各個火車汽車售票點，個個頂着喜洋洋的紅鼻子。一臉深刻皺紋的老史出現在這樣的人群中顯然是不和諧的。曉鷗和他是同時看見對方的。

「你要去哪兒？」曉鷗稀鬆平常地走上去。碰到老史是近期發生的最好的一件事。

「去南方。」老史的目光在她身上上下走了一趟，看出她比曾經胖了。

「南方大着呢。」

「是大，」他又是那樣一笑，讓你覺得他一會兒要抖包袱了，「大得飛機都到不了，只能坐火車。你還忙着討債呢？」

「沒錯。」曉鷗的眼珠給凍着了，一陣酸疼。

「不是來找我討債吧？」

「是。」

老史快活了，笑成一個更蒼老的老史。他快活是因為曉鷗跟他有另一層懂得。

「我記得你在越南給我打折了，把剩餘的債務全赦免了。」

「沒錯。我來討一頓飯吃。這麼多年都是你吃我的。」曉鷗看着面前這張老臉。他穿着不厚的對襟棉襖，寬腿棉褲，絨線帽下露出一根細細的花白馬尾辮，更加成仙得道了。

「找個人給你買張軟臥還找不到？」她往塞滿人的售票處門內看去。人體氣味漲滿半條街。

「找誰？沒人理我了。」

「我給一個熟人打個電話。去哪裏的軟臥？」

「咱還軟臥呢？不趁那錢囉。」

曉鷗想從他仍然清亮的細長眼睛裏看出他的話是真是假。他的樣子是在吊你胃口呢，還沒到抖他那個大包袱的時候。她把他從農民工和打工妹的隊伍裏拉出來，跨過小馬路。一間連鎖蛋糕舖設有兩張小桌和幾個櫈子，嘴裏損他小氣，讓他請客吃頓飯他就這麼不要老臉地哭窮。

在蛋糕店裏隨便點了兩塊她相信自己和老史都不會碰的花哨點心，就開始給熟人撥電話。一張去柳州的軟臥，幾句親熱話就解決了。票下午會送到她住的酒店。她偶然扭頭，見老史吃得滿嘴紅紅綠綠的奶油，鼻尖上一抹巧克力。連白送的速溶咖啡也被他噴香地喝下去。

「別用鼻子吃啊。」曉鷗飽漢子不知餓漢子飢似的噁心他一句。

他對自己的吃相很了解，用餐巾紙抹了一把嘴和鼻子。

「今晚就走？」曉鷗問。

「一個星期就回來了。」他聽出了她的不捨，草草給了句安慰，「有幾塊木料讓我看看去。最多一個禮拜。」

「陳小小和豆豆還好？」

「還好。」

他把她那份咖啡和蛋糕也消費掉，說回來後一定請曉鷗吃飯。好像她會花一天兩千多塊的住酒店錢，專等他那頓飯。她隨口答應下來。他叫她訂餐館。她說朝陽公園的許仙樓。他把餐館的名字和吃飯的日期記在一個小本上。反正她是可以用短信息取消約會的。從蛋糕舖跟老史分手後的每一天，她都下決心取消許仙樓的約會。不過第二天她要再下一次決心。每次下的決心都不算數，把七天時間耽誤過去了。每天花銷兩千七百元的酒店房價，單單等着吃老史一頓。她心裏給自己開脫：七天可以多見見母親和探望父親的兒子，但她只見了一次母親，兒子一次都沒見。直接從盧晉桐身邊走來的兒子，帶着太多那個家庭的氣息，那個正式的、正宗的家庭。梅曉鷗在那個家庭曾一直是個被詛咒的名字。而且曉鷗不願看見兒子像腳踏兩隻船的隱秘情人一樣，疲於奔命在一對爭奪他的父母之間，對哪一方都要裝得似乎另一方根本不存在。她在北京花錢住店只是為了等老史。

進了許仙樓，看見老史在水一方地坐在假水景之濱，她深感自己要不得。賭鬼、輸者加別人的丈夫，老史對她一直就是有害無利的。早該戒掉老史了。老史和她同時出現在餐館的陌生者們面前其實她很難為情，她這麼個女人要找個私下晚餐的伴兒，也不該是這麼個寒磣老男人。但那種窘迫馬上就過去了，老史旁若無人地上來擁抱她，請她入座，她感到他那種風情只有自己能解，跟別人是說不清的。當他拿起一根牙籤，在稀疏的鬢髮上搔了搔癢，那種隨便和自在，那種生怕風雅的風雅，怎麼能跟別人說得清？

他是昨晚回來的。她呢，也是因為兒子在北京而一直沒回媽閣。許仙樓？甚麼破名字？甚麼裝潢？許仙也配有座樓？真是主題危機，甚麼都成了主題，不三不四的裝飾，去人家湖南、湘西看看，民間工匠才懂真正的裝潢。老史吃着冷盤，喝着蘇打水，嘴巴裏話還不停。他今晚有些緊張，緊張出這麼多話來。這兩年他到底在做甚麼？

「我其實搬出北京了。很多人都不知道。」他猜透她了，嗞下一塊西湖酥魚，魚肉在他的細脖子裏下行的軌跡都依稀可見。

「搬到哪裏去了？」曉鷗等西湖酥魚着落到他胃裏才問。「我搬的地方太棒了，特別是對我這種野人，太適合了！兩年裏做了好多東西，你該看看我現在的木雕！」

他又夾起一塊神仙雞。這個清瘦的男人體內燃着一蓬鬼火，始終內耗着他，因此他總是急需用食物填塞進去做燃料。

「你記得那個越南賭場的總領班嗎？」他在兩次大肆咀嚼吞嚥之間抽空問道。怎麼會不記得？曉鷗一生忘不了曾被迫參與過那種勾當。老史用那個勾當向她曉鷗證實了他的關愛。

「那傢伙逼債逼得我北京沒法待了。」他微笑着說，「工廠裏剩下的幾件東西，這王八蛋都想拉去抵債。其實那幾件東西還輪得着他拉？早就有主了，只不過都沒最後完工，所以暫時還擱在庫房裏。總領班來拉東西，那人家會答應？還債也得論資排輩兒，債主的大隊人馬長着呢，讓你越南猴子來加塞兒？把他猴腦子都快打出來了！」他解恨地笑笑。

「你欠他的一千萬，最後怎麼還的？」

「慢慢還唄。」老史慢吞吞地說着，從兩排牙間抽出一根雞骨頭，打量了兩秒鐘，似乎這不規則的形狀啟迪了他雕刻某件作品的靈感。

「這人來逼債，陳小小更着急了吧？」

「那還用說。」他眼睛不清澈了，起了大霧。

「誰讓你當時想出那麼個餿主意去坑他？」

「我家大表弟挺夠意思吧？一天都沒敢拖，就把錢匯給你了。那時候大表弟還把我當成大老闆、大富翁怕着，我的話他不敢不聽。」

「現在他不怕你了？」

「現在他不知道我哪兒去了。」

「要不是我在大街上碰到你，我也不知道你哪兒去了。手機換了，也不通知一聲。」

「我都不知道我哪兒去了。」他笑了笑，似乎是一種比人類高級的生命在作弄包括他自己在內的人類那樣笑。

曉鷗感到史奇瀾有了個新秘密。所有賭徒都有秘密；對曉鷗來說，他們的嗜賭如狂本身就充滿神秘性。

「他現在還追着你要債嗎？」

「那個賭場領班？」他喝了口礦泉水，「當然追。」

「那你怎麼辦？總不能一直欠着他吧？」

「管他呢，只要不欠你就行啦。」

他又用這句話來唱小夜曲。這晚很奇怪，曉鷗喝了五年陳塔牌加飯酒，老史反而滴酒不沾。老史一定有個嶄新的秘密，從巨大變更的生活中產生的秘密。

等曉鷗回到媽閣，老劉託人再託人，拐彎抹角才打聽出老史的部份秘密。陳小小離開老史已有兩年半了。從越南賭場的總領班開始向老史逼債的時候，陳小小就停止跟丈夫吵鬧廝打，一天早晨，老史睜開眼，發現一張字條放在床頭櫃上。小小用她雜技演員的書法寫下訣別信：「不要來找我們，想到我和孩子的時候，就聽一聽王子鳴的《傷心雨》，懷上豆豆前後的日子，我和你老聽這支歌。」訣別是多情的，但不耽誤她捲走史奇瀾一生中最好的木雕和她私下積蓄的兩百多萬元。

小小消失之後，老史隨着也從北京的朋友和熟人中消失了。一向二皮臉的史奇瀾，第一次怕羞，連那麼愛他、死心塌地跟他的陳小小都跑了，他真羞死了。誰也不知道他跑到哪裏去了。北京殘存着深不見底的窮街陋巷，多的是危房，那樣的生態環境更適合一個仙風道骨的老史，用他窮陋的風雅憤世嫉俗。

不過老史再也不賭了。幫曉鷗刺探老史秘密的人們紛紛告訴曉鷗這句話。自從他妻子和孩子離開他，他連麻將都不沾。曉鷗想起許仙樓的晚餐，自己還敲了老史一頓，儘管她幾乎甚麼都沒吃。晚餐時她一直等待老史抖包袱，卻沒等來。現在明白他那個新的秘密是甚麼了：造孽多年的史奇瀾停止造孽了。他該停止得早一些，代價也會小一些。以失去愛妻和愛子作為代價，對於老史，僅次於喪命。

老史給她的手機號從晚餐之後就作廢了。手機中的聲音告訴她，是因為欠費。連「中國聯通」都加人了討債團，參與對老史的懲罰。

早春的一天，曉鷗飛到北京。事由是聽法庭調停。但她心裏的急切跟法庭如何裁定段凱文毫無關聯。從許仙樓晚餐之後，她就一直在找老史。她哪裏也沒有去；她的心哪裏都到過了。替她多方打聽的老劉告訴她，老史肯定不在北京周邊的縣城，似乎搬到很遠的地方去了。

法庭拿段凱文這種人也沒甚麼辦法。假如他繼續開發項目，掙的錢會分期分批還給幾十位債權人。所有債權人現在要保障他日子過得好，恢復創收力，不然多次上報上雜誌的前富翁就是「要錢沒有，要命一條」。幾十個債權人拿他五十幾歲這條命該當何用？因此大家同意保障他好好生活，從而好好幹活兒。

曉鷗坐在法庭上，茫然的心在很遠的地方。找不到老史的時候，她才感到世界真的是大。

法庭上曉鷗接到一條短信。竟是段凱文發來的。

「曉鷗下午有空嗎？想跟你談談。」

她坐的位置在段左側偏後的地方。能看見他壯碩的脖子上髮茬過長，白襯衫領子上一圈淺黑。他人沒倒架子撐不住了，誰見過他把襯衣領子穿黑過？這件白襯衫晝夜服務，白天見客、見律師，見余家英的主治醫師和護士，晚上當睡服讓他穿着在一堆堆簽署文件之間打盹。老劉說他剁了手指尖是誇張了，他只是在左手食指上切了一條深深的口子，就被一米八二的兒子把廚刀繳下了。並且那是一把甚麼樣的廚刀？給飼養的小兔剁青菜的。不過他是有那心的。若不是一米八二的兒子跟父親角鬥，很難說父親會不會把鈍刀指向脖子，或者手腕。這些段落是老劉後來更正的。老劉沉重地向曉鷗強調：段總是有那意思要自裁的。晚期賭徒的自裁方式跟晚期癌症的療法一樣，就那麼幾招。

法庭調停會一直開到下午三點。曉鷗等所有人散了才慢慢往門口走。她沒有回答段凱文的邀請。此刻她怕他還沒走遠。十多分鐘後她裹緊風衣走出大門，從走廊長椅上站起個人。逃已經來不及，曉鷗招呼都打不出來，硬着頭皮迎上去。逆光的段凱文顯得粗胖了一大圈。壞心情使人發福，苦難使人不在意發福與否。胖胖的段凱文讓曉鷗一陣悲涼。

「我有個好項目！曉鷗，我就是想跟你談這個！」

段凱文一張嘴，曉鷗就問自己：你剛才悲涼甚麼呢？

法院附近有一家很有名氣的燒烤店，調停了六個小時，債主們和負債人雙方都餓透了。曉鷗一進燒烤店，店堂的喧鬧頓時靜下來。曉鷗一看，一樓基本被段凱文的債主們包場了。她感覺到段刹那間想退出去。退出去就不是他段凱文了。

於是他抽象地打了個招呼，迎着幾十雙眼睛走到樓梯口。所有債主都被他弄得不好意思了，因為他們剛才的喧鬧就是在咒罵段凱文，咒罵這場耗時六小時但用處不大的調停。並煞氣解恨地宣稱如何用武力彌補法律漏洞，段凱文就這麼迎着他們進來，從他們中走過去，你們要武力解決他，他來讓你們解決，可沒一個人兑現剛才的狠毒諾言，一場正義發言成了嚼舌根，背後説人壞話還被人大度寬恕，多麼令他們不好意思。

曉鷗從他們中走過，跟着段步上樓梯。途中她覺得瞥見兩三張半熟臉，上了四級樓梯，她轉過頭：那些半熟臉是她在媽閣的同行。段把他們當東牆拆了，補過她曉鷗這堵西牆，現在他們統統被段拆得七零八落。

段凱文在服務員堅持説包間全滿的情況下找出一間四人小包間。他是不能退讓的，只能讓別人變通來適應他。別人本來的主次排位他都不承認；他不可能給排成次位；他必須為主。

進了小包間之後，服務員領進一位頭戴一尺高白廚帽的男青年，報節目似的介紹他今天將烹飪的幾種海鮮，幾種肉類。段凱文發現戴雪白高帽子的男青年將是他和曉鷗談話的旁聽者，馬上不同意了，讓男青年放下廚具出去。他和他的女客人只吃頭台幾盤刺身和冷菜。這個單間只能給人吃燒烤的！那請問吃刺身和冷盤的單間在哪兒？樓下散座。沒那回事。那要按燒烤算錢的！算吧。

女服務員和廚師小夥子馬上開始收拾燒烤食物。收同樣費用又免除他們勞動，他們趕緊住嘴離開，省得這位爺改變主意。兩人影子般輕地退出門，為單間裏的男女掩緊門。

「現在泰安有個大項目找我做。一個大購物中心。」段凱文「大」的發音聽上去就大，以「D」起始，舌尖和上膛猛一摩擦，擦燃了，爆出的尾音基本是「ta!」於是「大購物中心」大得了不得，大中含有吳語的「太」的發音。

在曉鷗聽起來，段的「大」字連帶着無窗的單間裏固有的回音，便是「泰安的太項目……太購物中心……」，所以段急需參與競標的一筆押金。

曉鷗準備好了，只要他拉她入夥，她就說「考慮考慮」，然後用手機短信把不加考慮的答覆發給他：資金短缺決定不參與。不過感謝段總信任。

他從提包裏拿出幾張文件，放在生金槍魚旁邊，讓曉鷗看泰安市委副書記給他的信。這個「大項目」是市委直接抓的，位置是市委將以極低的價錢出售的。一旦「大購物中心落成」泰安這種旅遊城市會出現大都市風貌，會吸引更多遊客，所以開發建造這「大項目」利潤可達兩三億。一單子活兒就是兩三億，樓下那幫債主跟他討的債算個屁錢？

曉鷗認真點頭。段總說的都能實現。她比別人更相信他的能力和潛力。泰安和其他山東二線城市的項目有的是，他老家山東，山東進清華拿建築學位的老鄉有幾個？何況他還有開發和建築其他項目的好記錄，他的資質證明北京的開發商中多少人獲有？……曉鷗都不敢看段那雙亢奮的眼睛。也許余家英犧牲了五官的對稱，讓她的老段回歸了。

「問題是我現在拿不出交押金的錢來。」

甚麼？

「我又沒法跟這個市委副書記說。他私底下是許諾把項目讓我做，大面上還要走走過場，讓當地的和北京、上海幾個開發商公平競標。假如你能借給我二百萬，做競標押金……」他拿出一張文件，備案備得相當成熟，「你看，大面上參加競標的開發商都要先交二百萬。」

曉鷗看了一眼文件，似乎是明示了這筆競標押金的必須，為的證明開發公司的誠意和起碼的財力。

「有兩百萬，兩個億我是穩賺。這兩百萬完成了競標我就馬上還給你。等項目落成，我頭一個還你的債。不然的話，哪顆棋子都走不起來。」

他怎麼就挑中她梅曉鷗來借這兩百萬？曉鷗目光定在文案上。文案不像假的。也不是複製品。她上過他的複製品的當。

「我只能跟你借。這個項目我怕人干擾。萬一債權人非要參股，我這三兩個億的利潤經得住他們分嗎？」

曉鷗的目光不敢從文案上抬起，一個被債務逼得消失兩年多的人還這麼咄咄逼人。只要抬起目光她一定會給他逼得開口。她愣在文案上。自己必須先救他最後才能救自己，救他就是救自己，不救活他的公司那三千萬債務就徹底死了。先有蛋還是先有雞的永恒難題。三千萬在兩年前是值得她冒險玩命的數字。兩年之後她已經跟這數目親熱不起來了。陳小小和豆豆的離開讓老史跟誰都親熱不起來了。跟賭博都不親熱了。能親熱的就是他的雕刻刀、刀下的木頭和木頭變成的人、物……有了三千萬，老史可以把越南賭場的錢還了，也許還能開一個藝術工作室。一切取決於段凱文能否從她梅曉鷗手裏借到兩百萬去參加競標。她的目光從文案上移開，看到比手畫腳的段凱文，手指上難看的刀疤，倒也不影響他向她描繪美景。泰安的大購物中心建成，還有煙台的蓬萊的……

「你甚麼時候要這兩百萬？」

段凱文的嘴咬了半個字，那句深度說服曉鷗的話就這樣斷了。蛋和雞不管誰先存在，必須有一個先存在，現在他面前這個四十歲的女人總算願意充當二者之一了。

接下去他算出借這二百萬該付的利息。一個月之後，他會還給曉鷗二百二十萬。高利貸。曉鷗懶得跟他客氣，那麼就當一回高利貸主吧。

日本清酒讓段凱文進入了一人世界，曉鷗告辭都沒有打擾他。門掩上之前，從門縫裏看見他一動不動地看着桌子上的一個點。一個隱形棋子。一個可以孵出雞的蛋，或正在下蛋的雞。

曉鷗從樓梯上下去時，正碰上店堂散座的那些債主上樓。在段凱文和曉鷗走進店堂時，他們正經歷大革命前夜，要用暴力彌補法律的無力，把段凱文欠的錢揍回來。

曉鷗和他們交錯過去。樓梯拐彎處瀰漫着酒氣和敵意。她一看見他們就該回去通知段的。不過她回去肯定會一塊被暴力革命一番。正要下第二組樓梯時，她聽見砰的一聲。單間的門給撞開了。每次暴力革命的開頭其實都很單調。

她向飯店的執勤經理建議，馬上報警。

十四

找到史奇瀾木器廠遺址的時候，是四月的傍晚。颳了一天的七級風沙，傍晚颳累了，歇息下來。僱來的出租車順着一條田間柏油路往南走，柏油路面上沉澱了一層細沙。遠方的沙，乘風旅行了幾百里上千里，到北京落戶。沙漠一點點地旅行到北京，不走了。就像廠房遺址裏落戶的打工仔、打工妹。據説自從老史的工廠被人搬空，廠區就漸漸發展成一個保姆村。

塌了一半的庫房裏長出青草，從窗子裏開出了野花。小保姆們來自五湖四海，原先工廠的水龍頭周圍是她們的俱樂部，淘米洗菜談笑，還有兩個姑娘在洗頭髮。不知誰在付自來水賬。據説找到工作的姑娘就從這裏出發，對工作不滿意或想跳槽這裏就是中轉站。

曉鷗打聽事情的時候最喜歡開朗的人，她們個個開朗。工廠的最後幾個工作人員是二零一零年底走的。有一個走得不遠，回他自己家了。他家就在果林那一邊的村裏。

果林的那一邊，曾經給老史和小小當過倉庫保管員的柴師傅不知道多少史總的事。甚麼叫線索他也不懂。所以曉鷗一再強調「哪怕一點線索都行」，被柴師傅聽去就像要硬拉他進入一個驚險偵探案似的，快速擺手。曉鷗失望得他過意不去了，他拿出一封信來。信封上的字跡曉鷗是認識的，是心愛的。柴師傅借過一百元給史總，史總忘了還，最近想起來，給他把一百元夾在信裏寄來了。

信封落款處沒有投寄人地址。郵戳說它是從廣西柳州附近的鹿寨鎮寄出的。在尋找木材的途中想起他欠柴師傅的一百元錢來了。他買的火車票也是去柳州的。他搬出北京了，在許仙樓他這麼告訴她，但往下就沒容她追問下去。在柳州的鹿寨縣或許不是光找木材，還找別的。找女人？

曉鷗回到酒店裏發覺自己不痛快。跟段凱文簽了借貸二百萬的合約並沒有讓她不痛快。老史成了她最近心裏一種難言的不痛快。他去廣西找木頭也好，找女人也好，她不痛快甚麼？她又不愛老史。

不過假如把十幾年前對盧晉桐那種感覺都叫愛的話，對老史呢？她不愛的是賭徒老史。可現在的老史不是賭徒了。

就算她愛不賭的史奇瀾，那老史愛她嗎？抬腿走開的那個總是贏的，陳小小抬腿從他身邊走開了，生拽活剝地走開的，因此老史的心殘了，不會再愛了。就像盧晉桐為了曉鷗而殘疾了的情感，至少他自己這麼認為。

她無心照看賭場的客戶，在北京恍恍惚惚地逗留，一天又一天。賭客們有的跳槽到別的疊碼仔旗下，有的由老貓打理。老貓抽六成水。你曉鷗放心，會把你的客戶伺候得開開心心的。有一點她完全放心：老貓的抽水很快會從六成漲到七成。果然她在北京第二個禮拜時，老貓說他帶客人如何疲勞。那貓哥就拿七成吧。她一語道破，大家都方便。

這天她在酒店房間裏看電視，突然開竅了：老史搬到了鹿寨，當了寨民，北京成了他偶然來的地方。就在他春節前偶爾回北京那次，偶然地碰到了曉鷗。曉鷗逢場作戲逼他請客，他也逢場作戲地熱心邀請，事後反正可以依賴手機短信取消。也許回到鹿寨的老史等着曉鷗先取消。也許他跟曉鷗一樣天天內心掙扎要取消卻又不了了之，最後拖到來不及取消了，只能搭飛機到北京踐諾了。曾經一把輸贏幾十萬上百萬的老史，數出足夠的鈔票買張南寧到北京的機票時也膽戰心驚，生怕湊不夠數。

曉鷗只能當着老史的面才能把這番推敲證實。她拿着那隻給柴師傅寄錢用的信封，到了南寧，再下柳州，再入鹿寨鎮。

鹿寨鎮上的派出所沒人知道一個搞木雕的史姓北京人。不過鎮上有個年輕人開了個木料加工廠兼收購貴重木料。曉鷗喝了警察招待的白開水，知道她離老史不遠了。

木材加工廠堆木材的院子蹲着一個人，背朝柵欄，棒球帽下垂了根亂糟糟的馬尾辮。天下很大，叫史奇瀾的這個冤家卻不難找。這地方躲債可是一流。曉鷗走到一堆木頭對面，「嗨」了一聲。

老史抬起頭，上半個臉在棒球帽的陰影裏。他慌裏慌張地站起來，圍裙上擱着的幾把刀具落在地上，一把刀在他的登山鞋上蹦一下，掉進兩塊木頭之間。曉鷗狠狠地看着他，他踩着滾來滾去的木頭就迎上來。

「腳指頭還夠十個嗎？」曉鷗下巴指指他的腳。

他馬上找回一貫的隨便和自在，也看看腳。

「你怎麼知道我有十個腳指頭？我那麼正常呢？」

「躲債躲得真清靜。連派出所都不知道來了你這麼個人。」

「趙馬林特厲害，看木頭品種一看一個準！」

趙馬林當然就是警察指到的年輕人，木料加工廠老闆。曉鷗向街面的兩層自築小樓望一眼，她剛才進來並沒見到任何年輕人。

「小趙帶了兩個木匠去山裏買木頭了。看這雞翅木，這紋理，媽的，漂亮吧？」

「就堆在院子裏，夜裏不怕被人偷？」

「有人看着。」

「誰看着？」

「我呀。反正我天快亮才睡。」老史一邊點了煙斗——雞翅木雕刻，一邊帶路引着曉鷗往院子另一頭走。

院子到處是木屑、刨花，木頭的香味把曉鷗心裏的不痛快全更替了。院內種了些幼樹，是曉鷗不認識的樹，老史馬上讓她認識了它們：雞翅木在變成木材之前的樣子。走到院子那頭了，一幢更加土氣的自築小樓朝着另一條街道。老史用鑰匙打開門，一房間木雕，各形各色，一時辨不出它們是甚麼，但每件都有自己的生命。比它們懶散、厭世的創造者更有生命。老史的懶散厭世多麼帶欺騙性？他有多活泛、多生猛看看這一件件作品就知道了。

燈擰開了。燈光是講究的，給每件木雕以追光。曉鷗看見了虎、豹、胖裸婦，皺紋滿臉的老人……都在似與不似之間，不似的那部份，靠你想像力去完整它，每一座人或獸或器具或景物都是天下獨一份，都有着絕對的不可複製性。

「我過去白活了，不知道雞翅木表現力這麼好。你看這些木紋，」他摸着木雕老漢的臉，「就讓你想到鬼斧神工，人為甚麼不跟自然合作呢？一件半天工半人工的作品多有形而上。」他又摸着胖裸女不對稱的乳房，順應天然木紋雕刻的。

曉鷗認為這麼多好作品足夠開個史奇瀾作品展覽了。開了，在南寧市文化館。怎麼樣？沒幾個人看。小地方，又太偏遠，到北京或者上海開去呀！北京聯繫了，老說考慮研究，定了之後通知。還去過哪些大展覽館和美術館？去了廣交會，西方商家看上了幾件作品，下了訂單，每件做四十件五十件，必須跟展品一模一樣。那做出來了嗎？做出來了，史木匠甚麼做不出來？

他自我貶低地笑笑。曉鷗明白藝術的不可重複性令他享受，而多次重複卻折磨他。他沒餘下多少盛年時光，多半要被重複製作的木匠勞役消耗。他以為陳小小和兒子離開了他，他對人間別無他求，能做出些好作品，讓散去的家補回他一點甚麼。就算是小小和兒子把他出讓給他畢生想做的事，讓他獨自為那些事殉道。他的痛苦在於，他正要做烈士，發現所殉之道並不地道，他喪失了做烈士的初衷。

小小和豆豆的出走白搭了，家庭破碎也白破碎了。

他口中談的不是這些。他摸摸這隻「虎頭」，拍拍那片「荷葉」，在自語地納悶大自然怎麼會把形態、動態、筆觸藏進這些木訥之物。需要心誠眼明手高的人把它們一點點發掘出來，那些讓他複製四十件、五十件的歐洲、美國的商人難道不明白大自然是上天的藝術？一顆沙子都不會複製另一顆，連兩條完全相同對稱的眉毛都找不到，鼻孔，乳房都不會一模一樣地配對……他只能在複製品上做手腳，把五十隻虎、四十個裸女做得基本一模一樣。現在他手中還有訂單，有的木雕要重複兩百次。應該培養一批複製木雕的徒弟。培養了，做出的東西給退貨了。連工匠都不能複製？可不。

她無語。

「你怎麼找着我這兒的？」老史這會才想到他一開始就該問的話。

曉鷗懶得告訴他。她這才感覺到找他找得很累，因為人沒上路，心早就開始跋涉，哪兒都找了。緩過來再告訴他。或許用不着告訴他了。老史從來都說不出創造一件雕刻的過程，因為過程不算數，她在找他之前，心裏有多少份繁複矛盾的過程？只有結果算數。結果在他面前：她來了。

「春節前那次碰到你，你比現在胖一點。」曉鷗說。

「除了你們女人誰這麼計較胖瘦？」他總是裝着不愛美。

「不是個個女人都計較你的胖瘦。」

「我知道。」他趕緊堵住她，生怕她提小小，生怕她讓他想起小小。

「哎，這些作品賣給我吧。」

老史臉上神情一陣變動。曉鷗見過翻臉的史奇瀾，但她吃不準他這會翻甚麼臉。神情變動停止了。到底沒翻臉。

「為甚麼？」他對她這種甚麼都敢買，甚麼都買得起的氣概是反感的，他那反感的笑藏都藏不住。

「不為甚麼。就因為我喜歡。」

「那你把我買了得了。」

「你賣嗎？」

「開價你可別生氣啊。」

曉鷗後悔自己刺痛了他的自尊。闊女人常常買自己不懂的東西，何況她現在已經不是闊女人，裝裝而已。

梅曉鷗投入了不賭的老史的懷抱。不賭的老史真好，氣味都不一樣了，雖然不是潔淨的氣息，但聞上去單純。木頭跟他一樣，散發着單純的氣息。老史垂下頭，親吻着她的頭髮，吻得很輕，新生的樹葉撩過一樣。這一棵多情的樹。

晚餐是在街口一家當地菜館吃的。吃的時候和吃過之後曉鷗都沒注意吃了甚麼。但她知道，她和老史的日子就這麼開始過了。

十五

史奇瀾的作品海運到媽閣時，是兒子的高考時間。曉鷗這才意識到兒子比其他考生都小一歲。為了讓她自己多些時間陪賭客，她把兒子早一年送進了小學。這樣想着，她在考場大門外出起汗來。兒子從小就要對付比他年長的人，對付出許多額外的心眼子。一個人長那麼多心眼，怎麼能快樂？現在他又多了些心眼來對付史奇瀾。這一兩年裏，他能感覺到老史是要來媽閣了。因為老史到來之前的一個禮拜，母親的骨頭先就輕了。這個骨頭輕的母親嗓音比自然的要高半度，對保姆的耐心要少幾分，兒子便是她好心情的最大受益者，他晚上跟人在網上聊多久都被容許。他對四十一、二還會戀愛的母親感到不可思議，四十二歲，那是好老好老的人；更何況好老好老的女人。他在準備高考時，母親陪他熬夜，陪他吃夜宵，但兒子知道這份屬於年輕人的旺盛精力來頭不妙。在他第三場考試出來，母親給他看了一張海報：「史奇瀾木雕展」。

「老史叔叔這次要火啦！」母親告訴他。

兒子把海報拿起，目光在每幅照片上停留的秒數足夠表示禮貌和尊敬。兒子從來不是不懂禮貌的孩子。他的禮貌是沒有溫度的，有時曉鷗心裏渴望他沒禮貌一些。

「怎麼樣？」

「挺好的。」

「真的？」

兒子停頓一會，眼睛看着擋風玻璃前面的馬路：「你不是問我考試嗎？我覺得挺好的。」

這個多心眼的男孩。他的心眼和禮貌夠一個國家外交部使用。他在責備母親沒有在他走出考場劈頭就問：「考得怎麼樣？累壞了吧？」當然他的母親知道這天考的是兒子的長項：英文。兒子在美國託兒所裏跟英文一塊成長，到媽閣也交了不少美國玩伴，因此英文成了他成長的一部份。這是為甚麼曉鷗沒問他「考得怎樣」的原因。但兒子非常外交辭令地責懲了她。

一還一報：曉鷗曾經怎樣責懲過中年戀愛的母親？

她開着車去碼頭貨運處。老史在海關門外等她。兒子問母親這是要把他開到哪裏去。開到碼頭貨運站的海關去呀，老史叔叔的木雕運到了。兒子不說話了。

曾經曉鷗對待戀愛中的母親也是這樣，突然沒了話。不說話比甚麼都讓長輩窩囊。比甚麼都讓長輩心虛，不知所措。母親的所有作為兒子都接受了：沒有意見，允許同居，母親也是人嘛。但一到他這種突然無話的時候，你就會意識到他意見有多大，把非婚同居看得多麼齷齪。這麼大歲數了，還同居？圖甚麼？你們同居都做些甚麼？也做同居的青年男女做的那些？曉鷗在兒子一次次沉默中聽出他這些詰問。

老史慢慢沿着海邊的馬路逆行。曉鷗按了一下喇叭，他停下來。兒子不止一次問曉鷗，難道老史叔叔不是個輸光的賭徒？他現在不賭了。輸光了當然沒得賭了。別這麼說！媽媽是這樣說爸爸的。老史叔叔跟盧晉桐不一樣。兒子每次也都是以不說話告終的。

曉鷗停了車，輕快地推開車門向老史走去。兒子被留在車座上，看着母親厚重起來的背影。讓他去認為母親屁顛屁顛吧。她回頭對兒子大聲招呼一句，一會就回來。讓兒子看看這對老不正經如何兩情相悅吧。她問老史，東面是否都運到了，老史說是的，等她填表過關呢。在鹿寨鎮曉鷗脫口而出要買下老史所有傑作，老史最後是全部饋贈給她了。不過有個條件，曉鷗在欣然接受老史的饋贈之前賣了個關子：必須由她償還越南賭場的全部債務。她背着兒子把那套出租給人的舊公寓賣了，又賣了全部債券，把一千萬還給了越南賭場。雖然老史在國內還有大筆未償還債務，但他在國外不再需要躲債，因此也就不再有被越南前游擊隊員現任黑幫追殺的危險。

辦完海關手續，回到車裏，兒子斜躺在副駕駛座椅靠背上睡着了。曉鷗對坐進後座的老史豎起食指，撮起嘴唇。提醒他：不要吵醒兒子，也提醒他不要説任何親密話，因為兒子很可能不是真睡。是為了避免跟他倆説話，同時給他倆行方便。

到了家之後，曉鷗發現老季從錢莊發了條短信來。段的利息到賬。段凱文從曉鷗這裏貸的二百萬沒見回來，「大項目」也不聽提及，每月倒是按時把二百萬的利息如數匯來，如此曉鷗也不説甚麼了。賭客她都批發給老貓和阿樂了，間或抽一兩成水，段的利息支撐起了曉鷗的小康之家的柴米油鹽。大陸和海外多少吃高利貸利息的人不都這樣子經營？原來做普通百姓沒甚麼不好受。她知道史奇瀾是不該陪她做普通百姓的。他跟她説過，他有種可怕的能量，必須揮發出去，不被創造力揮發，就被摧毁力揮發。賭博是一種自我摧毁。曉鷗為他張羅展覽，就是為他那種可怕的能量找揮發的出口。

但十四天的展覽不太成功。報章只有幾篇敷衍了事的評價，當地藝術家協會走過場地開了兩小時研討會。這是那種給了讚美卻讓人發瘋的會議，曉鷗直盼望會議快結束，在老史發瘋前結束。倒是香港來的幾個賭客意外地看中幾件木雕，要跟老史訂五百件複製品。每件複製品的價錢只值那塊雞翅木的錢。

老史飛回廣西去開木匠訓練班，頭批培訓的二十個工匠兩個月就把貨出齊了。他們出的是大模子，老史再在每個雕刻上打打磨磨，銼幾刀，做做假，兩個半月之後，這批貨成了交。曉鷗為他慶功，跟他深夜對酌。他拿出一張紙，上面寫了一個款數。竟也有六位數。刨出成本和工匠費用，算是一筆不蝕本的交易。老史滿臉淒涼。這樣成批生產不如做傢具了。曉鷗嘴上堅持着樂觀，但心裏也是一陣涼意：獨一無二的藝術品難得到認同，把它普及成批量生產的貨品就容易存在，容易得人心。麥當勞、肯德基就是靠批量勝利。沒有足夠的量不能流俗，成不了風俗又進入不了文化，文化積澱提純的，才能成為文明，你一上來就創作文明，順序錯了。以後要在美國的沃爾瑪，法國的家樂福，所有深入世俗的超級超市看見老史的第一百三十六萬個複製品，老史的大時代就來了。曉鷗聽老史半醉地嘿心自己。拉起他的手，他的手冰涼。

自從跟史奇瀾同居，曉鷗基本上不去賭場。她發現自己開始有早晨了。原來她是這麼喜歡早晨的人。媽閣的早晨屬於漁夫、蔬菜販子、小公務員、上學的學生，現在她知道這些人佔了多大的便宜。她也知道擁有夜晚的富人們虧了多大。日出比日落好得多，看着越來越大的太陽比看着越來越小的太陽好得多。太陽從一牙兒到半圓，再到渾圓就像一件好事情越來越大，越來越近，她站在自己的陽台上，看日出看得咖啡都涼了。但她還是錯過了太陽最後圓滿的剎那。據説不是每個人都能看到那一剎那的，要心誠，氣息沉潛，不然眼皮會抖，你並不覺得它們抖動，但那微妙的抖動恰好讓你錯過太陽被完全娩出的一瞬。她想她甚麼時候氣息能沉潛到那個程度，看到太陽從海裏上天。

手機響起來。是老劉。老劉急赤白臉地問她是否見到段總了。見鬼了，她怎麼會見到段總，她又不在北京。段總前天説是去山東出差，但他女兒段雯迪給山東打電話，山東方面根本沒見到段總！這事還瞞着余家英！

曉鷗聽着老劉急煎煎的聲音。皇帝不急急死一群太監。日本燒烤店裏債主們趁亂暴揍和法庭調停都沒讓段凱文老實。她梅曉鷗對他的最後一次信賴也給當了垃圾。兩百萬夠史奇瀾做多少件原創木雕？好像他原來欠她的三千多萬債還不夠築他的債台，又添上去兩百萬。

奇怪的是她一點火氣也沒有，也不想動用任何信息手段在老媽閣搜索他。她只想擁有從此後的每一個日出，誰也別煩她。她掛了電話，發現老史擠緊眼睛從玻璃門往外看，看見她，拉開窗簾和門走到她身後。

「找你呢。」他夢遊般地嗚嚕着。

他上床已經接近拂曉。她裝着沒醒，在黑暗裏偷偷享受他窸窸窣窣的摸索聲和雞翅木的香氣。關閉視覺，那香味才能獨屬嗅覺，因此專一而濃郁。他跟那些天然的肌理年輪擁抱一夜，他的肌膚也有一種油潤的涼滑。老史一向缺一點陽氣。一般他摸到她的手，像每天夜裏那樣，攥着她的手長長打了個哈欠，睡着了。他們一塊吃午飯。她把自己裁為兩截，早餐跟兒子分享，中餐和老史共進，晚餐時間兒子和同學們自習，在學校裏隨便充飢，夜宵她又把自己還給老史。這個公寓一共一百三十八平方米，各有各的日月和晝夜，或者說它更像個旋轉舞台，前台後台輪流，你方唱罷我登場，唯有曉鷗得不停地跑圓場，誰的後台都是她的前台。老史的手理了理她的頭髮。她的髮型太商業氣，這是他的意見，因此他一得手就把她頭髮弄成個倒塌的麥秸垛。

「怎麼不睡了？」曉鷗問。

「找你啊。」他一邊回答一邊拿過她手裏的冷咖啡喝了一口。你永遠別想知道他的多情是真是假。

「再睡會兒去。」

「頭髮這樣多好看。」他一手扶着「麥秸垛」，不讓它繼續塌。

「去你的。」她的頭犟了一下。

「電話把你吵醒的？」

「不是……是電話把你吵醒的吧？」看來一定是的。他從來不接曉鷗家的電話，自己的手機大部份時間關機，除了他用它給曉鷗打。全中國沒人知道他的最新手機號，除了梅曉鷗。但每次電話鈴響，手機也好宅電也好，他都會經歷一番幾乎無痕跡的驚悚和興奮。他明顯地怕着同時盼着一個電話。

陳小小的電話。曉鷗怎麼知道的？因為曉鷗也怕着陳小小的電話。她似乎乘人之危奪人之愛。這個被偷來的老史似乎會被失主認領回去，早晚的事。

「剛才那個水利部的老劉來了個電話。」

老史似乎矮了一毫米，一口抽到胸口的氣放了出去。他安全了，或者失望了。

「老劉說段凱文又到媽閣來了。」她是為了讓他進一步相信電話確實來自老劉，而把它的內容更具體化一些。

「噢。」老史不記得甚麼段凱文了。記得也沒興趣。

曉鷗把他推進門，讓他接着睡覺去。她自己走進廚房，開始為兒子做早餐。固定保姆半年前被她辭退了，眼下來的是個打掃衛生的鐘點工。她家停止購進方便麵也有半年時間。兩個保姆一個媽媽用方便麵養大的男孩，居然高考進入前十名，也許兒子是前三名的智力，但前十名是命，一個糟糕媽媽加兩個保姆給他的吃方便麵的命。

她洗了澡，在浴室裏擦擦抹抹地維護整潔，聽見兒子在廚房翻箱倒櫃。翻方便麵呢。這孩子斷奶那麼容易，斷方便麵這麼難。對人造的鮮美上了癮，真實的鮮美再也打動不了他。在人造鮮美撫慰他童年少年無底的胃口時，天然鮮美在哪兒呢？因此他對種種人造美味不僅是味覺的需要，也是心理的需要。等他秋天上了大學，看誰敢阻攔他盡享人造美味?!

曉鷗回到客廳。兒子坐在餐桌邊啃涼了的培根。他向母親問了早安，問了昨晚的睡眠。沒翻出方便麵他胃口萎縮，嚼木條一樣嚼着培根。然後他提出要去北京看望病危的父親。

「又病危了?!」曉鷗一開口馬上後悔自己的尖刻。

「嗯。」兒子垂下頭。不知是想哭還是為老病危而不去世的父親難為情。

「那就去吧。反正考試考完了。」她不見兒子反應，「我沒不讓你去，你哭甚麼呀？」

「誰哭了？」兒子突然失去了禮貌，哪怕那沒溫度的禮貌。

曉鷗不認識這個比她高半個頭的男孩了。假如她感到一點熟識的話，那就是從男孩形態中看到十幾年前渾起來的盧晉桐。在拉斯維加斯的賭場裏，她拉着盧的胳膊讓他猛然發力甩了她一個屁股蹲兒。兒子不用臂力光用那句話也甩了她一個跟斗，心理的、親情的……

兒子用語言跟母親鬥狠，自己倒被氣着了。他站起就走，把手裏半根培根扔回盤子，當的一聲。肉是夠冷夠硬的。曉鷗眼睛定在培根上，聽見兒子出了大門。關門的聲音碰到了她的痛感神經，震麻了。老貓打電話來了。打吧。鈴聲響了十遍，老貓放棄了。五、六分鐘之後，又來個電話，還是老貓，同樣的鈴聲，聽上去是老貓在煩躁。煩吧。

半小時過去了。四十分鐘過去了。曉鷗一動不動，兒子不可以莫名其妙把她擱在半空中，道歉沒有，再見也沒有。門鈴響了。一定是兒子回來道歉或者說句軟話，或者說，我忘了鑰匙。可以把他忘了鑰匙當和解的藉口，十七歲的高中生就不死要面子了？她走到門口，笑臉都準備好了。怎麼辦呢？這年頭都是長輩自認愚蠢，自認矮三分，記吃不記打地先賠笑。

打開門，門外卻是老貓。黑T恤，白頭髮，黑眼鏡，白色的玉石佛珠，全人類都數下來也數不到老貓戴佛珠。

「給你打電話，你不接，就來了。」

曉鷗心裏很堵：兒子怎麼調包成了老貓。此刻敲門的人只要不是兒子，都是給她添堵。老貓看得出她客套的笑容多麼淺，根本掩蓋不住她對他的怨氣和煩惱。因此他一下子忘了急匆匆上她門的事由。

「能抽煙嗎？」老貓問，向她身後的客廳看一眼。

「不能。」

她的表情在說：好像全媽閣只有我梅曉鷗一百三十八平方米的家可以做你的

吸煙室。

「那我們到樓下去説。」老貓已經掏出煙盒、打火機。

「甚麼事？」她穿的一身居家衣裙，只能給老史和兒子看，連老貓都不配看，何況小區的鄰居。

「我到陽台上抽。」他説着就往門裏擠。

「陽台也不行！」陽台是老史和她的空中樓閣。漫説老史還睡在她的床上。

她轉身往裏走。老貓明白她在給他帶路。他跟着她穿過門廳，走進廚房。曉鷗知道全媽閣也不會找出比這更乾淨明亮的廚房，當吸煙室招待老貓綽綽有餘。她走到爐灶前，對老貓擺擺下巴。

「過來。到這兒來。」她示意自己跟前。

老貓看着她，眼裏浮起荒淫的希望：你這女人終於想開了？因為有個熟睡在她牙床上的老史，她有了千軍萬馬的防禦似的。老貓不慌不忙邁開捕鼠的最後幾步，來到灶台前，曉鷗摁下抽煙機最高一檔的按鈕。轟隆一聲。

「抽吧。」曉鷗向旁邊撤退一步。

「我操……」老貓瞪着曉鷗，一副撲空的愚蠢笨拙相。他成了《貓和老鼠》

卡通裏的湯姆了。

她隨手拿了個碟子，放在灶台上，眼神是平直的，她可沒扮傑瑞跟他逗。

老貓笑笑，晃晃蓬着白棕毛的頭，笑自己白白饞嘴了這麼多年。或者笑曉鷗自作多情，做出守身如玉的姿態，可憐她四十二歲的身子只有她自己還當成玉來守。

「怎麼了？」她靠在灶台對面的廚台上，等老貓噴出一口煙才問。

「這麼響我怎麼説話？」他指指抽煙機。

「我聽得見。」

抽煙機可以把他的話抽掉一些，老史就聽不清了。她怕他沒好話。

「你知道我看見誰了？」

曉鷗沒搭腔。已經沒甚麼懸疑可以令她興奮了。何況她已經知道老貓指的「誰」是誰。

「那個姓段的在凱旋門呢，搓牌搓得一身勁！」

接下去他告訴曉鷗，他的馬仔如何發現了段，如何跟蹤了他，如何觀察他玩牌，如何從十萬玩成二十萬，又玩成五十萬，再玩成三百萬，一夜激戰下來，最終剩下的是一萬一千塊……曉鷗讓給老貓的客戶讓老貓小發了幾筆財，現在他僱用的馬仔分工具體，有的專門在各個賭場搜尋欠債不還又鈎掛到其他疊碼仔名下貸款繼續賭徒生涯的人。曉鷗當然條件反射地想到她貸款給段的二百萬。直到現在也沒聽到那個「太購物中心」開工的說法。段按期償付的高額利息，原來是保障那兩百萬的本金不歸還。現在段在賭台綠毯子上推出去、刨回來的只能都出在那兩百萬裏。

「去不去看看？」

那將是難堪得無法活的場面：趁熱捉拿到那雙在綠毯子上搓牌的手，她不知段會怎樣，但她知道自己會羞臊得找地縫鑽。那雙曾經撕煎餅讀出優異成績的手，那雙平地起高樓的手，被曉鷗當蟊賊一樣現場逮住，哦，太臊人了！光試想一下就使曉鷗臊得呆木在那裏。

「求你了，貓哥，你去幫我處理段總吧。」

「又是你貓哥了？」老貓歹念又起地笑着，把一半笑容藏進握着打火機的手後面。第二根煙和第一根煙之間只有半分鐘的間隙。

「追回來的錢歸你。」

曉鷗在開口之前都沒想到自己會說出這句話來。

「真的？」

曉鷗知道追回來的希望是極其渺茫的。她對段凱文的直線淪落充滿前瞻和信心。假如她不是在跟盧晉桐爭兒子，跟陳小小爭老史，她不會對自己的「事業」這麼消極。她感到最近的生活似乎在發生質變。曾經多幾千萬身家，但她從來沒有感到生活發生過質的變化。質變是內向的，是只能悶聲品味享受的。早點意識到這些，盧晉桐對於兒子是不會產生那麼大的吸引力的。老貓走了之後，她坐在廚房的便餐桌邊剝嫩豌豆，滿心恍恍惚惚、斷斷續續的白日夢。此刻生活的無目的就是最美好的目的。在這個季節能吃到親手剝的新鮮嫩豌豆就是生活的質變。現在甚麼都貴在手工；在這個時分能用手工給兒子和老史剝嫩豌豆就是生活的質變。誰有這份奢侈把手機裏的好消息壞消息群發笑話堵在知覺之外呢？她曉鷗現在就有。只要兒子愛她，老史也愛她……不，只要他們倆允許她愛他們，隨便她給多少愛他們都不嫌膩，質變就達到了恰恰好的度數……

豌豆還沒剝完，短信來了。老貓告訴她，姓段的說欠誰的錢誰自己來要，輪不到老貓要。看來需要曉鷗親自出馬，才能把段的欠債轉給老貓。曉鷗看着一碗美麗的嫩豌豆，半桌翡翠色的豆莢，慢慢站起身。又要進入那個冤孽之地，看那些牛頭馬面，還沒動身，她已經心力交瘁。

在凱旋門賭場的散座大廳口端看見老貓、元旦和段凱文。段一看見曉鷗，眼裏竟出現遇救般的神色。可憐的男人到了眾叛親離的地步，細數下來，梅曉鷗還算他親的熱的。她稱呼一聲「段總」，走上去。段的右臂動了動，但沒有伸出來，意識到自己已經喪失了握手接見別人的高度。曉鷗看出了他那右臂暗含的去向，主動向他伸出手。段感到自己蒙受曉鷗的接見，謙恭地微探下頭，伸出右臂。曉鷗的手掌已經認不出這隻手了。它不是從前那敢做好事也敢做壞事的手，手心濕冷鬆軟，本身就是個大屄包，你要握就握，你要扔下就扔下，都由你做主。這哪裏是段凱文董事長的手？再來看看他的臉吧，不再是浮腫，而是癡肥，進一步證實了人在壓力、困惑、自暴自棄狀態中會訴諸最低等的快感——咀嚼——的推論。他身上一件所有中老年中國男人都有的淺灰色夾克，不是XXL就是XXXL，比他所需的尺碼大了不少，似乎為將來繼續增長的體積預先佔位置。皮鞋尖有些上翹，如同擱淺的船頭。正如他初次出現時的一切合宜，眼下他渾身的湊合。他還想找回他們初次見面時的熱乎乎的笑容和腔調。

「我到珠海看一塊地皮，順便過來玩兩把！曉鷗你怎麼樣？」

曉鷗只覺得他可憐，令她心酸，令他們兩人都羞臊。她表示自己還好，只是生意做不動了，客戶絕大多數都讓給貓哥了。段總看看老貓。老貓不動聲色；他不用動聲色。段凱文又來兩句兒子不錯吧，長大了吧之類的客套，讓曉鷗覺得再站下去不知誰先把誰羞死。她請段總繼續玩去，別讓她打斷了他的好手氣。

「唉，曉鷗，你可是說過，段總從今以後由我接管了。」老貓說。

曉鷗給了一句支吾。

段凱文的目光絕望地掃在曉鷗臉上。這麼大一把歲數，繼續給人「段總、段總」地稱呼着，一眨眼就被轉手了？不，轉賣了？千百年前賣奴隸，現在負債人也可以當奴隸賣？

「我不懂他怎麼接管？」段盯着曉鷗。

「這好懂：你該還她多少錢，我先替你墊上，還給她，然後我再跟你要。曉鷗，段總欠你多少？三千還是四千？」老貓說。

當然，這裏是把「萬」字省略了的。

「法庭上可沒有規定由第三者先幫我墊錢的，梅小姐。」

人落魄了，窮了，智慧可沒有窮。

「丟，我不給你墊上，你有錢現在就還她！不然她吃甚麼？讓她一個又當爹又當媽的女人跟孩子一塊都餓死啊?!」

「我沒有跟你說話。」

「我跟你說話呢！」

段卻還是把老貓放在自己視野之外。他以為可以沾大庭廣眾和保安的光，老貓不敢像上次在銀河的房間裏那樣暴揍他。

「梅曉鷗，我不要他給我墊錢。」段凱文可不那麼好轉手，憤怒得眼睛都紅了。「說白了吧，他愛墊錢是他的事，跟我沒屁相干。」說着他就要回賭場去。

老貓又撲食了：他上去就扯那件土透了的灰夾克領口，夾克的拉鏈一路拉到喉嚨口。好在夾克尺碼大，段的脖子在裏面還能有足夠的自由。曉鷗馬上從身後拉住老貓，用力把他拖開。

「貓哥，監視鏡頭對着你呢！」

老貓對着斜上方的鏡頭，用唇型說了一句：「丟你老母。」

段盯着曉鷗，眼神在説，沒想到你梅曉鷗下作到這種地步，跟這種人渣男盜女娼地對付我。或許你根本自己就是人渣；人渣不過男女有別，形色不同而已。他的手慢慢地、帶控訴感地拉正夾克，似乎那衣服正不正有甚麼區別似的。

曉鷗至少把兩個男人弄到了臨海的人行道上。

「跟你沒屁相干是吧？你又騙了曉鷗兩百萬，説是去競標，你競的標呢?!編故事騙錢！騙誰不行，還非騙一個單親母親！你是個男人嗎?!」説着他又要朝段上爪子。

曉鷗看着這隻瘋貓，那一頭白毛比他人更憤怒。曉鷗在老貓的兇狠中看到一絲把債從段手裏追回的希望，有一毛錢追回一毛錢。

「貓哥，讓我先和段總談一談好嗎？」

「不行！」老貓吼道，「你問他，是不是用那兩百萬上賭場競標來了？」

「好好好，我一定問他。」她給老貓一個眼色讓他撤下，但老貓的拳頭還是握得鐵硬。「段總，我們走吧。」她拉着段的左臂，半個身體做段的盾牌，從老貓旁邊繞了點道，走過去。

「讓他先把那兩百萬還給你！」老貓在他們走出二十多米時追來一句。

拉着段凱文胳膊的手活受罪，放不放開都令兩人尷尬。手自己先累了，並充滿牢騷，怨怪它的主人把它擱在如此不該擱的地方，抓握如此不該抓握的東西。這抓握也令段凱文極受罪，肌膚和姿態都僵着，盼望這種接觸馬上結束又不知如何結束最不着痕跡。最後是曉鷗先放了手，同時回頭看一眼，說現在沒事了，他（老貓）走了。似乎要段別把梅曉鷗的手臂和身體當女人，就當防身盔甲好了。

他們找了一家靠海的咖啡館坐下來。海風把極俗的電子音樂颳得飄飄忽忽，稍微減去了幾分俗氣。段凱文叫來服務員，給他自己點了一杯美式咖啡，又問曉鷗要甚麼。意思是他請客。淪為被動，不甘心啊不甘心。曉鷗決定讓他找回點感覺，吃他的請。她看了一眼桌上的菜單，點了一杯拿鐵，一份金槍魚三明治。她越點得多，他的感覺會越好。果然，他微微笑了一下，轉向海水長吐一口氣，又偉岸了一點。

「你那個貓哥簡直是社會底層的流氓，」段先開了口，「我打着競標的旗號騙你錢?!以小人之心度君子之腹。」

曉鷗只能聽着。老史此刻應該起來了，每天他起床之後會喝一杯豆奶，一邊喝一邊審視用筆記本電腦拍攝的昨夜的創作。這時的他是另一個史奇瀾，是評論家史奇瀾，客觀而苛刻，專門挑昨夜老史的敗筆。只是不知道家裏的豆奶夠不夠……她一驚，發現自己錯過了段凱文好幾個句子。

「……競標倒是沒甚麼問題，可沒這個資質證明就接不了那樣的大型工程。」

曉鷗把寫滿疑問的臉朝向段：啊？甚麼資質證明？

「我告訴過你，曉鷗，我這種資質證明，北京發展商裏只有五、六個人得到過！」

曉鷗點點頭，表示相信。不過這跟他欠債還錢有關係嗎？

「等於是高級執照！等於開發商裏的最高等級！等於這行的博士後！」

曉鷗又點點頭，她同意，應該是非常非常高級的建築執照。

「太可惜了，因為我在國外，沒有按時交費，所以執照過期了，要不然我競標是百分之百的！」

就是說因為他執照過期，所以山東泰安的超大購物中心項目落到競爭對手手中了。那兩百萬的競標押金可以如數歸還了吧？

「我知道你會問那兩百萬的競標押金。」

曉鷗老老實實地看着他：自己惦念自己的錢，沒甚麼可丟人的因而也沒甚麼可否認的。

「那兩百萬還在那兒呢。你放心，曉鷗。就算用它整存零取嘛，每月還得這麼高的利息。不吃虧，是不是？等兩百萬本金還你的時候，加上利息，都成倍了！」

「段總，您去了越南還是新加坡？」

段愣了一下，只有半秒鐘，但足夠讓曉鷗明白，她那兩百萬被他帶上了不歸路，從越南或新加坡的賭台上曲線走出去的。

「山東是我老根據地，泰安的項目沒到手，還有蓬萊的，煙台的，我家鄉臨沂也要我去做大項目。」段凱文輕易地轉開話題。他還沒到徹底要不得、憑空撒謊的地步，沒有抵賴他去過越南或新加坡。「只要交了費，更新資質證明，其他開發商跟我的競爭力相比，沒比頭，根本不能同日而語！」

聽上去他只差那筆更新執照的費用。曉鷗心裏幫他打了個比方：就像交會費進入某高級會所，進去了就能接觸高級生意夥伴，做成高級生意，一切都始於一筆會費。那麼這筆高級會費是多少呢？

「那筆費是多少錢？」

「六十萬。」

曉鷗嚇了一跳。她以為幾萬塊錢呢。不過幾萬塊她也不會給他。幾萬塊夠她和兒子以及老史過幾個月好日子了。段凱文看出曉鷗心裏在開計算機。

「只要你周濟我六十萬……」

「段總，您太瞧得起我了；我連六萬都拿不出來。像您這樣欠錢的客人不止您一個。您看，您一個人就欠了三千多萬——咱們算上利息，對吧？再來兩個像您這樣的，我還有法兒在賭廳裏幹嗎？哪個廳主還會給我籌碼讓我借給客戶？您欠廳主的錢是得我來還的呀！您是跑得了的和尚，我是跑不了的廟。為了給你們這些欠債的客戶還錢，不怕您笑話，我房子都賣了！在我們這一行裏，這就是破產倒閉！您讓我拿甚麼錢借給您？」

她稍有誇張，但絕不是胡扯。説到自己委屈處，眼睛熱辣起來。在家剝剝新鮮豌豆就感覺無比幸福，還有人拿她當一管已經擠癟的牙膏來擠。

「我沒説一定要借你的錢，別急嘛……」

他伸過手輕輕撫着曉鷗手背。曉鷗瞥見他臃腫的手背上出現了淺酒窩。她噁心地縮回手——你還有本錢出賣男色？

「借給您兩百萬，您又把它玩丟了，我沒跟您逼債吧？您還沒完了?!」

曉鷗的嗓音恢復到三年前了。剛才上咖啡的男服務員從店舖裏伸出半個臉。

「誰把那兩百萬玩丟了？」他攤開兩隻手。

曉鷗給他一個疲憊的冷笑。她懶得費勁揭發他。

「只要你梅小姐再搭我一把手，我肯定把我們臨沂的大項目拿到手。就六十萬，算我最後一次求你！」

現在的段總是有一個詐一個，詐到多少是多少，夠下幾注下幾注。

「您求我，我也得有啊。」

曉鷗把椅子向後推了一下，站起身走了，把未動過的拿鐵和三明治以及段凱文留在身後。

回到家，老史果真去了他的工作室。她看見未剝完的豌豆現在被剝完了，桌上的玻璃板剛被拋了光似的晶亮。不知是兒子還是老史幹的。但願是兒子。親極反疏，在一起相虐，剛一分開就急於求和彌補，這就是一家人。她推開兒子的房門，發現他把床和書桌都收拾得很整齊：又是一個彌補姿態。現在是他最輕鬆的時候，等着大學生活的開始。應該允許他去看看盧晉桐。萬一盧一腳走了從此就會成為兒子心上一個大洞，一塊永遠無法治癒的痛楚。那盧晉桐可就徹底贏了這場感情拔河。

她把豌豆和雲腿一塊炒，又燙了幾棵菜心；澆上蠔油，還煲了海米冬瓜湯，此刻恰好米飯也熟了。老史是不會接電話的，所以她給兒子留下一半菜飯，把另一半裝進便當盒子和搪瓷湯罐打算給老史送去。老史的工作室在老城的戀愛巷附近一座舊樓裏，頂層閣樓的空間全被曉鷗租下來，共有兩百多平方米。開車往工作室去的路上，她眼前盡是段凱文的臉。人的淪落是掛相的，心裏一堆垃圾，便從臉容漾出一片醃臢。曾經那是一張多好的臉容啊。她明知道可憐誰也不能可憐他。就像北京馬路邊上的殘疾乞丐，她明知道那是他們的扮演，但她總是買他們的「票」，人能這樣扮演就可憐到極致了，不妨拿戲當真吧。

她把自己幾年前至今和段凱文的交道告訴了老史。老史在雕刻一件作品，轉過頭來看她一眼，很撫慰的目光，當然感覺到她述説段凱文時的痛心和酸楚了。汗水從額頭流到他脖子裏，頭臉光亮亮的，比他打磨的木雕頭臉還潤澤。她為他擦了擦臉，勸他歇歇，吃了午飯再幹。他嘴上諾諾應允，卻並不照辦。似乎荒唐掉太多的時間，現在連本帶利息往回撈。賭徒老史變成現在的老史是脫胎換骨，是浪子回歸，可不是每個賭徒都能完成這個回歸的。應該說能回歸的不多。得愛妻和愛子再搭上和睦家庭置換這個回歸。夠慘痛的，但畢竟回歸了。看看段凱文吧，愛妻的半身不遂和高低不平的五官置換來的只是他手指上一塊難看的疤痕。老史讓到一邊，意思是讓曉鷗看他幾小時的工作成效。曉鷗表揚地微笑一下，他把胳膊伸過來在她腰上輕輕一摟。她是回歸的老史的受益人。中年男女的愛情原來就是這樣，比如十多隻土雞熬出的湯，只有嘗的人知道多美，浮面一滴油膩都不見。

曉鷗的電話響起來。老史突然停下手。室內頓時是心驚肉跳的靜，直到曉鷗對着手機說：「嗯，我知道是那個段生。他怎麼有我們家的電話？」

那一頭是曉鷗家的鐘點工，下午一點來上班，隔着吸塵器的噪音聽到電話鈴，就接聽了。段生說曉鷗把絲巾丟在咖啡館的椅子上了。那可是一條不能丟的絲巾，白底紅梅，老史的手繪。穿戴了十多年名牌衣服和絲巾，現在她只穿老史的設計。穿了老史的設計她才明白那些名家想像力的匱乏，設計的重複和醜陋；也意識到世上只有一個梅曉鷗：她梅曉鷗的獨一無二和不可複製性。她跟鐘點工說，假如段生再打電話，告訴他把絲巾留在咖啡店，自己會去取。手機還沒掛斷，她聽見老史開始活動了。他拖着腳步走到放着菜和飯的櫈子旁邊，慢慢坐在一塊尚未雕刻出雛形的雞翅木上。陳小小和兒子是否得知他已戒賭，他不知道，但他多希望他們知道。他也明白他的不賭是不夠的，遠不夠把他們贏回自己身邊。不賭只是個最最低的起點，從他的債務高峰算起，那起點只是跟死海齊平的海拔。即便陳小小和兒子回來，跟他待在死海邊，仰望壓頂的債務高峰，也沒甚麼幸福。關於這一點，老史越來越看清了。從每一個誤認為來自陳小小的電話鈴聲中看清的。

餐間說起段凱文要再借六十萬的事。老史正用勺子舀冬瓜湯，半途擱回了勺子。他當然在意她是否又進圈套。她怎麼會再進圈套？乾脆地回絕了他。要不了多久，段凱文也能弄殘自己一條腿或一隻手，進修深造求乞藝術，到大街上去掙生計。差一點那就是他老史做的事了，只差一點。不對，不是只差一點，你史奇瀾跟段凱文人品上差距很大。曉鷗怎麼會知道？他史奇瀾自己知道：就差那一點，要不是小小帶兒子出走，就一點不差了。

接下去的對話，是勺子和碗的、筷子和盤子的。兩人都不說話了，似乎都在為差的那一點而後怕。工作室裏開始進來下午的太陽，一縷又一縷，把萬千灰塵孵活了，歡蹦亂跳地起舞。老史忽然湊過嘴唇來親她。等不來小小和兒子，又有那麼多的柔情要施予。曉鷗感到他的親吻越來越深，攪拌着新鮮豌豆和雲腿的滋味，很是鮮美。曉鷗一向的衛生標準頃刻被顛覆，愛是生理一些更好，帶一點不潔和腥氣無妨，只說明都是活的。她從來沒有感覺過這麼豐富的愛；豐富在於傷心和歡悅，若有所失和若有所得，混得那麼亂，又亂得那麼好。他知道她不願意完整地裸露，中年女性的身體已經消失了一些肯定的線條，一些弧度是馬虎混過的，顏色也不那麼新鮮，總之有些舊舊的感覺；因此他由她遮蓋去，在太陽中讓她的身體藏在夜裏。中年的歡愛有多美，無可奉告，只能你知我知，連天和地都不知。

兩人大汗如洗，最後一盎司的快感都被挖掘出來。之後你看着我，我看着你，淡淡的傷心還在，得而復失失而復得，總有那一點是得不到的，卻也只能這樣了。老史微微一笑，她把衣服拉直，一些地方還留着快感的印記。

「曉鷗，給他最後一次機會吧。」

雖然是一句建議，但充滿商討的意思。曉鷗感覺有點被背叛，退役賭徒在幫一個現役賭徒的忙呢。

「說不定他真的是缺少這一次機會。你忘了？你也給過我最後的機會。」

曉鷗搖搖頭，表示不加考慮。老史是老史，段凱文是段凱文。

「只不過我沒有珍惜你給我的最後機會。」

「你憑甚麼認為他會珍惜？我那二百萬給他騙去，都讓他丟在賭桌上了！」

「聽你說過這個段總幾次。你的口氣都是替他可惜的。他比我有能力。條件也比我好。假如有最後一次機會……」

曉鷗收拾碗筷時，老史說那只是他隨便說說的，只是建議，她聽不聽都無所謂。

離開工作室之後，曉鷗去了海邊咖啡館。絲巾卻被段凱文拿走了，留下一張紙條。一筆雋秀的字跡告訴曉鷗，到他酒店前台去取，因為他看出絲巾的不凡，怕留在咖啡店弄髒或丟失。一個小小的負責行為，讓曉鷗開始傾向老史的建議。她用手機撥通老貓，請他幫着查查看，資深開發商是否真有甚麼資質證明，有的話是否需要交費。老貓在傍晚時分查清了事實，段凱文在此事上沒有撒謊。

她到了凱旋門酒店大廳前台，說明自己是來認領那條手繪絲巾的。絲巾被疊得四方平整，裝在一個小購物袋裏。段是識貨的，和曉鷗一樣愛這條絲巾，這和他在建築上的超好審美觀也是緊相關聯。一個有着巨大潛質做好人的混賬。現在難道輪到她曉鷗來挖掘那些精良潛質？別逗了，她沒那雄心和野心了。讓老貓去挖吧。她把老貓招來，跟他擺出條件，段凱文可以讓給他，要回的債務她只要兩成，但現在他必須出六十萬把段救活。

老貓瞪着她，一半上唇咧開，看着曉鷗這個葫蘆裏賣沒賣毒藥。

曉鷗見他掏出煙盒，替他按着打火機。貓哥這難道不是下注？願意玩總得拿出賭資。幹嗎她曉鷗不自己玩？沒賭資了，也玩夠了。想想吧，貓哥，同意就簽個合同。他要一天時間考慮。給三天都行。姓段的不是地道人。地道人就不用押注了。

地道我還請你老貓出馬？曉鷗心裏冷笑。她知道老貓不會把三天時間花費在考慮上，而是花在調查上。段的能力，曾經的豐功偉績是經得住調查的。果然在第四天下午，老貓來敲曉鷗的門。他同意跟她簽合同了。曉鷗知道他一定剛從北京回來，完成了一場透徹的調查研究加三思。

清晨五點，老史沒有準時回家。曉鷗不放心了，起床隨便套了條牛仔褲和T恤衫，就去了老史的工作室，工作室離的公寓二十分鐘車程，老史一般是騎車往來。走到工作室樓下，她看見閣樓上面燈光闌珊，不像在工作的樣子。老史在為香港秋季藝術品拍賣會突擊創作幾件木雕，現在回家睡覺的時間從原先的凌晨三點推後到清晨五點。

她輕輕推開門。到工作室來曉鷗總是帶有一種敬畏，尋常人對創造者那種不求甚解的敬仰和畏懼。所以她每次進入這裏總是十分知趣，儘管這間工作室是租在她自己名下的。灰暗的黎明中只有一盞壁燈亮着，老史坐在地上，背靠着牆，眼睛看着天花板。

「你怎麼來了？」他既無倦意，也不精神。

「你怎麼了？不舒服了？」曉鷗輕聲問，走到他旁邊蹲下來。

「沒怎麼，就是弄不出來。」

他指的是創作不順心，不順手。

「我恐怕完了，怎麼使勁都弄不好。過去是心裏有手上無，現在心裏都沒有了。」

這種狀態在這兩年中時而發生，延續的時間有長有短。它一發生，老史就說自己完了，或者說自己本身就很平庸，自以為複製幾千件居家擺設屈了才，實際上何才之有?!庸才罷了。曉鷗於是提醒他，每次這種創作低谷和自我懷疑都會過去，不過早點晚點的事。他卻說這次過不去了，因為他從來沒感覺腦子這麼空過，舉起刀之前還有點想法，可一舉起來就不知該往哪兒落了，剛才的想法跑得乾乾淨淨，剩下個空空的腦殼。有時拚命地追捕還沒完全散盡的思緒，就是捕捉不到，恨得撞牆……

曉鷗趕緊去摸他的額頭，額頭還好，再看看周圍牆壁，牆壁也無損。他明白曉鷗的眼神，說自己要不是吃了那幾種藥，早就撞得頭破血流了。老史每天都吃三種藥，有時快睡着了，又噌地一下跳下床，衝進浴室去吃藥。其中幾次曉鷗見他跳下床去開藥瓶子，馬上提醒他，他已經吃過這天的藥了，別吃重了；他會疑惑地問曉鷗是不是看清和記清了，萬一記錯，少吃一天的藥可是災難。曉鷗問他那是甚麼藥，為甚麼一天也不能缺，缺了會發生甚麼災難；他含混地說都是些治療焦躁的精神藥類，他自己也不完全懂。這個黎明時分他告訴曉鷗，這些藥副作用很大，其中最可怕的副作用是削平創作的巔峰情緒。那為甚麼要吃呢？為甚麼要讓它削平他呢？停了藥不就能恢復創作巔峰狀態了嗎？

「創作狀態倒是恢復了，你跟我的日子就難過下去嘍。」他伸過一條胳膊，把曉鷗攬進懷裏。

再追問，老史也沒有說得十分清楚。

「吃了藥，就可以做個正常的人。做個好人。不吃藥，可能就是極富創造力的瘋子。所以我還是做個好人吧。為你我也要做個好人，通俗平庸就通俗平庸吧，你說呢曉鷗？你配一個好男人跟你一起過。」

老史當然不可能平庸，起碼曉鷗沒這層擔憂。她挨着他坐在地上，頭靠在他沒多少體溫的胸口。

十六

秋季的香港藝術品拍賣會上，老史的一件作品被拍出去了，雖然價錢拍得不高，只十五萬，但這是性質不同的錢，是令老史和曉鷗振奮的錢，跟過去用兩千件複製的居家擺設賺來的錢完全不是一回事。這是陳小小和豆豆消失的第四個年頭。有人跟曉鷗說，在加拿大的溫哥華見到了母子倆。不知道是否也有人把這消息告訴了老史。估計老史現在一定知道陳小小和豆豆的所在，因為他已經不為電話鈴聲所動了。

老貓這天到工作室來找曉鷗。曉鷗在幫老史拋光一件成型的作品。一個走鋼絲的雜技演員，很寫意的，鋼絲是一根很直的樹枝，人不可思議地在上面以高難舞姿騎車。雖然小小是表演高空舞蹈的，跟走鋼絲不盡相同，但可以看出老史對各種雜技動作的熟悉，對這種古老民間藝術的迷戀。這點上他和某個階段的畢加索有可談的。老貓看着無聲息的曉鷗和老史各忙各，眼睛和鼻孔發出一個看不起的微笑：跟着木匠做木匠婆了！木匠都能得手我老貓怎麼就只有看的份兒？還挺把木活兒當事兒呢！這麼賺錢跟早市賣魚也差不了多少。不指望老貓這種人懂得很多樂子在於不賺錢和用甚麼賺來的錢。老貓掏出煙盒，曉鷗立刻把他往門外攆。

「你要把一屋子作品都燒成炭啊?!」

「我以為你倆乾柴烈火的早該把那些木頭燒成炭了！」

老貓嬉皮笑臉的。現在的曉鷗一點葷都不吃；老貓給的葷讓她要吐。

「滾蛋！」

「有了木匠不要貓哥了。」一個悲哀表情符號出現在那堆白毛下面。

「有話快說。」

「有屁快放。這就放：那個姓段的王八蛋把那六十萬全輸光了。」

曉鷗吞一口冷氣。這一來她真是做圈套讓老貓鑽了，雖然她不是故意的。可是老貓怎麼知道段輸光了呢？段自己供認的。段凱文在媽閣？偷渡過來的，偷渡費都是借黑擺渡的，還是他老貓幫着還了偷渡費。人和人也能複製，段凱文複製了當年的史奇瀾。是不是親自把錢送到黑擺渡手裏的？一共才五千塊，他老貓沒那麼下賤，去親自接洽黑擺渡那種人渣，當然是由段總自己去還的。

老貓在「段總」二字的發音上出了個戲腔，似乎是嘲弄，也似乎是罵人，那意思好像說從今後人們罵王八蛋的時候可改為罵「段總」，「段總」和王八蛋是同義詞。

曉鷗知道老貓又上了段凱文一記小當：那五千塊錢被拿去做賭資了。看來段要把不服輸的美德保持到生命終結。那麼現在段住在哪裏？給他安排在金沙，標準間正好在打對折，就在那個最便宜的標準間裏，逼出了「段總」關於六十萬資質牌照費的實話。一定又跟他動粗了？不動粗「段總」有實話？這一刻段凱文在哪裏？在金沙的標準間。貓哥放心，他已經不在那裏了。那在哪裏?!在哪裏不知道，不過他肯定已經逃走了。難道「段總」還有更闊氣的住處？他從你那裏得了五千塊的賭資，不逃走還等甚麼？

老貓空白着一張臉對着曉鷗。媽閣的小賭場星羅棋佈、曲徑通幽，段凱文鑽進去，十個老貓都別想捉回他來。段凱文貧苦出身，現在也可以跟貧苦賭徒坐在一桌，照樣酣暢淋漓地玩個晝夜顛倒。媽閣的賭界是一片海，遠比媽閣周邊真正的海要深，更易於藏污納垢，潛進去容易，打撈上來萬難。只要段凱文放下了架子，調整了心態，肯和下九流賭徒平起平坐，可有得玩呢！那些小賭檔也會有小疊碼仔，他可以借到小筆賭資，一個賭場賴一筆賬，段總可以在賭海中頤養天年。

老史此刻也來到工作室外。他跟老貓隨意打了個招呼，掏出一盒熊貓煙來請老貓和自己的客。煙是他一位識貨的客戶送的禮物，一送送了一箱。老史的原則是不抽花錢買的煙，所以他說自己不抽煙，只抽禮物。

「出事了？」

曉鷗和老貓無力地笑笑。曉鷗嬌嗔一句，都是他老史的不是，要她給段總最後一次機會。結果呢？機會又被他扔在下水道裏了。

「他肯定特別想把他的甚麼牌照拿回來的，」老史分析道，「不過沒有經得住誘惑，跟他的最後機會失之交臂了。」

「你怎麼知道？」

「我是過來人啊。」老史坦蕩地笑笑。

老貓一句話不說。他心裏一串串的髒話，全是罵「段總」的。吸完一根煙，他扭頭就走。指望老貓這種人學禮貌是妄想。連句再見都沒學會呢。十多分鐘後，他打電話告訴曉鷗，她真是料事如神，「段總」真的從標準間裏逃走了。

從此段凱文的手機關機了。

一天曉鷗去工作室給老史送午飯，手機響起來，是國外號碼。曉鷗的心格登一聲。但她「喂」了幾聲，對方卻不出聲。等了半秒鐘，曉鷗掛斷手機，腳踏上車子的油門，手機又響鈴，她拿起就說：「喂，小小，你說吧，說完我還要給老史送飯，他沒吃早飯。」

果然那邊出聲了。竟是老史的兒子豆豆。豆豆張口便讓曉鷗把父親還給自己的母親。曉鷗的嘴張開，一個字沒說出，又慢慢闔上了。一定是陳小小導演了孩子，給孩子嘴裏塞了這句台詞。她這兩年可想過要拆開老史和陳小小？可誰能拆得開陳小小和史奇瀾？小小基本上是老史帶大的，為了帶大小小，老史把自己原先的家都扔了。豆豆又來了一句，父親是因為怕梅阿姨傷心，所以他一直不願意跟他母親直接通電話，一定要通過梅阿姨轉達。曉鷗一再催促自己，跟孩子問一聲好，哪怕問一句他們住在溫哥華可習慣，但她一聲都發不出。豆豆那邊先「拜拜」了，她啞聲回了個「拜拜」，掛上手機。不知多久之後，她發現自己仍然坐在駕駛座上，看着窗外的媽閣。早就知道會有這一天。老史木雕的名氣正像水漬洇濕厚厚的紙張一樣，雖然水的疆界拓展得極慢，慢得幾乎無知無覺，但終究在往外走。

一進工作室老史就緊張地從木雕叢林中探出臉。他已經從曉鷗開門、進門的聲響感到了她內心的氣候：氣候驟變。車到戀愛巷口她都沒想跟老史發難；她知道兩年多來老史把她的溫柔當成了自然和當然，因此一直賴於她的溫柔而生存，而創作。她一張嘴就毀了老史的溫柔鄉。她成了個又哭又鬧的女人。中年的、哭鬧的女人可不好看，一點嬌憨都沒有，這是她在老史的眼睛裏看到的。她怎麼也止不住自己，揭露和絕情話一句也省不下。人到中年，許多事相互都能看穿，但絕不能説穿。她的揭露卻那麼不留情面，那麼狠毒。你老史借我梅曉鷗的地方休養生息，也借這地方跟陳小小暗度陳倉，重修舊好！不就是秋季拍賣會那次出了點小風頭，讓溫哥華某個記者把木雕登上了華人小報嗎？那就讓陳小小和你老史背着我開始勾搭！本來是夫妻，不必幹這種暗拋媚眼的事！不過，是夫妻上街要飯都是夫妻，你老史不名一文，揹負億萬債務的時候，怎麼就沒人跟你夫妻了呢?!

老史站在她對面，手都沒地方擱，臉似乎更沒地方擱。見曉鷗涕淚俱下，汗也給哭鬧出來了，他端起自己的茶杯，添了點水，一副伺候的姿態。曉鷗一把將茶杯揮出去，茶杯碎在一個木雕的土家族老人頭像上，茶葉留在老人的臉上，茶水順着老人的額頭、臉頰、下巴流淌，滴答……

曉鷗揮手的一剎那就已經後悔了。老史不是沒脾氣的人。你可以把茶杯砸在他頭上，但不可以去砸他的作品，沒有那些作品老史自認為他那副皮囊是不值甚麼的。但老史竟然沒發脾氣，走過去拿起自己擦汗的毛巾，給木雕老人㨘了把臉，仔細打量着「他」，沒傷着甚麼，又給「他」擦了把臉，垂下手臂，背還朝着曉鷗。

她讀出他的姿態：忍了吧。

而忍氣吞聲的老史更讓曉鷗發瘋。就是為了吃的這兩年軟飯，你就忍了嗎？何況又是甚麼樣的軟飯：二菜一湯，或一天兩頓打鹵麵，這麼便宜就讓你老史忍了脾氣？你老史不是沒種的人，你的血氣呢？你有血氣就不會瞞着我跟小小暗地聯繫了！你們是用郵件開始聯絡的，對不對？還告訴陳小小，你一旦離開我曉鷗會心碎，會受致命的傷害，所以讓豆豆給我打電話……呸！自作多情！這兩年多我天天巴不得你走，我好跟有意娶我的男人幽會，你以為我會死在你身上？有意娶我曉鷗的人多的是……

老史在這當口開口了。

「不過我覺得那個老貓對你不合適。」

曉鷗接着鬧：誰說不合適？合適得很，我們都試過，背着你老史還常常試呢！

她把跟老貓的葷話拿出來了。現在她心裏只有一個願望：傷他、傷他、傷死他！

「你說的是氣話……其實你生那麼大氣沒必要，我跟小小甚麼郵件都沒有通，你不信可以查我的郵箱。就是拍賣會上那個溫哥華記者跟小小和豆豆帶了消息，後來那個記者給我發了幾封郵件。我對小小的感情當然是有的，這麼多年了，又有兒子……不過對她失望到心冷的地步，也是實話。」

老史看上去聽上去都夠誠實。不過那種吃人嘴軟的口氣讓曉鷗一點都愛不起他來了。長此以往恐怕是愛不起來的。也好，趁着不愛讓他快走吧，以後慢慢再來回想，再來傷感。她這樣想着，也就平靜了，轉身向門口走去。

「你去哪裏，曉鷗?!」這是受了驚嚇的聲調。沒有曉鷗的日子他是怕的。兩年多他們早就陰陽顛倒，陰盛陽衰了。

「還能去哪裏?收拾你的行李去。」

她沒有回頭看他。他也沒再說甚麼。但是她知道自己幹得多麼狠。

老史竟沒有多少行李。三件中式褂子，兩條褲子，一條西式短褲。他吃的兩年便宜軟飯也包括添置一件高質棉布的中式對襟褂，用作場合禮服。只用了曉鷗二十多分鐘，他的東西都收在了箱子裏。工作室可以暫時封起來，等他被陳小小接納之後再把作品給他海運或航運過去。她在一種和自身相脱離狀態中為他打點行裝，自己繞開自己的內心走，直到她來到主臥的浴室，看到老史丟在洗臉台上的一根纏繞了黑毛線的皮筋。她拿起皮筋，發現自己的內心是繞不過去的。皮筋上捲着老史的頭髮，幾根黑，幾根半黑白。她想到兩年多每次看他梳馬尾辮時的隨意和瀟灑，又想到他起床前總是要醒着躺很久，一旦她催促，他便把她拖過來，摟着她，要她等會兒，讓他慢醒透……

曉鷗頭抵着鏡子哭起來。不知哭了多久，鏡子被她哭出一片大霧，老史紮馬尾辮的皮筋被她的齒尖咬碎了。

夜裏老史回到公寓，看見門廳放着他的箱子，曉鷗卻在陽台上。老史來到主臥室和陽台之間的門口，看看曉鷗的脊背，又回到門廳。兒子和老史是前後腳回來的，男孩看見箱子，馬上情緒高漲，似乎原諒了史叔叔在他家兩年多的打擾，也原諒了史叔叔兩年多分走的那部份母親。他主動招呼老史，史叔叔要走了？

曉鷗聽到老史含混地嗯了一聲。她慢慢走進來，問兒子在外面和同學們吃的是甚麼，要不要來點消夜。兒子謝了母親，他吃得很飽，一滴水都進不去。她聽見老史拉開了箱子，拿出一件東西，又拿出一件東西……

「嫌我整理得不好？還是要檢查少了甚麼？」曉鷗尖刻不減。

尖刻能緩解她的不捨，她的疼痛。心裏有多不捨，她不會讓任何人知道。老史是她最後一個愛人，此生的戀愛史結束在這個叫史奇瀾的男人懷裏。她都不知道愛他甚麼。不知道愛他甚麼還當命來愛，那就是真的愛了。

「我的棒球帽呢？」老史說着就往主臥室走。

曉鷗跟進主臥室，嘴裏還在尖刻，那頂破棒球帽有人會稀罕嗎？

「我不管別人稀不稀罕，我稀罕。」

他看着曉鷗，突然把她緊抱在懷裏。她沒想到老史會哭。但她知道老史一哭就完了，心已經走了。他的哭是回顧：這兩年多，跟她曉鷗，過得還不錯，真的，挺可心的。

夜裏老史瘋了一樣要她，要把這輩子跟曉鷗的情愛份額用一夜消費掉。而老史每一個動作，曉鷗都感覺到一個「走了」。

第二天上午，曉鷗叫老史起床，給他把咖啡和烤麵包端到陽台上。感覺眼睛腫脹得厲害，她把墨鏡戴上。

「吃完早飯給陳小小打個電話吧。」

咖啡似乎燙了嘴，他抖了一下。

「回北京先住酒店，再找房子租，別找太寒磣的地方。」曉鷗把四沓人民幣放在他面前。

「我有……」

「我太知道你有了。」

曉鷗眼圈又紅了。她匆匆走開，到廚房給兒子削水果。把兒子的早餐擺在小桌上，她拿起皮包出門買菜。還是老史給她做的皮包呢。她關上門，成功地把眼淚忍了回去。主臥室暫時讓給老史和小小，她在場他們夫妻倆説話會拘束。跨進電梯之後，鏡子裏是一個孤單的曉鷗：半個月之後，兒子上了大學，她就是這樣的了。她還會回賭場工作嗎？不，不會的。那她還會愛上一個人嗎？只能愛上一個人才能不愛老史。可是老史都愛過了，還可能愛別的誰？不可能了。可是她到底愛老史甚麼呢？

送老史去機場的時候，曉鷗的心情稍微晴朗了一些。她一生的感情苦難很多，相信自己能挺過來。路過金沙大門口，看見阿專和另外幾個男人迎面走來。她想起自己還欠阿專一小筆抽頭，便開了車窗叫了他一聲。很久沒見阿專了，現在成了個瘦阿專，看上去一臉的陌生。而他身邊那夥人當中的一位看去倒挺面熟。記憶裏搜索了一陣，曉鷗想起那張半熟臉屬於誰。離飛機起飛還有三個多小時，本來要為老史做些採購甚麼的，現在她突然想證實一下她的懷疑。

懷疑在幾分鐘之後被驅散了：半熟臉果然屬於那個曾經贏了八萬元為老婆買皮鞋結果買成首飾的市計量局局長。阿專介紹說，現在人家是龐副市長了。阿專自立門戶已有一年多，在金沙做疊碼仔接待大陸賭客。難怪人瘦掉一半，累心累瘦的。龐副市長比過去胖了不少，本來就圓的臉現在發橫了。跟阿專悄悄聊了幾句，得知阿專留意了曉鷗當初的話：這是個大有發展潛力的賭客。自從自己做了疊碼仔後就跟他一直保持聯繫，把龐副市長從賭客培養提拔成了賭徒。

龐副市長不耐煩地催促阿專，時候不早了，快帶他們到貴賓廳吧。曉鷗看出這是個急着往回贏錢的人。他的遠大賭徒夢想正在美麗階段。

「賭台前面，副市長和老百姓一模一樣，」老史笑笑說，「黨員和我這個無黨派人士也一模一樣。」

「跟你過去一個樣。你現在和過去不是一個史奇瀾。」

曉鷗突然想到，剛才沒有把她欠阿專的一筆抽頭給他。她請老史稍等，自己追向電梯間。阿專說甚麼也不肯收那筆數額不大的錢，說是自己眼下其實沒甚麼花銷，得了糖尿病和痛風，吃不得喝不得，女朋友也跑了。曉鷗看着阿專跟在客人身後，最後一個走進電梯，想想他還不滿三十歲呢。

回到大廳裏，老史卻在一張賭台邊觀望。曉鷗走過去，手裏還攥着原來要還阿專的錢。老史對她指指電子顯示屏上的紅藍圈圈，說他曾經多笨蛋，以為這些圈圈給他指點迷津呢。曉鷗問他，難道心裏一點都不癢癢嗎？癢癢也不會沾。不沾就證明還沒有真正戒賭。為甚麼？因為戒賭就像戒酒，一滴酒不沾不叫真戒，沾了不醉才叫真戒。

「喏，玩完了這點兒，起身就走。那才是真戒了，真贏了。」

老史看着曉鷗挑釁的眼睛，慢慢接過她手裏的鈔票。不到一萬元港幣，這台子的最低限額是三百元。

上來第一把，老史輸了六百。從第二把開始，他每押每贏，不到二十分鐘，他贏了五萬多。曉鷗勸他換一張一千起押的台子。他猶豫一下，眼睛裏有一點恐懼。他恐懼的是兩年多前的老史。那個老史沉睡在他身心底層，隨時都會醒來，可得小心翼翼，別弄出大動靜，弄醒了他誰都收拾不住。曉鷗也開始猶豫了。但老史在這一刻下了決心，臉容成了敢死隊員的，快速在賭台間隙裏穿梭，曉鷗幾乎跟不上他。金沙娛樂場的賭場格局對於老史，簡直就是他家後院，輕車熟路，遠比曉鷗還知途，隔着很遠便見他在一張擺着「1000」牌子的賭台邊停下來。

曉鷗後悔莫及。她怎麼會開了籠子，放出一頭沉睡兩年多的大獸？

她心裏咚咚跳着，磨蹭到老史身後，第一局已經結束，正見他那雙剛放下雕刻刀不久的手往回扒拉籌碼。她來到他身後，嫌惡而懼怕地看着他的手。又是前史奇瀾的手了，看來那個老史已經醒來。老史回過頭：他對曉鷗身上的香水氣味熟透了，憑那香味就知道她近來還是遠去。他剛才那一注贏了兩萬，現在推上去四萬……老一套，他又要闖三關。

三關竟然給他輕易闖過去，賭鬼幽魂輕易地更換了天才雕刻家的靈魂。錢在他面前崩爆米花一樣膨化。難道曉鷗有這麼惡毒的潛意識，把一個賭徒丈夫原樣還給陳小小？

「走吧，該去機場了。」她湊近他耳朵説道。

「來得及，再玩一會兒。」

完蛋了，賭徒老史偽裝了兩年多戒賭，原來在養精蓄鋭呢。

「走了！」曉鷗口氣強硬了。

「你看，又贏了！」

曉鷗感到一則短信到達，打開一看，是老劉的微信。老劉來媽閣了，現在就在金沙酒店大堂，能否馬上見曉鷗談幾句話，因為出了件大事，情況緊急，梅小姐務必見他。她看看老史，面上的籌碼，有近二十萬，要輸的話也夠他輸一陣。她在大堂門口看見焦躁不安的老劉。

「我是為段總的案子來的。」老劉不等曉鷗走到跟前就說。

還以為甚麼新鮮事。

老劉把段凱文案發始末匆匆敘述了一遍。段在「賊船」娛樂場散座小賭，原始賭資才四千元，半個夜晚四千元變六十多萬。第二天晚上，他說服了一個新出道的年輕疊馬仔，借貸出一百萬籌碼，加上他頭天贏的六十多萬混進了「賊船」的貴賓廳……

曉鷗在此處打斷老劉，說自己有重要客人，沒心情聽段的結局。況且她不必聽他的結局，所有賭徒的結局都是殊途同歸，無論他們贏的路數怎樣逶迤曲折，最終都通向輸。

「這次不是輸……」老劉插嘴。

「那你轉告段總，我祝他大贏之後再也別回媽閣。」

曉鷗擔心賭台上的史奇瀾，心裏已經在害怕，怕休克了兩年多的那個賭徒老史會被她引逗得蘇醒過來。但老劉下面的話讓曉鷗一動不動了。段凱文居然幹出了這種事！他混進了貴賓廳去出老千！他拿着贏來的六十多萬和借來的一百萬在一張十萬限額的賭台邊坐下來，贏了兩手，輸了一手，第四局將一個十萬籌碼偷放到台上。碰上的又恰是個近視眼荷倌，段很容易地就得了手。想接着得手的段連輸四、五局，心急了，出千的手勢和技巧開始回生，露出破綻，被監控器裏的眼睛捕捉到了。段在五、六個賭場保安同時撲向他的時候，自己從座位上款款站起。被押解到貴賓廳門口，他突然停住腳步，四肢出現了一個兇猛的掙扎。按住他的手從兩雙變成了四雙，並異口同聲地呵斥他：「不許動！」他卻說他的手機忘在賭台上了，就是正響鈴的那個。一個保安跑回去取回他的手機，並按下拒接鍵。他問能否讓他看一下來電顯示。保安把來電人的電話號碼念給他聽，聽到第五位數字，他便說不必再往下念了，他知道是誰了。於是這一夥人又一次起解。並沒人追問來電者是誰，但走了幾步，段招認說剛才來電的是他的兒子。兒子在美國，已經自立了。他的口氣似乎是釋然的，似乎一位落入敵手的地下工作者，向終於抓獲了他的歹徒們宣佈，他們下手太晚，該完成的偉大使命他已經都完成了，現在他沒剩下任何價值了。

段凱文這樣的結局倒是出乎曉鷗的意料。

「現在段總被關在警察局的拘留所，他不願意牽連其他人，就讓警察找我。你看怎麼辦？畢竟是好多年的朋友了……」

「他可從來沒拿我當過朋友。」

「我哪兒拿得出那麼多保釋金……」

「我就拿得出來？」她提高嗓音。此刻她覺得老劉的濫好心非常討厭，對段的濫好心，就是對她曉鷗的狠心。「欠我那麼多錢，來找我保釋他，虧你想得出來！」

「不然怎麼辦？一直給拘在那兒？」

「拘留所免費吃住，時不時給提審一下，順便就讓他反省了。我的客人馬上要走，回頭再說吧。」

她丟下老劉，向賭場走去。走回老史那個台子，卻不見了老史。難道老史贏了大把的錢，又到別處下大注去了？她再向遠處張望一圈，還是一片陌生的面孔。

沒錯，老史一定是轉換到押注限額更大的台子上去了。她真的已經鑄成大錯了？先是開籠放虎，現在又放虎歸山。失而復得，得而復失，除了人老了幾歲，甚麼都是一場空。她四面扭頭，越尋找越絕望。再看看手錶，如果還找不着老史，真要誤飛機了。

「曉鷗！」老史在她身後拍了她一下肩膀。

她猛地轉過身，見他比自己還絕望。

「你怎麼不聲不響走了呢？我起身兑換籌碼才發現你不見了！」

她上去拉住他的手，經歷了這場驚險試探，似乎血與火、生與死了一場，現在都幸免於難。他從賭台邊站起來了，而且是自願站起來的！他輸了一輩子，最後成了贏家。她看着他就像看着凱旋的大將軍。

「幹嗎這麼看着我？」

「走吧。」曉鷗氣息奄奄地説。

「你以為我舊病復發了？」

「沒有……」

「肯定以為我賭性又發作了！」

曉鷗不說話地看着他。

「問你呢，是不是？」他的手在她手指上緊緊一捏。

「發作才好，陳小小就又不要你了。」

老史不做聲了。他似乎也懷疑剛才是曉鷗做的局，把他恢復成賭徒，恢復成人渣，讓陳小小再拋棄他一回。曉鷗用含淚的眼睛狠毒地剜他一下。

她打開手機，查詢航班信息：太好了，四點半的航班誤點兩小時。老史拉着她的手來到海邊。兩隻海鷗邊盤旋邊鳴叫，都是左嗓子。

「還會來看我嗎？」曉鷗看着遠處窄窄的海面問道。

「不會了。」老史用手輕輕摸了摸她的頭髮，是他設計的髮型。「戒賭我戒掉了，但你我戒不掉，最好一眼都不要讓我看見，讓我離得遠遠的。」他又拿出那種壞男人的笑容和腔調。壞男人不會太傷感、太緬懷，也不讓對方緬懷他，為失去他傷感。

然後他從中式褂子的兜裏掏出一個厚厚的紙包，往她手裏一塞。一摸就知道裏面裝着甚麼。

「想還我呀？」她縮回手，「你還不清，也還不起！」

「從台子前面站起來，我就知道自己好了，賭博的魔怔好了。魔怔沒法控制我，是我自己控制了自己，拿得起放得下。十八萬多一點，給你……」他見曉鷗急着插嘴，用手勢制止了她，「是你讓我好的。所以你必須收下。」

「陳小小和你兒子從加拿大回來，需要用錢的地方多的是。」

「你為甚麼老要讓別人虧欠你呢?!」他有點生氣了。

「我沒讓別人虧欠我……」

「你就讓我虧欠你，永遠還不清你，把人家都變成乞丐，你永遠做施主……我再問你一句，你要不要?!」

他把手裏的紙包往她面前一杵。

「不要。」

「真不要？」

曉鷗毫不動容地轉開臉，眼睛看着前面的海水：早就失去貞潔的海水。

「那我就把它扔海裏去。」老史威脅道。

甚麼都可以扔海裏，輸光的賭徒把自己扔海裏，賴了別人太多賬的人被扔海裏，岩石沙土垃圾被當作填海物質倒進海裏，媽閣的好脾氣大胃口的海反正是給甚麼吃甚麼。愛扔就扔吧。曉鷗把這段文不對題的話是面對着海講出來的。

「曉鷗，你別擔心我，小小在溫哥華開了個傢具店，賣的是她偷偷藏起來的大葉紫檀和紅酸枝，都是我早先做的極品，我不知道她私下留了一手。昨天她在電話裏告訴我的。她不會回北京了，讓我也去加拿大，我們以後的日子不會太差。這錢你還是收下吧，別鬧了，啊？」

曉鷗的淚水流下來。人家的日子馬上要言歸正傳，又都各就各位了，自己的兒子也馬上會在大學找到自己的位置，只有她和自己的影子做伴。

十八萬多一點就能讓他的良心好過一點？讓他覺得他在她心裏留下的窟窿小一點？她一把抽過紙包，向海裏扔去。

老史被一聲驚叫噎住了。

接下去，兩人看着海水慢慢舔舐着紙包，慢慢咀嚼，然後吞嚥下去，跟吞嚥垃圾一樣，真是給甚麼吃甚麼，好脾氣、大胃口的海呀。

當天晚上曉鷗看到老史幾個藥瓶掉在浴室的垃圾筐裏，裏面的藥片還半滿。就是他每天必吃的幾種藥片。像空氣和水一樣離不開的藥怎麼被他扔了呢？她仔細看着瓶子上的說明，精神藥物：抗焦慮藥物、抗癲癇藥物、抗抑鬱藥物。她把它們的拉丁名字輸入谷歌搜索，發現了英文藥典上的詳細説明。怎麼想一個人也不會同時得焦慮、抑鬱、癲癇吧？第二天她找了個心理學精神病學專家諮詢，大夫説這三種藥合在一起，很可能治療的是躁狂性抑鬱症。不少富有創作力的人或輕或重地受着這種精神疾病的折磨，比如舒曼、凡．高、拜倫、弗吉尼亞．沃爾夫、海明威等等各種文學或藝術天才。他們最佳的創作狀態從某種意義上説是癲狂狀態，超出控制是毀人毀己的。這些藥物可以救天才們的命，也可以保護他們的親人不受他們暴虐，但會以犧牲他們最巔峰的創造狀態為代價。就是説，吃了藥的天才們會慢下來，變成「好人」，和尋常人共處而不折磨他們；但他們每天必須掙扎着穿越藥物的濃霧，去採收上天給予他的全部天賦中的那一點點零頭去創作，大部份天賦只能隨它流失，隨它浪費。因為要採收上天給予的全部天賦，需要怎樣的病態速度？那種病態速度就是他們的躁狂，他們的抑鬱，他們暴君式的對己對人的態度，但最終還是被那病態速度落下，因而自殘。大夫告訴曉鷗，吃抗癲癇的藥，不見得是老史患有羊癇風，和另外兩種藥合在一起，可以合成一味理想的藥物，用來削平患者情緒瘋狂的漲幅和跌幅，也削平他最敏鋭的創作狀態。

老史為了保住曉鷗不受他暴虐而堅持吃這些藥，每天掙扎着穿越藥物的濃霧，濃霧使他的靈感支離破碎，他拚命地抓，拼湊……僅僅因為他想讓曉鷗得到一個好人，一個可以共同在陽台上喝喝茶，聊聊天，海邊散散步，一同下下小館子的正常男人。

她從大夫診室回到家，給老史打電話，說他的藥瓶子都掉到垃圾筐裏了，是否需要特快專遞給他寄到北京去。他卻説藥是他存心扔的；他不需要那些藥了。為甚麼不需要了呢？現在她明白那些藥對他有多重要。不再重要了，因為他不必讓他身邊的人認為他好，覺得他好相處；相反，他們愛怎麼認為就怎麼認為，認為他不可理喻也罷，認為他是魔鬼他也無所謂，離開了她曉鷗，他無所謂別人是不是覺得他好，他乖，他正常，沒人他媽的值得他在乎，反正兒子已經離家去美國上學了。為甚麼只在乎她曉鷗呢？因為他愛她。他從來沒跟她説過，也從來沒跟自己承認過，但他現在向兩人承認，他一直是愛她的。

「曉鷗，想你的時候，我會給你打電話的，或者給你寫短信。」

曉鷗答應了。

她掛了電話就去辦理改換手機號碼和家裏電話號碼的手續。她要就要「全部」，或者「全不」。

幾天後老劉來電話說，警察局決定遞解段凱文出境，移交給大陸境內的治安部門處置，並且永遠不會准許段進入媽閣。

尾聲

死了五、六年才徹底死掉的盧晉桐在北京開了追悼會。追悼會的邀請名單是他的夫人擬定的，其中也有梅曉鷗。不過是客氣客氣，曉鷗一個輕巧的藉口就免除了所有人的尷尬。最尷尬的大概會是兒子，她頭一個不願兒子尷尬。那個姓尚的也會尷尬一剎那。是他逗起盧晉桐的賭性，最後讓盧賭光了一切，輸掉了曉鷗，鬱鬱不得志而患絕症，這一點曉鷗的到場會提醒他。所以她不到場是仁慈的。

兒子從北京的追悼會回到媽閣，寒假還沒結束。曉鷗白天出門上成年人大學的時候，兒子都是在補覺。歐洲上了一年大學，他的睡眠透支太厲害。兒子一般下午一點多起床，在網上消磨兩三個小時，晚上和她一塊吃簡單的晚餐。她收拾廚房的時候，兒子就仔細換衣打扮，因為他會在七點多出門跟他的高中同學聚會。她知道他們會在九點多鐘一塊吃飯，那才是兒子一天中最正式的一餐。她幾次問到兒子和同學們晚上玩些甚麼，兒子說可玩的東西那麼多，沒有一定的。他對母親現在很寬恕，不跟她一般見識地笑笑，意思似乎說，現在年輕人玩的東西說了她也不懂。一天早晨，她發現兒子的房門開着，床還是他出門之前的樣子。居然一夜未歸。曉鷗馬上打他的手機，手機卻關閉着。她知道他最要好的同學是誰，打了電話過去，兒子果真在這同學家。問他怎麼不回家睡覺，他説玩忘了睡覺，到現在一點都不困。

玩甚麼能玩忘了睡覺？

她愣着神想到東想到西，媽閣能有甚麼可玩的？突然她觸了電一樣，抄起電話給老貓撥號，讓他幫着調查。

下午老貓的調查結果回來了。兒子跟他的幾個男同學去了賊船，玩了幾把小小的輸贏，到天亮才回到那個同學家。老貓説他們主要是玩鬧，下注小得不能再小，不值得跟兒子發難。她謝了老貓，拿着手機發呆。一定是盧晉桐把他在賭場的大跌大宕跟兒子渲染過，兒子卻當悲壯英勇的故事來聽，並受到了啟迪。説不定盧晉桐還給他親手示範過，告訴他甚麼「小賭怡情」之類的鬼話，明知道所有大賭都始於小賭，每個亡命賭徒都從「怡情」開始。原來梅大榕那敗壞的血脈拐了無數彎子，最後還是通過梅曉鷗伸到兒子身上。或者盧晉桐的基因加上梅大榕的血緣最終勝過了梅吳娘和梅曉鷗，成為支配性遺傳。也許都不是；作為炎黃子孫本身就有惡賭的潛伏期，大部份男人身心中都沉睡着一個賭徒，嗅到銅錢腥氣，就會把那賭徒從千年百年的沉睡中喚醒。

她沒有驚動兒子，等他回到家，她稍微交代了幾句「菜在冰箱裏，微波爐裏熱一熱吃」之類，就出門了。不出門她會克制不住自己。

他昨夜在賭場玩忘了睡覺，那就是玩迷了心竅，今晚他一定還會去玩。寒假結束前還有一週，夠了，夠他從「怡情」到嗜賭，然後迅速成長成一個年輕的盧晉桐。晚上八點多，曉鷗到了「賊船」賭場，在入口處打好埋伏，等到十一點左右，她看見五個穿着老成的男孩子進入了賊船的大門。兒子比他的同學都小，因此穿得更加老三老四，頭髮也梳成背頭，髮蠟抹得賊亮，讓她想起低檔服飾舖的塑料模特，頭髮是油漆漆出來的。曉鷗簡直就不想認這兒子了。其實賭場的人只要多看他們一眼，就會看出五個男孩都是劇中人，正扮演成年賭客的角色；但「賊船」跟其他賭場一樣，睜一隻眼閉一隻眼，裝着看不透他們有多年輕，賭博不分老幼，投身賭博者他們都熱烈歡迎，他們早被誘上邪道，賭場早賺錢。

五個男孩在吸煙區坐定，開始點煙，看人玩牌。曉鷗更不敢相信自己的眼睛：兒子像個煙齡幾十年的老煙客。為了裝成年人混入賭場，他早就開始了必要的準備和訓練了。所有孩子都這樣，在家長面前是一個人，在社會上和他們的同輩人中是另一個人，但此兒子絕不是彼兒子，蛻變得讓曉鷗既恐怖又迷惑。

好了，現在他們開始幹正事了，一個個掐了煙，從口袋掏出鈔票，到櫃台兌換籌碼。隔着一定的距離，曉鷗注意到兒子的賭資最多，大約有四千元。

兒子上手贏了四千，接下去又贏了一萬二千。居然他也懂得闖三關。一定是盧晉桐給他啟的蒙。然後他輸了兩三次，再接下去又贏了五、六注。下注的膽子越來越大，眼都不眨，不愧盧晉桐的栽培，現在是盧的好門徒。她看兒子癡迷得兩眼發直，簡直就是盧晉桐還魂了。子夜時分，兒子輸了又贏，台面上還剩三萬多。再看看這個人吧，曉鷗更不想認他了：青春痘被汗淹紅了，背頭也紛亂了，西裝被擱在膝蓋上，敞開的襯衫領口露出他吃方便麵養出的細瘦身子，還差大段的發育他才能算個男子漢。他把三萬塊一把押上去，曉鷗此刻已經走到他背後，他的同學發現了，都嚇得一動不動，也不敢提醒他。專注和忘我使他的全部精神都凝聚在那一堆籌碼上，荷倌做手勢問諸位賭客是否還要加注或減注，曉鷗又向前跨一步，同時伸出手，把兒子面前留下的幾千幾百碎碼子都推上去。兒子吃驚地回過頭，認出為他加碼的手屬於母親，一個翻滾從椅子上站起。

「都押上啊。看你今晚手氣挺旺，還不多贏點兒？坐好。」

兒子乖乖地坐回去。完全聽不出曉鷗是毀他還是幫他，也看不出她對他玩這種罪惡遊戲的態度。荷倌再次比畫，還有人要改變現在押的注沒有。兒子搖搖頭。他這才發現同學們一個個都溜走了。兒子指揮家一樣一抬手指，荷倌開了牌。曉鷗渾身發抖，因為從哪個方面看，兒子都不是新手。她在兒子旁邊坐下來，問他哪來的賭資。兒子不做聲。又問，兒子小聲地甩了一句，反正不是她的錢。她的確沒有發現自己的錢出過差錯。是盧晉桐給他的錢，盧在臨死前留給他一筆不大的遺產，而他向母親瞞下來了。老子曾經差點輸掉了褲子，曉鷗的出走使他稍有醒悟，沒輸完的，現在由他兒子替他輸完。一定的。

揭開的牌顯示兒子贏了，一下成了七萬元。曉鷗一把將所有籌碼掃入自己張開的皮包，向兑換處的櫃台走去。沒想到老史為她設計為她量身定做的皮包當此用途這麼適用。兒子緊跟在母親後面，嘴裏「唉」了兩聲。

籌碼被櫃台兑換時，曉鷗對櫃員聲明，她只要一千面值的港幣。兒子緊張了，往前湊了湊，似乎母親搶了他主角的鏡頭。兩人無聲地等待着，等幾摞鈔票擱在櫃台上，曉鷗和兒子同時伸手去抓的時候，兒子下意識地用肩膀撞了一下母親，好比足球將要進門之際，任何阻擋都要被撞開，被排除。

這一下居然把曉鷗撞開了。她不想認兒子，結果是讓兒子先不認她。兒子抓起所有鈔票，看着木呆呆的母親，剎那間知道錯了，把所有鈔票捧向曉鷗。

「媽，給你！」

他年輕的臉上出現了自豪，出現了終於能報効含辛茹苦的母親的自豪，還有就是一種還願的釋然。他忘了鈔票的來路，似乎他為母親爭了光，捧着的是為母親贏來的獎盃或勳章。曉鷗努力克制渾身的顫抖，接過鈔票，不敢看兒子一眼。這是報應。她以為幹上疊碼仔的行當是報復盧晉桐，是替梅吳娘報復梅大榕，現在她自己得到報應了。

她走出賊船賭場的大門，走進罪惡的媽閣。早春的媽閣感覺那麼不潔，風是黏的，就像萬人過手的鈔票摸上去那種黏糊糊的感覺。

開車回家的一路，她沒有說話，兒子跟她搭了幾句腔她都沒有回答，因此兒子只有自顧自哼着沒頭沒尾的流行歌。

一進家門她就拎着皮包進了主臥室，把鈔票放在床上，又去廚房拿了一盒火柴。兒子剛進自己的房間，被母親叫到主臥室的浴室裏。她讓兒子替她拆開捆紮鈔票的紙條，兒子滿心噩兆地順遂了她。拆開的一張張一千元放在她面前。嚓的一聲，火柴燃着了。

「媽你要幹甚麼？」

她的回答是將一張一千元港幣點燃，讓鈔票在手指間燒到最後一個邊角，用它點燃下一張一千元，再把前一張鈔票的殘根扔進馬桶。

「媽……」

兒子眼睜睜看着曉鷗變成了一個瘋婆子。他在母親用第二張鈔票的殘根去點燃第三張一千元時，上去拉住母親的胳膊。

「放開！」

兒子哪裏肯放開。火危險地在兩人之間化成半圓光環，劃着美麗的火圈。煙漸漸濃厚，母子兩人都開始劇烈咳嗽，通紅的眼睛對着通紅的眼睛。

「放開手！不然我就把這個家點着。」

兒子撲出去了。曉鷗聽見他在撥打電話。請 110 或 120 來救援？來不及了。這些急救組織都很磨嘰，加上媽閣的交通狀況越來越糟，還到處修路，人均面積越來越少，沒命地填海造陸也沒用，擴展不了越來越多的賭客腳下的地面，因此急救車穿過車流人潮，到這裏也許是半小時之後了。半小時夠把該燒的都燒完。

打開浴室的窗戶，流通的空氣會助長火勢。現在不是一張張鈔票來燒，一把就燒他個三、四千元。兒子站在濃煙裏，看着瘋婆在更濃的煙裏從容不迫地燒。窮命，窮瘋了，祖宗八輩都是窮光腚，窮得只認識錢，不管甚麼來路的錢。結果怎麼樣？還是回到窮命。這是瘋婆一邊焚燒一邊念叨的。

等120的人衝進門，曉鷗早已擦乾了被煙熏出的眼淚，換了衣服，重整了髮型與妝容，站在主臥外的陽台上喝茶。七萬多鈔票變成了鈔票的屍體、鈔票的排洩物，正跟糞便同路，順着馬桶的粗大污水管一瀉千里地遠去。

第二天下午，兒子起床後跟曉鷗誠懇認錯，説着説着，他居然跪下哭起來。他認識到自己多麼辜負了母親，在母親的親朋以賭博傷害了母親之後，作為最親的一個親人，他又在母親傷痕纍纍的心上添了一道傷，一道最深的傷。

曉鷗也流出了眼淚，但胸口裏揣的還是顆多疑的心。她在兒子回學校之後開始張羅賣公寓，也開始在房地產網站看溫哥華的房產。當年夏天，兒子該考期終考試升大學二年級的時候，她賣掉了媽閣的公寓，在溫哥華租了一個兩居室的公寓。離開媽閣也是無奈中的辦法，就像當年梅吳娘舉家離開被賭博腐化的廣東。一到溫哥華她就愛上了這座城市。溫哥華住着史奇瀾，光這一點就讓她感到風物景致都多情。

聽老貓抱怨段凱文被媽閣警方遞解出境的事，看來曉鷗轉到他手裏的段的幾千萬債務這輩子是妄想追回了。老貓自己還搭上六十萬，為段去刷新資質牌照，好挽救他的生產創收能力，結果那六十萬也成了他的賭資，輸給媽閣的某一個不見經傳的賭檔了。老貓口氣低沉，吃了虧上了當似的，讓曉鷗感覺到自己轉手給他的是一項巨大的爛尾工程，收尾無望，崩塌是早晚的事。

毛毛雨撲面的一個上午，曉鷗從超市的停車場穿過，手機響了。她聽到一個「喂！」就聽出是誰來。是老史。他看見她了。甚麼時候？不久前。為甚麼不叫她？叫了以後麻煩就大了。從哪裏找到她的手機號的？溫哥華的華人這麼多，想找就能找到。那……出來一塊飲茶？嗯，再說吧。

掛了電話，她仔細地把他的號碼存下來。他不願意見她，證明見她還很危險，會是他和陳小小平安小康日子的巨大危險。不願見她，也證明他的記憶還新鮮滴血。

存下的電話號碼標明是「史奇瀾」。十三年前她第一次在手機鍵盤上打出這個名字時，手就像現在這樣微微發抖。夢裏夢外都經過了，現在還會發抖。十三年前曉鷗偶然跟一個熟人到他的工作室，看見一個清秀的男子操着一把刻刀在雕刻一隻牛犢，他聽那熟人介紹曉鷗時，看了她一眼，那是很長的一眼，超過了禮貌和驚豔所需的時間。曉鷗那時確實是美的，那時照壞了的照片現在看都是美的。她連他當時頭髮的式樣，身上戴的工作圍裙都記得清清楚楚。熟人介紹了她在媽閣某賭場做事，有空可以接待史總去玩玩。史總有口無心地答應，一定去玩。分別的時候，兩人握手，手纏綿了一剎那，他送她到工作室門外，揮揮手，他的笑容像剛醒的孩子。

曉鷗到現在都記得他那時的笑。她放好手機。毛毛雨落在她的睫毛上，看甚麼甚麼帶淚。